W0213212

Jo soc aquell que va matar Franco

«Jo soc aquell que va matar Franco»

és l'obra guanyadora del Premi Sant Jordi 2017,
que convoca Òmnium Cultural amb la col·laboració
de la Fundació Enciclopèdia Catalana

ÒMNIUM
LLENGUA CULTURA PAÍS

Fundació Enciclopèdia Catalana

Malfia't de la història. Somia-la i refés-la.

PERE QUART

Car ma part encara és de viure.

HOMER

Preàmbul

12 de juny de 1940

A partir d'avui seré un altre

El cos recorda més de pressa que la ment. Per això tinc calfreds i se m'encongeix l'estómac un segon abans d'adonar-me que el brunzeig tan lleu i tan llunyà que sentim serà aviat brogit eixordador i ronc de mort. I el meu cos, que recorda més de pressa que la meva ment, reclama desaparèixer. No sé, però, com podria obeir-lo, no puc anar enlloc. Tan sols puc aixecar el cap per forfollar amb els ulls aquest món de cel que ens embolcalla.

Soc incapaç d'identificar el model dels avions que s'apropen però sé que són els mateixos que havien bombardejat Barcelona. El vent, que ve del mar, ha cobert el soroll dels motors, però ara no hi ha ningú que no vegi com es precipiten cap a nosaltres, bo i rascant amb el llom la panxa fosca dels núvols. Franco ens ha fet l'honor insigne d'haver ordenat a cinc dels primers avions que traspassen la frontera francesa que es desviïn uns quants quilòmetres per matar-nos. És estrany. Com si no fóssim ja tots prou morts, engarjolats entre filferro i mar, condemnats a no esperar res en aquest desert de platja.

D'aquí uns anys, els historiadors opinaran que Franco

va començar a perdre-ho tot el dia en què, pressionat per Hitler, va decidir declarar la guerra a França i a la Gran Bretanya, i això va ser l'11 de juny de 1940; l'endemà que ho fes Mussolini, quan ja no hi havia cap dubte que Hitler tenia la guerra guanyada i mig Europa al sarró. En realitat, tinc l'extrema gosadia de contradir els investigadors i de pretendre que Franco va començar a perdre-ho tot quan els seus avions van bombardejar-me i metrallar-me a la platja d'Argelers, a la bella i trista comarca del Rosselló, i que van cometre l'error de no esventrar-me.

Els cinc avions que ens sobrevolen deixen anar tan sols una bomba cadascun, i ho fan perquè entenguem que ens menyspreen. Les cinc bombes exploten prou lluny de la barraca de fusta rere la qual m'he refugiat, però mai no havia sentit explosions de tan a prop i només puc constatar com el soroll ha entrat dintre meu i sembla voler ocupar-hi tot l'espai, fins a expulsar lluny de mi els meus òrgans més íntims. Els avions, a més, gairebé de seguida tornen i ens sobrevolen dues vegades més. Baixen, baixen, tot metrallant-nos, i ho fan perquè entenguem que ens odien. Quan han acabat aquest vaivé, continuen en direcció al nord-oest, s'enfilen cel amunt per anar a bombardejar Perpinyà i oferir una nova victòria a Franco. Però cap dels que hem sobreviscut no es preocupa del destí immediat d'aquests avions, cinc Savoia d'última generació, diran més tard els entesos, regalats per Mussolini a l'exèrcit franquista.

Jo, durant una estona, ni tan sols em preocupo de debò de decidir si soc viu o mort. Tan sols intento que s'apagui dintre meu el ressò de les explosions i dels espetecs de les bales, que les meves vísceres tornin a la seva feina rutinària, que ens submergeixi de nou la monotonia de les ones, dels ocells imbècils que xisclen, ballen i defequen, i de la remor de desenes de mils de boques presoneres que enraonen sense dir res. Desenes de mils de boques que generen la fressa ordinària d'aquests mesos en què cada instant haurà estat un diumenge de fàstic i avorriment.

A poc a poc em desplego, em desarrauleixo, escupo la sorra que he mastegat mentre esperava que m'esborressin de la llista dels gairebé vius d'aquest camp. Respiro, em frego els ulls, em toco el cos, em miro les mans. Tremolo. Escupo més sorra.

Encara no sé que aquest dia de juny, sota aquesta pluja de ferro, he tornat a néixer, encara no sé que mai més no seré el mateix. I justament perquè a partir d'avui seré un altre, a l'hora de començar aquest relat hauria d'explicar primer de tot qui era abans, abans que aquests cinc avions enviats per Franco intentessin matar-me.

Reacularé, doncs, uns quants anys, abans de tornar en aquesta platja d'exili en què tot és foc, fum, crits i cossos oberts.

Aquest viatge cap enrere no serà gaire llarg, intentaré explicar-hi tan sols el que em sembla indispensable per a la comprensió mínima del que soc i del que he fet. I després, quan el fil del relat m'hagi fet tornar en aquesta platja, continuaré explicant el que em va portar a pensar que valia la pena descriure alguns episodis de la meva vida, els que fessin més comprensible que fos jo aquell que va matar Franco.

Primera part

Relació breu però indispensable dels vint-i-tres primers anys de vida d'Agustí Vilamat, narrador

1

Quedar-se quiet era la cosa més fàcil del món

La mare aguanta un mirall davant meu, el seu mirall de mà, amb rivet platejat i amb tres falsos robins incrustats al mànec, mentre unes mans, probablement les d'una infermera, desfan la bena que m'envolta el cap. I veig, així, que em falta l'ull dret. Aquest és el meu record més antic. Quan hi penso em sembla que, en veure'm al mirall, vaig decidir que res del que m'havia passat abans no valia la pena ser recordat, i ho vaig oblidar tot de quan tenia dos ulls bons, fins i tot el moment en què vaig perdre'n un. Només en recordo el que van explicar-me'n els pares i els testimonis.

Tenia cinc anys i jugava a fora, a la vorera, quan un camió que transportava ferralla va derrapar pel carrer i va encastar-se en una paret, a pocs metres de mi.

Jo, diran els que ho van veure, vaig quedar immòbil, amb els braços caiguts, tot mirant com el camió es desviava del seu camí i feia cap a la paret. El xoc va fer que un fragment de ferralla es desprengués del seu cos de paquiderm i volés fins al meu ull per fer-lo explotar. Sovint he provat de recordar si, en explotar, el meu ull va fer alguna fressa, intento recordar quin dolor vaig sentir, quina va ser la meva primera impressió en notar un buit de foscor a l'òrbita dreta. Però, com ja he dit, no recordo res de la meva vida abans de l'escena del mirall que ma mare aguanta i de la bena que unes mans treuen.

Vaig perdre l'ull al carrer de la Mare de Déu del Claustre de Solsona, un matí de setembre de 1921. Aquell dia, en aquella hora, hauria hagut de ser a casa, però la mare havia insistit perquè l'acompanyés a comprar pa. Al forn, hi havia cua i, com sempre que això passava, ella m'autoritzava a esperar-la a fora, d'esquena a la paret i mirant, tot sovint, el cel. La mare sabia que no havia d'inquietar-se, em trobaria precisament allà on m'havia deixat, no se m'hauria acudit desplaçar-me sense que m'hagués ordenat que ho fes, amb una veu que volia semblar més encoratjadora que imperativa. En aquells anys jo era tan sols una mena de reflex humil i bla de la meva mare, feliç d'existir per fer allò que em deia de fer. I sovint, a casa o a les botigues, em deia de no moure'm per poder trastejar amb més facilitat.

Tanmateix, seria inexacte dir que quan va arribar el camió no vaig moure'm. Inexacte i, doncs, mentider i hipòcrita. Vaig desobeir la mare. Quan va arribar el camió, quan va desviar-se del seu camí per anar a xocar contra una casa, per força vaig deixar de repenjar-me a la paret i vaig girar el cos cap a aquell monstre de ferro i rugit per veure'l més bé, en un reflex barrejat de por i de curiositat. La culpa que m'entrés aquell ferro petit dins l'ull, per tant, devia ser meva; només meva. Si hagués obeït la mare quan la mare m'havia dit de no moure'm, si no m'hagués mogut gens, el ferro m'hauria passat de llarg, a pocs centímetres de la cara, i hauria picat contra la façana del forn de pa. Així doncs, a cinc anys, vaig descobrir que no era el fill bondadós i exemplar que, fins llavors, pensava ser. Havia desobeït, i aquesta desobediència havia trobat un càstig immediat. Déu, era evident, no tenia gens d'indulgència per als nens esvalotats que no creien els pares.

I la meva culpa no era menys notòria pel fet que des d'aquell dia la mare em tractés com si fos l'objecte més fràgil del seu món, com un bibelot al qual cal treure la pols cada dia però sense gairebé tocar-lo. Ni pel fet que plorés sovint, els primers dies, en mirar-me, i xiuxiuegés al pare que com ho farien, com ho farien, i que mai més no em deixaria sol enlloc. El pare, en aquelles ocasions, esbufegava i tombava la cara per no haver de respondre. A vegades s'aixecava, em girava l'esquena, i amb una veu tot d'una emboirada deia que tornava al taller per acabar una feina.

El pare era sabater, la mare era la dona del sabater. I jo, que em dic Agustí Vilamat i Prunell, era el tercer de quatre fills i dues filles. Sis infants turbulents i banals que jugaven i s'abraonaven els uns contra els altres però contra mi menys, a causa del meu ull de vidre.

L'ull, el vam anar a comprar a Barcelona. No sé quant va costar, però devia ser car si els pares van esperar gairebé un any abans de regalar-me'l. Recordo un dia assolellat de tardor, el carro fins a Manresa i després el meu primer tren. Havia volgut seure prop de la finestra, però a cada revolt massa marcat em paralitzava la por i aviat la mare em va obligar a posar-me al costat del passadís, on podia fer veure que no m'adonava que ens estavellaríem al fons d'un barranc. En baixar a l'estació de Barcelona les cames encara em xerricaven, i el tramvia, en comparació, em va semblar un coixí de confort i seguretat. Contemplar cotxes i camionetes en un nombre incalculable i aquells immobles tan furiosament alts era molt més apassionant que resseguir amb la mirada paisatges de camps, masies i ramats sempre repetits.

L'oculista va fer-me seure prop de la finestra, perquè em toqués la llum natural, i amb veu amable va anunciar-me que si era prou pacient i em quedava quiet em regalaria un nino de xocolata. No havia vist mai xocolata en forma de nino però em va semblar que no me la mereixeria: quedar-se quiet era la cosa més fàcil del món. A més, qui voldria regalar res a un nen tan desobedient com jo? Aquest senyor no devia conèixer les raons de la meva deformitat. Però no semblava desitjar saber-les. S'havia instal·lat prop del meu ull vàlid, amb pintures, pinzells i una conca de vidre. No, els ulls de vidre no són boles, són mitges esferes buides. I tampoc no són ben bé de vidre, sinó d'una matèria molt especial, més flexible i tova que el vidre normal, importada d'Alemanya.

Durant gairebé una hora va dibuixar damunt la conca un ull semblant al meu. De tant en tant s'aturava i amb un posat molt seriós acostava l'ull artificial al meu ull veritable, per verificar-ne la semblança. Quedava immòbil uns segons, somreia i murmurava «Nino de xocolata... Nino de xocolata...». Jo no gosava tornar-li el somriure, tenia por de moure'm i que per culpa meva espifiés la feina.

Al final, em va ajudar a baixar de la cadira i va dir als

pares que podíem anar a fer un tomb de trenta minuts per deixar assecar la pintura i permetre'm de bellugar les cames. Vaig sentir com dintre meu el gust de la xocolata feia recular la por d'haver de deixar que aquell senyor introduís aviat aquella conca sintètica dins la meva òrbita buida.

Durant tres anys la mare va treure'm i va posar-me l'ull cada dia; i cada dia el rentava amb sabó, i l'eixugava amb un mocador de seda per no ratllar-lo. Quan vaig tenir nou anys em va atorgar el dret de fer-ho jo sol, abans de ficar-me al llit, però sempre davant seu. I a deu anys ja no necessitava que ningú em vigilés. Els ulls artificials d'aquells temps, però, tenien una vida curta, d'un màxim de dos anys, i en aquell moment, a deu anys, acabava d'estrenar la meva tercera pròtesi.

O sigui que els pares tornaven a estalviar per al proper ull gairebé tan bon punt me n'havien comprat un de nou. Així vaig haver d'adonar-me que a més de ser desobedient era, jo, el fill que portava la família cap a la ruïna.

2

El tresor era veure escrita la meva llengua

I, un dia, vaig descobrir un tresor. Era l'estiu, l'estació en què els nens aventurers s'imaginen pirates i ho regiren tot per trobar meravelles ocultes. Jo, però, tot i el meu ull postís, era el contrari d'un pirata i seria més exacte dir que va ser el tresor que em va descobrir a mi. Acabava de fer nou anys i vivia en aquella estranya rutina de llibertat de les vacances, en què cada dia m'era permès rondar, córrer, explorar i imaginar. I jo en feia prou imaginant. A vegades acompanyava el meu germà gran en alguna de les seves excursions pels camps més propers per caçar papallones —volianes, en dèiem—, collir mores o llançar pedres als pardals, però era sempre quan la mare l'obligava a suportar la meva presència de nen sense cap talent per rondar, córrer i explorar. El meu germà es queixava i llavors, durant dos o tres dies, li era atorgat el dret de prescindir de mi, i jo em quedava a l'hort, rere la casa, i parava l'ombra assegut sota la figuera. A vegades comptava les figues que encara no s'havien desprès de l'arbre. Quan em perdia, tornava a començar.

Per això, de tant en tant, el pare, un cop havia tancat el taller, em proposava que l'acompanyés a lliurar sabates arreglades. Jo ja havia notat que només es desplaçava quan eren sabates cares, però em semblava bé que fos així: pel que havia deduït de les seves converses i de les meves observacions, les sabates cares anaven a parar en cases més interessants que les sabates barates, amb més fotografies i pintures a les parets, a vegades fins i tot amb un rellotge de pèndol. I algun caramel.

Aquell dia d'estiu vam anar en una casa alta i fosca del carrer de les Terceries, a pocs minuts a peu de casa. Una placa de coure, a la dreta de la porta, avisava:

Don Emilio Campmajó y Cornet
NOTARIO
Ilustre Colegio Provincial de Lérida

Em semblava recordar que un notari era algú amb el poder de condemnar qui volgués a la presó, i vaig sentir dintre meu com m'indignava que el pare s'arrisqués a dormir en un lloc tan perillós. El senyor que ens va obrir semblava, però, més aviat inofensiu. Era més vell que el pare, més calb i més encorbat.

—Entreu, entreu, si us plau... Soc ben sol a casa avui, ni dona, ni fills, ni servei...

Em va mirar amb l'aire sorprès, com si la meva presència, o potser la meva existència mateixa, fos la cosa més inesperada del món. Va afegir, tot fitant-me amb un somriure que semblava voler dissimular:

—Sí, sol com un mussol. O sol com un cargol. O sol com un fesol... Ai no, que els fesols mai no van sols, si no què menjaríem?

Jo, és clar, ja havia envermellit i fixava la vista en la punta dels meus peus. Si fos possible desaparèixer amb un acte de voluntat, aquell dia la bona gent de Solsona hauria testimoniat la meva evaporació sobtada.

El pare em va haver d'arrossegar una mica de l'espatlla per fer-me entrar, però quan em va murmurar «Apa, serà un moment i prou» em vaig tranquil·litzar. El pare, quan portava sabates arreglades a cases bones, no passava mai del rebedor. Però devia ser la primera vegada que en portava en aquesta casa, ja que el notari, sense mirar-nos, havia començat a pujar les escales i no vam poder fer res per no seguir-lo. Ens va fer seure en un saló entapissat de vermell fosc, amb plats pintats que decoraven les parets i dos enormes canelobres daurats a banda i banda de la porta. El pare començava a sentir-se tan malament com jo, però aquell home no semblava adonar-se'n. O potser se n'adonava i reia en silenci del nostre malestar.

—Què prendreu, senyor Vilamat? Una copeta de ratafia? La faig venir de Ripoll, val la pena, ja ho veureu, val la pena. I a vós, senyoret, què puc oferir-vos? Potser llet de la nevera? Amb aquesta calor us serà molt profitosa...

I així, per primera vegada a la vida, vaig tastar un aliment conservat en aquell armari que fabrica fred. N'havia sentit a parlar, i n'havia vist fotos en alguna revista de la mare, però ignorava que algú, a Solsona, en tingués. El tresor que vaig descobrir aquell dia, però, no era la frescor insòlita de la llet a l'estiu.

Durant una estona, el pare i el notari van parlar de les sabates, examinant-les minuciosament, i els dos, amb cops de cap d'assentiment, deixaven veure que estaven satisfets de la feina feta. Jo m'havia begut massa de pressa aquella delícia blanca i em mantenia de nou immòbil, assegut en una cadira gruixuda i flonja que devia ser ideal per improvisar-hi becaines.

Començava a sentir unes lleus ganes d'orinar que feien que supliqués mentalment al pare que no ens entretinguéssim més. Per sort, era evident que la conversa s'anava acabant. Ja ens aixecàvem. Però en lloc d'acompanyar-nos a la porta, el notari va girar-se de nou cap a mi, i tot seguit cap al pare.

—Senyor Vilamat, us sap greu que faci un petit regal al vostre fill? Una cosa modesta i de no res, certament, però que potser l'entretindrà durant les seves vacances...

El pare només va respondre un vague i una mica inquiet «Oh, és clar, és clar, però vostè és massa generós».

El notari va tenir un somriure greu, gairebé trist, i va demanar disculpes abans de desaparèixer. Quan va tornar, al cap de dos o tres minuts, duia un sobre de la seva oficina, de paper marró clar, amb el seu nom i la seva adreça a l'angle superior esquerre. Anava a donar-me'l però va semblar repensar-s'ho. De fet, durant la seva absència, en aquells dos o tres minuts, devia haver calculat cadascun dels gestos, de les expressions i dels mots que ara em dirigiria. Tot per atreure'm cap al tresor.

—Noiet, us porteu bé, a l'escola?

Vaig mirar-lo, de nou vermell, sense gosar assentir per por de semblar presumptuós.

—Sí, sí, prou bé —va respondre el pare en lloc meu—. D'aprendre en sap, no podria dir el contrari.

—Ah, molt bé, molt bé. Doncs això és per a vós. N'heu de tenir cura, no perquè us l'hagi donat jo, sinó perquè a més de distreure-us podrà ensenyar-vos algunes coses útils.

Va posar el sobre davant meu i jo, amb la mirada, vaig preguntar al pare què havia de fer-ne. El sobre no estava tancat. Semblava contenir una llibreta, que vaig extreure tan suaument com vaig poder.

Era una revista.

Era una revista infantil.

Era una revista infantil en català.

Es deia *La Mainada*, i a la portada s'hi veia un jove pagès alt i prim com no n'havia vist mai cap, amb espardenyes de vetes, faixa i barretina però també amb corbatí i una camisa blanca impol·luta. Sortia de l'estable amb una galleda de llet a cada mà, i el que feia riure era que plogués i que a sota del dibuix hi hagués escrit el que ell deia, en aquell moment, sota la pluja i portant galledes sense tapar; era, si fa no fa: «Veiam si avui també m'acusaran d'afegir aigua a la llet!».

I així doncs, aquella tarda d'estiu del 1925, vaig llegir per primera vegada en català.

Sabia que hi havia hagut classes de català a l'escola, però també sabia que s'havien acabat quan algú havia decidit que només la llengua castellana era apta per aprendre a llegir i a escriure. A mi, el castellà no em costava gaire, però a vegades no aconseguia recordar bé com es conjugava, i encara no m'havia acostumat del tot a alguns sons que trobava difícils d'imitar. Sobretot, no m'imaginava que en algun lloc aquesta llengua fos parlada de debò per la gent, que persones com nosaltres se'n servissin com nosaltres ens servíem del català, per parlar cada dia i també, doncs, per rondinar, renegar i dir paraulotes. En els llibres que teníem a l'escola ningú mai no renegava ni deia paraulotes i em pensava que això només ho devien fer els catalans amb la llengua catalana.

—Obriu-la!, obriu-la!, ja ho veureu, us ho passareu bé!

Vaig obeir el notari, però no veia res del que mirava, tan sols imatges i lletres impreses que no aconseguia relligar entre elles. Volia que el pare i aquell home deixessin de fitar-me. Aviat, per sort, ens vam acomiadar. Però abans de deixar-nos marxar de debò, el notari encara va haver de fer-me envermellir una vegada.

—Noiet, si aquesta revista us agrada, i sobretot si us agrada llegir en català, podeu tornar, amb el vostre pare o la vostra mare, quan us sembli. Us en donaré més. Senyor Vilamat, ho dic de debò, ja sabeu que per a mi serà un plaer.

Pare i fill van mormolar gràcies tot pensant, el pare, que només tornaríem si hagués d'arreglar un altre parell de sabates i tot esperant, el fill, no haver de veure mai més aquell home que l'havia intimidat encara més que el mestre el primer dia de classe.

Endevinava que en arribar a casa el pare donaria la notícia del regal a tota la família i que llavors germans i germanes es disputarien per arrencar-me la revista. No els seria difícil, sabien que el seu germà borni no resistia mai a cap estrebada física. Per això, tan bon punt vam haver entrat, vaig dir al pare que havia de córrer a l'excusat, que no podia esperar més.

I així, doncs, el tresor.

A nou anys, hauria estat normal que trobés que aquesta revista pensada per a nens de nou anys era un tresor. Tot ella estava concebuda per distreure'm o instruir-me tot distraient-me. Cada plana era una meravella, una font de riure o de somriure, o d'admiració quan es tractava d'enaltir, com era el cas tan sovint, algun personatge notable de la història de Catalunya. Però a nou anys, assegut en una tassa de vàter, vaig demostrar un grau de saviesa que no estic segur d'haver aconseguit igualar mai des de llavors. Vaig entendre gairebé de seguida que el tresor veritable no era allò dit sinó la llengua en la qual es deia. El tresor era veure escrita la meva llengua.

Des que havia perdut un ull, era encara més poruc que abans; tot em semblava perillós, i quasi tot, enemistós. Els germans encara no s'havien cansat d'enginyar bromes i trampes en què, sempre, utilitzaven la meva incapacitat a veure del costat dret. I la mare tot sovint m'advertia de pensar a bellugar el cap d'un costat a l'altre, al carrer o al pati de l'escola, per compensar la manca de visió. Era vulnerable, sempre el més fràgil de tots. Però ara, tot d'una, sentia com aquesta llengua que era la meva i que no imaginava que es pogués llegir em protegia. Ho vaig sentir gairebé de seguida que vaig endinsar-me en la revista, a mesura que desxifrava els primers acudits i els primers contes. Vaig percebre com la llengua escrita m'abrigava, com em feia seu mentre jo la feia meva. Mai des que era borni i, potser, mai a la vida, no m'havia sentit tan segur. I això era perquè s'havia abolit la distància entre el que llegia i jo. Érem, podria jurar-ho, la mateixa cosa; una pasta de carn i de paper, d'alè i de lletres, d'ull mort i de tinta.

És clar, algunes paraules em desconcertaven. No les coneixia, o no aconseguia entendre com es pronunciaven. Les regles de lectura del castellà no semblaven aptes per permetre'm llegir del tot bé el català, i vaig deduir que, al contrari del que propugnava el mestre, el que m'ensenyaven a l'escola era, doncs, insuficient.

Vaig quedar-me a la comuna fins que la mare va cridar-me. Vaig sortir corrents, cap a ella. Feia tant de temps que no m'havia vist córrer que va pensar que m'havia ferit, però jo de seguida vaig dir-li «Sisplau, sisplau, vigileu que no la facin malbé!» bo i allargant-li la revista amb una mirada d'ull únic que estic segur que va trasbalsar-la. «D'acord, ja pots estar tranquil», va respondre sense somriure però amb una veu molt suau. I quan els cinc germans van haver-se aplegat al voltant nostre, va pronunciar el discurs més encertat de la seva vida de mare meva:

—Escolteu. Un client del vostre pare ha regalat aquesta revista a l'Agustí —rumors de sorpresa i crits ofegats d'enveja—. Això vol dir que és seva i només seva —remucs de protesta—. És clar que tots podreu llegir-la, si voleu —assentiment impacient—, però ho fareu d'un en un i asseguts aquí, a la cuina, quan jo hi sigui —silenci estranyat—. I qui la faci malbé rebrà un revés que la paret li'n donarà un altre! I passarà el que queda de vacances rentant plats. Entesos? —silenci prudent.

Per primera vegada des que havia perdut un ull per culpa de la meva incapacitat de fer cas a les recomanacions dels pares, vaig intuir que la meva falta de nen desobedient podia ser-me perdonada. Amb tota evidència encara era massa aviat per a això, però la mare, a través d'aquesta revista, em feia entendre que potser, algun dia, ja no estaria enutjada contra el seu fill tan rebec.

3

En general m'obria la criada

I així vaig tornar sovint a casa de Don Emilio Campmajó y Cornet, que vaig acostumar-me a anomenar senyor Emili. La primera vegada va ser quan, un dia de mercat, la mare i jo ens el vam trobar prenent el vermut a la terrassa del Casino. Ell mateix, aixecant-se, em va venir a preguntar si la revista m'havia agradat. Tan sols vaig assentir amb el cap, però la mare, que devia haver copsat, almenys parcialment, el que bategava dintre meu, va explicar-li que l'havia llegida ja vint o trenta cops.

—Oh!... Que bé!... No em podíeu donar cap notícia més bona! Mireu, senyora, ara mateix me'n tornava a casa. Estaria encantat d'oferir-li'n un altre exemplar, si volguéssiu passar, d'aquí, posem, deu minuts.

Vaig deixar de respirar, esperant la sentència materna. Sabia que devia fer-li molta por entrar en una casa com la del notari, però l'amor, a vegades, és indomable, i així, deu minuts més tard, trucava a la seva porta.

A partir de llavors, cada setmana, el senyor Emili va regalar-me un exemplar de la revista. La primera, la del pagès sota la pluja, duia el número cent vint-i-quatre, però la segona era el número u, i a partir d'aquell segon regal el senyor Emili va seguir l'estricte ordre cronològic de publicació. D'aquesta manera vaig aconseguir aplegar la col·lecció completa dels cent vint-i-nou números de *La Mainada*, en dos anys i mig de visites setmanals a la notaria. L'últim número era datat el novembre de 1923 i, quan va donar-me'l, vaig percebre que el ric i respectat notari de Solsona semblava corcat de tristesa. Era la primera vegada que veia un adult aguantant-se un somiqueig, i de seguida vaig pensar que havia de marxar perquè no m'acusessin de ser-ne el responsable. Ho hauria fet si la timidesa no m'hagués palplantat allà, davant seu, deixant-me amb la capacitat de reacció d'un esclop.

El senyor Emili, però, no va plorar. La seva mà va deixar de tremolar, o si més no m'ho va semblar, i va revelar-me el secret que el lligava a *La Mainada*. Va fer-ho després de dir-me que, a partir de llavors, volia tractar-me com l'home que seria aviat, i em demanava, doncs, de prometre-li de no revelar res del que anava a explicar-me. Vaig assentir amb el cap, temorós com si em convidés a entrar al cau d'una fera.

Ja feia sis anys que *La Mainada* havia deixat d'existir i jo i la seva esposa érem les dues úniques persones a Solsona que sabíem per què aquesta fi havia portat el senyor Emili a un nivell de malenconia tan profund. Havia col·laborat a *La Mainada*, cada setmana, amb un conte humorístic que signava com a Oncle Liró. Ho havia fet sense que ningú mai del consell de redacció de Barcelona sabés qui era aquell col·laborador del Solsonès de qui havien acceptat els escrits per l'humor polit que se'n desprenia i perquè de bon principi s'havia negat a cobrar res. A més d'escriure de franc, però, comprava cada setmana tres exemplars de cada número, que li portaven d'un quiosc de Manresa. Havia regalat una sèrie completa al seu primer net i m'havia cedit l'altra a mi. L'última, la custodiava en un armariet de la seva oficina.

I jo, va dir-me amb la veu de nou una mica tremolosa, li interessava més que el seu net, perquè m'interessava més que el seu net en la revista. Per això va confiar-me el seu secret, i per això va intentar fer-me entendre el fàstic que sentia des que el govern de Primo de Rivera havia prohibit l'ensenyament en català i havia fet tancar tants diaris i tantes revistes, entre les quals hi havia *La Mainada*.

—Aquest home prometia molt, molt, però vol imposar l'ordre a base d'incultura, i això no pot portar enlloc. Hauria pogut fer de Catalunya una terra fidelíssima, però si no sap aturar-se ens obligarà a rebel·lar-nos per no morir com a poble...

I així vaig rebre la meva primera lliçó de política. Una lliçó de la qual, és clar, hauria pogut jurar no haver entès res. En realitat, però, crec que va ser l'única lliçó de política que he copsat de veritat en tota la meva vida. I és probable que la meva vida seguís una mena de rumb obstinat per la comprensió íntima que vaig tenir de les paraules que el senyor Emili va adreçar a aquest nen borni i silenciós.

Així doncs, passava per casa seva cada divendres a la tarda. En general m'obria la criada i ella em donava el sobre que ja tenia preparat. De tant en tant, però, em demanava que pugés, i el senyor Emili em rebia, assegut en un sofà o dret a prop de la finestra. Quan el mirava a contrallum no semblava tan encorbat ni calb. Davant nostre sempre hi havia quatre galetes primes i llet, calenta o freda segons l'estació de l'any. Volia saber què m'havia agradat del número anterior, i jo, de mica en mica i sense adonar-me de la meva mutació, en lloc de parlar-li dels contes i dels acudits, li parlava de la llengua. No coneixia ni la més simple de les regles de català o, més aviat, en coneixia moltes, que usava cada dia, però sense que ningú mai m'hagués ensenyat que eren regles. I en veure la meva llengua escrita, esclataven les preguntes; no imaginava que aviat existiria un diccionari que faria d'aixopluc a tota aquesta llengua.

Per quina raó conviuen en la mateixa llengua accents que van en dos sentits diferents? I si *mà* té un accent, per què *pa* no en té? I *fa*? I tantes dièresis, serveixen realment? Havia entès tot sol a quin so corresponia la ce trencada però no entenia per què *braç* en necessitava una i *mas*, no. O per què *tros* no en tenia i *atroç*, sí. I per quin motiu a vegades llegia *amic* i d'altres vegades, menys freqüents, *amich*...

El senyor Emili, però, havia estat ferm.

—*Amich*, amb hac, és impossible, ho deveu haver vist en alguna altra publicació, més antiga, perquè en Pompeu Fabra fa temps que ho ha esmenat, això...

—... Qui?

4

I així vaig iniciar la meva conquesta de Barcelona

Els anys rodolaven l'un rere l'altre. Feia el que podia per no canviar res a la meva vida, però la meva vida no es deixava fer, i per això un dia vaig haver de marxar de Solsona. Vaig marxar-ne, però, sota els encoratjaments, la protecció moral i l'ajuda econòmica del senyor Emili.

S'havia fet evident que l'única assignatura de l'escola que m'apassionava era la que estava prohibit d'impartir i rebre.

Però d'aquesta jo devia ser un dels que més en sabia de tot Solsona, no perquè hagués arreplegat grans quantitats de coneixements sinó perquè la meva fam d'aprendre no semblava haver d'acabar-se mai. Tot el que tenia a veure amb la llengua catalana escrita em semblava fascinant. Era la meva inesgotable font de plaer i de seguretat.

Després de *La Mainada*, el senyor Emili m'havia obert a l'univers de Josep Maria Folch i Torres, a les rondalles de Jacint Verdaguer i a comèdies teatrals traduïdes de l'anglès o del francès. També m'havia regalat un exemplar del *Comte Arnau* de Joan Maragall, que vaig llegir, com escau, una nit de temporal. I sempre, jo, més enllà de si el text que llegia m'agradava o no, em fixava en l'ordre de les paraules i en la seva ortografia, i en allò que encara no sabia que s'anomenava sintaxi.

Així, quan vaig tenir setze anys, un diumenge al matí, després de missa, el senyor Emili va fer una cosa inèdita, va venir a picar a la nostra porta. No al taller del pare, sinó a casa nostra. Era la primavera del 1932 i Catalunya tornava a ser, deia el senyor Emili, un riu de bellesa. De nou hi havia diaris i revistes en català, de nou el poble enviava els seus representants a Barcelona i ho feia amb la condició que portessin la Pàtria cap a més llibertat.

Va parlar de totes aquestes coses amb els pares, però sobretot va parlar de mi. I quan va marxar, després d'una hora llarga de conversa, els pares, el senyor Emili i jo mateix havíem constatat això, talment una deliberació de tribunal: que era clar que jo, Agustí, tenia massa predisposicions per a l'estudi de la llengua catalana perquè quedés a les portes de saber-ne més. Que la Generalitat estava obrint instituts-escoles dignes d'aquest nom i amb ensenyament en català, però que potser caldrien encara un parell d'anys perquè n'hi hagués un a Solsona. Que la solució era enviar-me a Barcelona com més aviat millor. Que la mare hi tenia un cosí que muntava i arreglava bicicletes i que podria demanar-li quines condicions posaria per allotjar-me i alimentar-me. Que els pares podrien fer-me beneficiar d'un minúscul fons d'estalvis perquè pogués valdre'm per mi sol. Que era evident que si bé a l'institut-escola m'ensenyarien un munt de coses necessàries, en canvi, pel que feia a la llengua catalana, hauria de conviure amb alumnes que en sabrien tan poc al costat meu que em portarien a l'avorriment. Que per tal d'ajudar-me a progressar el senyor Emili m'oferia la inscripció en un curs particular de català acabat d'obrir al carrer de Valldonzella (havia portat l'exemplar de *La Publicitat* en què sortia l'anunci que en proclamava l'existència i els mèrits). Que es comprometia a pagar-me aquest curs fins que acabés el batxillerat.

I així vaig iniciar la meva conquesta de Barcelona.

Aquesta frase seria banal si no parlés de mi, aquell noi que, feia tan pocs anys, encara era un nen amb una enorme propensió a la immobilitat i persuadit de deure la seva monstruositat física a un càstig merescut. Però vaig anar-hi, i si vaig aconseguir-hi un lloc va ser perquè, primer de tot, vaig col·locar-me a mi mateix en posició d'absència. Vaig fer els gestos i vaig dir les paraules que tots esperaven de mi però posant la meva capacitat de concentració a no sentir-me gaire concernit per allò que feia i deia. Si ho hagués fet d'una altra manera, la convicció de la meva insignificança i de la meva culpabilitat m'hauria abocat al fracàs.

Així doncs, vaig viure dos anys en un recambró del cosí Josep, amb dret a esmorzar i sopar amb la família. La condició era que passés el dissabte i el diumenge al matí al taller, escombrant, endreçant o ajudant els dos fills d'en Josep a pintar els quadres de les bicicletes que havien muntat durant la setmana. Eren bicicletes noves, o d'ocasió restaurades i venudes com a gairebé noves. I de tant en tant també bicicletes robades, de les quals era important canviar el color i afegir-hi algun toc que fes que el propietari legítim no pogués identificar-la. El toc podia ser una osca visible al quadre o inicials inscrites al manillar, podia ser qualsevol cosa que li donés un caràcter propi, una identitat nova. I jo, a vegades, els suggeria de gravar-hi algunes paraules que les ennoblís, com ara *Som i serem* o bé *Almogàvers!*, però alçaven les espatlles i reien.

He de reconèixer que mai no vaig sentir-me xocat per la part il·legal de l'activitat de la meva família barcelonina. Com a nebot obedient, pintava el que em demanaven de pintar i, mentre ho feia, intentava repassar mentalment alguna lliçó de l'institut. I a canvi ells, la família barcelonina, no em retreien que fos tan evident que no tingués cap mena d'interès ni pel seu negoci ni per la vida que feien al voltant meu. I així hi havia concòrdia o, si més no, absència de discòrdia.

Vaig deixar-los un dia sense que gairebé ni ells ni jo no ens adonéssim de la nostra desaparició mútua. Va ser quan vaig treballar de debò i vaig poder llogar una cambra, a Sants, amb el meu salari. No m'hauria pensat mai que seria tan fàcil trobar una primera feina, vull dir una primera feina tal com la somiava, al cor de la llengua catalana. Alguns potser recorden les circumstàncies que van portar-me a tenir aquesta feina: els diaris en van parlar.

Tot va començar gràcies a un editor que havia contractat de corrector el seu cunyat, sense saber que aquest no era apte per al treball que havia de fer. I així, doncs, va haver d'acomiadar-lo quan va adonar-se que la primera novel·la que havia repassat com a corrector de català contenia, una vegada publicada, una mitjana de 4,6 faltes per pàgina, havent comptat, però, només les faltes del primer capítol, que sol ser, com se sap, el capítol corregit amb més pulcritud.

L'editorial es deia D'Ara Endavant, amb seu al carrer del Topazi, i l'editor, Jaume Riudalt, havia après d'una estada a Londres que un bon empresari és aquell que sap convertir els problemes en actius. El problema, en aquest cas, era que el llibre i les seves faltes ja estaven distribuïts, venuts i burlats. Així doncs, abans que la burla li ensorrés el negoci, va pagar un anunci publicitari als principals diaris de Barcelona en què lamentava el seu error i es proposava muntar una competició per reclutar un nou corrector, competició que inclouria, en la seva darrera fase, quarts de finals, semifinals i final. Les proves es farien en un lloc públic d'accés lliure i gratuït.

Els candidats havien de tenir menys de trenta anys, «per afavorir l'afany de rigor del jovent de Catalunya», i se'ls convidava a presentar-se un dissabte al matí al teatre Jezabel de Gràcia. El meu professor particular de llengua catalana va inscriure'm sense ni demanar-me'n l'autorització.

I vaig guanyar.

A cada ronda, el ritual era el mateix: ens distribuïen un capítol sencer de la novel·la mal corregida, al qual calia intentar donar bona aparença. Teníem dret a fulls d'esborrany i a dur, si el teníem, el tan recent *Diccionari General de la Llengua Catalana* de Pompeu Fabra. El teníem tots.

Érem vint-i-sis candidats a la primera volta, asseguts rere vint-i-sis taules instal·lades a dalt de l'escenari, amb focus que ens apuntaven i ens enlluernaven quan aixecàvem el cap, i per això no vèiem l'amuntegament de famílies de candidats i de periodistes, amb l'afegitó d'un parell d'escriptors encuriosits, que ens observaven en silenci des de la platea. Abans que ens deixessin seure, la premsa havia fotografiat aquesta trepa compacta d'amants immodestos de la llengua.

Després de la primera ronda, en van seleccionar set, i l'Agustí, perquè ens enfrontéssim en quarts de finals.

Vaig pensar que devia haver tingut sort, com té sort qui sense haver jugat mai a daus aconsegueix un doble sis a la primera tirada.

Després de la segona ronda, en van seleccionar tres, i l'Agustí, perquè ens enfrontéssim en semifinals.

I jo em preguntava com podia ser que el jurat s'hagués equivocat en el moment de posar les notes. Devien haver-se confós, llegint el meu nom en lloc del d'un altre.

Després de la tercera ronda, quedava un candidat, i l'Agustí. I havíem d'enfrontar-nos a la final.

Vaig haver de reconèixer que era molt improbable que s'haguessin equivocat una altra vegada, però em va assaltar un dubte d'una natura més amarga: si jo havia trobat que era tan fàcil fer les correccions, podia voler dir que estava estafant tothom? La llengua és un pou amb molts fons, em deia el meu professor. No n'hi ha prou de conèixer regles, cal saber aplicar-les, interpretar-les, modular-les i, a vegades, transgredir-les, tot pel bé de la llengua i dels textos. Llavors, si ho havia trobat, jo, tot tan límpid i evident, potser significava que no era prou conscient del ventall de possibilitats de correcció entre les quals calia escollir. Potser ho havia fet, tot, mecànicament i sense gràcia, com un papagai que repeteix paraules que no entén. Potser el jurat s'havia deixat enganyar pel meu sol mèrit, que era greixar engranatges verbals i ajustar cargols sintàctics.

Però vaig guanyar la final, i quan els periodistes em van preguntar què m'havia semblat més difícil, vaig respondre: «Tot», sabent que mai no havia dit una mentida tan enorme. I quan el president del jurat va llegir l'acta del veredicte, en la qual argumentava el vot, va dir el contrari del que jo havia suposat. Em pensava que tan sols havia corregit, però segons el jurat havia anat més enllà, en aquell enllà que els professors de l'institut-escola deien que no calia anar mai. L'enllà de la interpretació personal del que és una frase correcta, és a dir una frase que camina sense vacil·lar. Havia esmenat frases afegint, més que els altres, elegància a la correcció. Com podia ser?

I així vaig deixar-me fotografiar al braç de l'editor D'Ara Endavant, que m'assegurava un futur brillant. No entenia gaire què podia ser un futur brillant aplicat a la meva persona. Vaig pensar que havia d'escriure a Solsona per fer-los saber el nou rumb de la meva vida, però l'endemà mateix *La Publicitat* posava la meva foto en pàgina interior i tan sols vaig haver d'esperar que m'arribessin les cartes de felicitació dels pares. I de l'alcalde de Solsona, de qui fins llavors no sabia el nom. I també del senyor Emili, que devia haver estat molt commogut per escriure'm una nota bastant breu. Hi havia adjuntat un xec de cinquanta pessetes.

Vaig voler continuar, però, a seguir cursos de català. Em semblava que tan sols aquelles tres hores setmanals podien protegir-me de la vergonya d'haver de suportar que un dia tots descobrissin que havia usurpat el meu lloc.

De nou van passar anys. Els matins anava a l'editorial i m'instal·lava en una taula disposada en un racó de l'única sala que configurava l'empresa. I corregia. Quan havia acabat de corregir les novel·les de l'editorial, corregia, sense moure'm de lloc, diversos textos comercials o anuaris d'empreses del barri per a qui treballava D'Ara Endavant. M'era igual corregir literatura, publicitat o informes d'activitat, tot era sumir-me entre paraules, beure-les i refregar-m'hi.

I mentrestant la meva vida personal, és a dir sentimental, era la que es pot suposar. Sense existència real. Noies passaven, noies reien, noies ensumaven l'aire a la recerca de nois i jo les mirava, des d'allà on era, i les deixava passar. No m'havien ensumat. A vegades alguna, que m'atreia més que d'altres, m'ajudava sense saber-ho a poblar els moments groguencs d'abans del son, però aviat també s'esvaïa. De tant en tant, un divendres al vespre, el comercial de l'editorial em convidava a prendre una copa, perquè l'avorria haver de fer temps sol en espera de l'hora del bordell. I així va ser com vaig treure'm de sobre el vel enganxifós de la virginitat.

5

L'heroisme del corrector davant l'enemic

I res no va canviar gaire, per mi, quan va esclatar la guerra.

El meu ull absent em va estalviar de ser incorporat a l'exèrcit, però en saber el meu ofici em van assignar un lloc de corrector al Comissariat de Propaganda de la Generalitat. No havia de dur l'uniforme i tenia prou temps per treballar dues hores diàries a l'editorial. Em posaven en un despatx gran amb d'altres correctors, alguns dels quals eren escriptors prou famosos i als quals no m'atrevia gairebé mai a adreçar la paraula, i pencava. Es trencava el silenci quan algú tenia una pregunta, és a dir gairebé cada quatre o cinc minuts. I així, jo, que no gosava demanar ajuda, aprenia escoltant aquells que, tot i ser tan importants, no tenien por de fer saber que tot sovint dubtaven. Es consultaven, es congratulaven, es contradeien, s'increpaven i només el sentit del deure feia que algunes qüestions de gramàtica no degeneressin en inacabables tertúlies generals.

Alguna vegada venia un conseller del govern, i quatre vegades el president de la Generalitat va entrar per saludar-nos. «Que ve en Companys!, que ve en Companys!» i ens aixecàvem quan s'obria la porta i ell caminava entre nosaltres, ens somreia i parlava amb els més famosos o amb aquells que ja coneixia. I a mi em tocava el braç.

El temps passava, entre batalla perduda i batalla perduda. Quan sonaven les sirenes per anunciar un possible bombardeig deixàvem la feina i sortíem de l'edifici de la Diagonal on treballàvem per davallar cap al metro. A vegades m'enduia documents i així, si aconseguia seure prou a la vora d'un llum, continuava corregint. Els més cepats, en veure'm arreplegar un pilot de papers sota el braç, em reservaven un gest d'assentiment, però cap no seguia el meu exemple.

I així vaig corregir fins al desembre del 1938, quan una tarda un funcionari em va comunicar que no calia que tornés l'endemà. Em va donar un paper que em deslliurava del servei actiu en favor de la República.

Aquell dia, mentre caminava fins a casa meva em vaig preguntar si amb l'enorme volum de correccions ortogràfiques, gramaticals, sintàctiques i estilístiques que havia efectuat durant més de dos anys havia aconseguit alentir cinc minuts la derrota de Catalunya. I com que la resposta era evident, després de tancar-me al pis i de preparar-me el sopar vaig posar-me a fer allò que havia planejat des de feia temps i que havia ajornat moltes vegades. Vaig obrir el *Diccionari General de la Llengua Catalana* i vaig emprendre'n la lectura, començant per la primera lletra.

Aquesta va ser la meva aportació personal als últims esforços de resistència a l'envestida feixista. Aquest va ser l'heroisme del corrector davant l'enemic.

6

Has de venir amb nosaltres, o els franquistes et pelaran

Durant les setmanes que van seguir el meu acomiadament no vaig saber gairebé res del que passava; tan sols pescava alguna informació quan sortia a comprar, però ningú no semblava acordar-se amb ningú sobre res, excepte sobre la imminència de l'entrada dels nacionals. Per això no estic segur de la data exacta de la meva fugida. Podia ser el dia que van arribar els tancs, o un dia abans, potser dos. Era un matí del cel blavenc, havia baixat per intentar trobar llet quan vaig topar amb una furgoneta que mig barrava la sortida de l'immoble on vivia. Simultàniament, va començar una corredissa rere meu i vaig haver d'apartar-me per deixar passar les meves veïnes de replà. Eren dues germanes gairebé velles, sense marits ni fills, sempre afables, fins al punt que la més gran, quan es va adonar que era borni, m'havia compadit prou per portar-me, de tant en tant, un bol de sopa o un parell de pomes.

Anaven carregades de maletes i paquets que apilonaven dins la furgoneta on ja hi havia, ho sabria aviat, sis persones. Es deien, les germanes, Fina i Enriqueta.

Fina Campos. Cinquanta-sis anys. Comptable a la Diputació de Barcelona. Està a punt de convertir-se per un temps en la meva mare adoptiva, però ni ella ni jo no ho sabem encara. Més tard ens perdrem de vista, durant uns anys, però després de la guerra acabaré sabent que treballa a l'Ajuntament de l'Ametlla del Vallès.

Enriqueta Campos. Cinquanta-quatre anys. Responsable del departament de Roba Infantil del magatzem Majestic. Està a punt de convertir-se per un temps en la meva mare adoptiva però ni ella ni jo no ho sabem encara. Més tard ens perdrem de vista, durant uns anys, però després de la guerra acabaré sabent que treballa en una fàbrica de canalitzacions de Lliçà de Vall.

Totes dues són simpatitzants trotskistes.

Sense elles no hauria fugit mai de Barcelona i sense elles, havent fugit, no hauria sobreviscut a allò que vam viure plegats. I ho vam començar a viure quan l'Enriqueta, amb l'aire estranyat, em va dir:

—Què fas, Agustí? Que no te'n vas?

—Bé, no, no ho crec. Ara anava a comprar llet.

—Però, noi, que no saps que et mataran quan et trobin? Has de marxar...

El conductor de la furgoneta em mirava amb recel, com si li fos evident el que passaria tot seguit. Jo, però, no acabava d'entendre per què havia de marxar.

—No he fet res, jo, no he estat mai militar...

—Ah, i et penses que et creuran quan els diguis això? Quan vegin que et falta un ull es pensaran que l'has perdut a la guerra i et mataran.

I tot d'una vaig entreveure'm mort, al pis, d'una bala que aquell que m'hauria executat hauria tingut cura de disparar-me a l'ull de vidre. Vaig obrir la boca, però no sabia què podia dir. La Fina va ajudar-me:

—Agustí, no siguis ximple, vine amb nosaltres, anem a França, amb ells. Oi que pot venir?

S'havia girat cap al conductor, i aquest va tenir una ganyota de fàstic tot murmurant «Que s'afanyi, cony de Déu!, que s'afanyi...». La Fina va agafar-me pel braç i va estirar-me lleument. Semblava conscient que jo em sentia incapaç de prendre cap decisió.

—Agustí, escolta'm bé. M'escoltes...?

Moviment afirmatiu, tot i que poc convincent, de l'Agustí.

—Has de venir amb nosaltres o els franquistes et pelaran. Però ho has de fer ara mateix, m'entens? Nosaltres marxem ara mateix. Puja a casa teva, agafa tot el que tens per menjar, roba d'hivern i mantes, emporta't totes les mantes que puguis. I diners, si en tens, és clar. Però res més, m'entens? Puja de seguida, marxem d'aquí cinc minuts, has de córrer.

Vaig tenir la temptació de dir-li:

—Si diguessis «flassades» en lloc de «mantes» seria català més genuí...

Una espurna inesperada de lucidesa va fer-me'n desistir. Vaig pujar i vaig fer el que havia dit, però al sarró, a més d'aliments, hi vaig entaforar el meu diccionari.

Vaig tancar la porta del pis, vaig embutxacar, com sempre, les claus, vaig baixar sense aconseguir afanyar-me de debò i van fer-me un lloc dins la furgoneta. No vaig tornar a Barcelona fins sis anys més tard. Però, mentrestant, hauria perdut les claus d'aquest pis. I el diccionari.

7

Aquella cosa humana

Primer la furgoneta i, quan no va quedar benzina, caminar. I topar amb la frontera tancada. I després d'uns dies d'immobilitat, esmunyir-nos per la frontera finalment oberta. I ajuntar-nos sense fàstic en aquella cosa que caminava cap al nord, aquella cosa humana feta de carn i de por, amb més esbufecs, plors i mocs que frases senceres per parlar d'allò que ens esperava i que, mentre avançàvem, encara no sabíem anomenar. Aquella cosa que caminava i que, si calgués, hauria reptat per escapar de la mort i la ignomínia que ens volien oferir els que ens empaitaven. Vaig ser a l'interior d'aquella cosa humana, una porció minúscula d'aquella cosa; vaig avançar a mesura que avançava, vaig aturar-me quan s'aturava, per dormir, per menjar, per anar de ventre, i vaig continuar avançant amb ella, dintre seu, com si no em quedés cap altre remei que obeir-la per sempre. I aquella cosa humana va poder deixar enrere el perill imminent de mort, a mesura que els soldats francesos la deixaven entrar, la guiaven, la vigilaven, l'empenyien, se'n mofaven. Fins a la platja.

I jo maleïa com els altres aquells militars francesos, gairebé tots negres i àrabs que tan sols sabien lladrar ordres i insults. I maleïa els oficials i els gendarmes, tots blancs, que ens observaven de lluny i semblaven desitjar que desféssim el camí perquè no els destorbessin més la rutina.

Però no només els maleïa per això, jo, sinó també perquè m'impedien sentir parlar el català d'aquelles terres que també eren terres catalanes. Al moment de travessar el poble del Pertús, passada la frontera, m'havia decebut molt no veure ni una sola indicació en català. En aquell moment, tan sols l'existència d'una mena de tall còsmic hauria pogut fer-me entendre que una simple barrera política fos suficient per fer desaparèixer una llengua. Si al nord de la ratlla també són catalans, per què no escriuen res en català? I semblava, en fer-me aquesta pregunta, que hagués oblidat les prohibicions de Primo de Rivera que havien imperat feia tan pocs anys fins en la botigueta més modesta de Solsona. I semblava que em fes il·lusions sobre el que passava al territori que estava abandonant ara que Franco n'era amo absolut.

Llavors, privat de llengua escrita, almenys hauria volgut sentir la llengua tal com es parlava a la comarca del Rosselló; o potser el Pertús era al Vallespir? Havia entrevist cares a les finestres, totes tancades, però mai no aconseguiria sentir algú d'aquestes terres parlar català si no podíem apropar-nos a ningú que no fos un cavaller africà enarborant el seu sabre davant els fotògrafs. Nosaltres també intentàvem enarborar davant seu alguna cosa del que no ens havia estat arrabassat, i això era punys alçats, desesperança disfressada de dignitat, records de matances. I els fotògrafs, amb un frenesí que era el complement de la nostra apatia, no deixaven perdre res de l'agonia d'aquesta cosa humana que avançava i no semblava haver d'arribar mai enlloc.

8

Una terra sense filferro ni pobles vençuts

I així, talment com els grecs antics, nosaltres també vam viure en un món compost de quatre elements primordials, però els nostres eren vent, sorra, aigua salada i merda.

Vaig passar setze mesos a la presó dels francesos, que era la presó bastida pels que no haurien volgut que vinguéssim però que no ens podien expulsar, la presó vestida de benvolença i caritat. I si la benvolença era el filferro espinós, la caritat devia ser la disenteria. O la pneumònia, l'escorbut, la sarna.

Com curar-se de la sarna quan teniu el cos cobert de fiblades vermelles que cremen, s'expandeixen, irradien mentre les bestioles que la causen es reprodueixen sota la vostra pell? Efectueu friccions enèrgiques d'aigua de mar tres vegades al dia. O quatre. No és que cap dels metges internats amb nosaltres pensés de debò que l'aigua salada mata la sarna, però és millor que quedar-se sense fer res i, a més, per una vegada que una medecina és de franc i inesgotable, seria llàstima no provar-la.

Setze mesos amb el gust de la sorra a la boca. Podria dedicar la resta d'aquest relat a desgranar aquests setze mesos i confegir un llibre interminable, un llibre que, encara que s'anés dividint en volums, tan sols podria donar una idea aproximada del que va ser possible patir-hi. Un llibre, a més, que seria només la memòria del que va viure una part molt reduïda d'aquella humanitat aglutinada allà, jo i uns pocs més. Quants érem, en realitat? Em sembla que ningú no s'haurà pres mai la molèstia de comptar-nos. Posem que fóssim cent mil els que vam anar-hi a raure, comptant els que van morir-hi tan de pressa que ni van tenir temps de ser percebuts com a boques inútils per l'administració francesa. Cent mil éssers enrunats que van passar-hi entre uns dies i setze mesos cadascun. Quants dies són, en total? Una infinitat de calendari, de sofriment, de por, de fam, de vergonya, de no-res.

O sigui que no sé què podria dir-ne que pogués ser considerat com a suficient. Encara avui no entenc per què no vaig morir-hi. És clar, em vaig posar a recer de les ganes de viure de la Fina i de l'Enriqueta, els vaig fer de fill, de germà menut, de comparsa, d'amic lleial, a vegades de criat. Els dec la vida, ja ho he dit. Sense elles la primera nit, quan encara no estàvem tancats rere els filferros, no hauria tingut la pensada de jeure sota un cotxe abandonat però ja ocupat, per protegir-me del vent. I els primers dies, quan no aconseguia atansar-me a cap camió d'avituallament, m'hauria mort d'inanició si no haguessin compartit amb mi el pa que havien pogut arrabassar. Jo, a canvi, feia el que podia, és a dir, gairebé res.

La Fina, el segon dia, va dir-me: «Agustí, per mi ja no ets un home, ets de la meva família», i no ho deia per complaure'm, sinó perquè havia de defecar i no gosava demanar a ningú més que a l'Enriqueta i a mi d'aguantar una flassada entre ella i la platja, arran de mar, per amagar-la. I jo em posava de cara al nord, de manera que la Fina fos al costat del meu ull mort i així, amb l'ull esquerre, gairebé no em calgués ni girar la cara per no veure-la.

Al cap d'uns dies, però, ja ningú no s'amagava. En paral·lel a les ones uns homes, cada matí, cavaven una renglera que servia de latrina i aviat tots anàvem a ajupir-nos-hi pensant molt més en el fred que irrompia per sota que en les mirades d'aquells que ja no miraven. Ningú no veia ningú.

Amb les canyes ens havíem fet una tenda que queia dues o tres vegades al dia i dues o tres vegades a la nit, i ens quedàvem allà, sense moure'ns. Sovint l'Enriqueta preferia fugir d'aquest inútil recer i ser bufetejada per la tramuntana si a canvi podia escoltar algun rumor del que passava a l'altre costat de la frontera. O si així trobava algú amb qui fer plans per escapar-se, o per intentar pescar algun peix. Res no li servia de res, però així no embogia com aquell valencià que, al cap d'un parell de setmanes, va llançar-se a l'aigua per tornar a ca seva i va posar-se a nedar, nedar, nedar.

No devíem ser gaires els que, per no embogir, sol·licitàvem l'ajuda del Canigó. Era allà. A tocar. El Canigó dels herois de Jacint Verdaguer, la muntanya muralla i la muntanya palau, amb els guerrers, les fades, els gegants adormits, els monjos caminaires. Podíem, uns quants, gairebé albirar-los. No vaig ser l'únic, durant aquells setze mesos, a palplantar-me a vegades cap a l'oest per contemplar-lo i imaginar-hi gestes flamejants. Deu ser la muntanya més bella del món, pensava, i és nostra, encara que ara, sense haver demanat el permís de ningú, la custodien els francesos. En deuen saber res, de les fades del Canigó, els francesos?

I així, fent temps davant seu, veia com la muntanya sencera respirava. Ho feia molt a poc a poc, al seu ritme geològic; si no, com s'hauria explicat que, segons si estava lliure de núvols o embromada, semblés més baixa o més alta? Tots els que ens dedicàvem a observar-lo de tant en tant n'érem testimonis. Era la muntanya viva, la que senyorejava la plana i tot aquell tirant de Pirineus, i com tots vaig prometre'm que algun dia hi pujaria, al cim, allà des d'on s'aguaita una terra sense filferro ni pobles vençuts.

Podria anar enumerant, doncs, una multitud de moments, viscuts o observats, i tots semblarien poca cosa, de tan mal narrats, al costat del que van ser en realitat. I podria intentar explicar que, en aquella presó sense parets, vaig arribar a copsar a vegades com un segon s'estira, s'enganxa als dits i no aconsegueix passar i deixar el lloc al segon següent fins al cap d'una llarga estona d'intentar desprendre-se'n. Però, com que aquest relat dels meus setze mesos de platja ha de servir sobretot per fer entendre més bé el que vaig ser després, em centraré en dos episodis precisos, en dos moments que van obligar-me, el primer, a eixir una mica del que havia estat fins llavors i, el segon, a oblidar-ho gairebé del tot. Fins a ser el que soc ara.

9

Episodi u de narració obligada: la primera paraula del diccionari

Una tarda, quan tornava d'anar a cercar aigua, vaig adonar-me que m'havien robat el diccionari. Estava fet malbé, amb la coberta estripada i les pàgines com olioses per l'efecte de l'aire de mar, però el tenia, sencer, dins el sarró, prop de la meva màrfega. Era quan dormíem en barracons de fusta malgirbats. Era quan l'administració francesa ens regalava dos segells cada mes i així havia pogut escriure als pares i al senyor Emili. Era quan els pares i el senyor Emili m'enviaven alguns queviures i alguns diners, i així, amb l'Enriqueta i la Fina, ja semblàvem gairebé més vius que morts. I era quan cada matí els comerciants d'Argelers i d'altres pobles podien entrar per comprar i vendre, i tot plegat, amb el que els altres presoners havien rebut, es muntava un mercat de nou, vell i robat.

—No et preocupis —em va dir l'Enriqueta, en veure'm desesperat—, d'aquí un parell o tres de dies el trobarem al mercat. Ja ens empescarem la manera de recuperar-lo.

—Però, que no veus que qualsevol podrà comprar-lo si no el trobem abans? —protestava amb una vehemència destinada a dissimular que estava a frec d'arrencar a plorar.

—No, home, ja veuràs que no... Saps, Agustí, no crec que hi hagi gaire gent amb ganes de gastar calés per un diccionari de català, aquí dintre.

Em va estranyar que semblés pensar-ho sincerament.

Vam trobar el diccionari tres matins més tard, a la parada del Motorista, un jove reusenc esdentegat conegut per haver estat dels primers a haver muntat negocis amb els pagesos que, de matinada, bescanviaven entre els filferros fruites i patates contra joies i rellotges.

—No diguis res i anem a avisar en Guillaumes —va murmurar l'Enriqueta—. I sobretot passem de llarg.

En Guillaumes era aquell que alguns anomenaven l'Almirall de tant com li agradava manar i perquè parlava sovint del que faria si li deixessin bombardejar els ports franquistes. Era el responsable, mig autonomenat mig elegit, de la nostra barraca. Amb poder i influència reconeguda per tota la zona dels civils.

El vam trobar. La Serafina em va dir de seguida que ja hi parlaria ella, però vaig tallar-la. Ho havia de fer jo. I així vaig començar, una mica, a deixar de ser el que era.

Al cap de dos minuts, ens vam plantar, tots tres i un parell de testimonis, a davant de la parada del Motorista. Podia, ara sí, engrapar el diccionari, i vaig dir, molt fort, més fort del que havia parlat mai en aquest camp i potser arreu de la meva vida:

—Sí, és el meu... Mireu, ha arrencat la primera pàgina, on hi havia el meu nom i la meva adreça a Barcelona, però és el meu, el reconec, n'estic segur. És el meu...

Va començar, és clar, la gatzara. El Motorista es va defensar, va protestar, va atacar per no cedir, es va ofuscar, va riure de l'evidència que sols el meu nom, si encara figurés al diccionari, podria ser considerat com a prova suficient. I en Guillaumes, que volia creure'm però no sabia com fer-ho, dubtava.

—Les taques —vaig dir—, són les mateixes taques, als mateixos indrets. Mireu, aquesta pàgina, que té un plec, el vaig fer per accident a Barcelona, un vespre que va sonar la sirena, fins i tot us puc dir que era mentre llegia la definició de la paraula *maula*...

—Ah, sí? —El to sarcàstic del Motorista va burxar-me les entranyes.— I jo dic que t'ho inventes tot. Aquest plec el vaig fer jo, i les taques també són meves.

Les cames se m'emplenaven de plom. Callava. A penes sabia respirar. Fins que vaig adonar-me que no volia callar i, de nou, vaig respirar normalment. Vaig convocar, dintre meu, tots els sinònims que coneixia de la paraula *indignació* i els vaig ordenar d'actuar, en l'ordre que volguessin, però sense treva ni pietat. En van venir molts, i més encara, i van actuar. Vaig adreçar-me a en Guillaumes.

—Pompeu Fabra. Pregunteu-nos qui és en Pompeu Fabra...

En Guillaumes no semblava gaire convençut, però va assentir amb el cap i va tenir un gest amb la mà com de jutge abans de la sentència.

—En Pompeu Fabra? Sí, per què no? Tu, Motorista?

—Qui és? Collons, és l'autor, no? Ho posa escrit aquí.

—I què més? —vaig dir jo, inspirat ara per la paraula *envestir*, i per la seva companya *persistir*.

—Qui més? Bé, ho sap tothom, és aquell de la llengua, que ha posat regles a la llengua...

En Guillaumes, amb un senyal amb la barbeta, em va indicar que em toca a mi.

I em va tocar dir, doncs, «Sí, és clar, aquell que ha arreglat la llengua... I ho ha fet sense ser lingüista, no, és químic, ho sabíeu?... I a més ho ha fet des del País Basc, on va viure molts anys... i després a Catalunya, a Badalona i tot això ho va fer... per... per encàrrec d'Enric Prat de la Riba i de la Mancomunitat... I per això aquest diccionari va poder sortir el 1932... Ho explica molt bé a la introducció... I primer va sortir en fascicles però el diccionari de debò, el de debò, és aquest, en volum, un bon diccionari ha de ser enquadernat, oi?».

El Motorista tenia mirades d'odi. Havia reculat una mica. Però no es volia rendir i vaig veure com en Guillaumes no en tenia prou, amb el que acabava de sentir, per donar-me la raó.

—Noi, m'impressiones, però *saber* no vol dir *haver*, que deia el capellà del meu poble... El que vull dir és que podries saber tot això sense que el diccionari fos teu...

Vaig tancar els ulls, dos segons. No em movia gens. Vaig entendre que havia de somriure, si somreia la solució em naixeria a la comissura dels llavis i sortiria, sola, sense que hi hagués pensat de debò.

—La primera paraula del diccionari.

Vaig notar, al voltant meu, un silenci fet d'una barreja de curiositat i d'exasperació. I vaig començar a adonar-me que em faria entendre més bé si fes frases més clares i més llargues. Així doncs, vaig intentar-ho.

—Sí, la primera paraula, tothom sap quina és la primera paraula del diccionari, no?

La curiositat i l'exasperació que m'envoltaven romanien intactes, però s'hi va afegir un deix d'aprensió. Devia ser el que els quedava del temor de l'alumne que no sap respondre a les preguntes del professor i espera que aquest proclami quin serà el càstig. Havia de reblar el mot. I no vaig deixar de somriure, si bé vaig intentar que fos un somriure modest. Més tard m'adonaria que devia haver estat la primera vegada que tenia ganes de somriure immodestament davant d'algú que no fos una paret.

—La primera paraula és *a*, és bastant evident... Estic segur que ho sabíeu... Però quina és la primera paraula... començant pel final?

El Motorista obria la boca, com si volgués escopir-me a la cara, però al darrer moment es va empassar la saliva sobrera. Tots em miraven com si esperessin una acrobàcia o un malabarisme mai vistos. Per uns instants vaig ser un animal de circ, al qual s'agraeix que ofereixi uns segons d'excitació. No els havia de decebre. Calia que m'aplaudissin i es vinclessin endavant.

—Apa, noi, no ens facis glatir —va dir en Guillaumes amb una impaciència que no semblava voler dissimular.

—*Zum-zum*... És *zum-zum*... De fet, les últimes paraules del diccionari són totes de la mateixa família: *zum-zum, zumzejar, zumzeig* i, ai... crec que me'n deixo una...

Em va venir un pessic a l'estómac, una cremor sobtada. Vaig pensar tot d'una que si un d'ells sabia quina era la paraula que m'havia deixat, la que no aconseguia recordar, hauria perdut la partida i hauria de fer-me enrere, capcot i humiliat, i tornaria al meu cau de fustes balderes. Vaig entreveure el precipici però vaig intuir que era gairebé impossible que ningú sabés quina era aquesta paraula. I vaig aferrar-me a la realitat d'un camp ple de persones per a qui un diccionari és un animal estrany de maneig complicat, gairebé angoixant, i del qual han intentat sempre mantenir-se allunyats.

Vaig continuar, sense que ningú s'hagués adonat de la meva vacil·lació.

—I abans d'aquests, l'últim és *zulú*, que es refereix a un poble africà... Quan us dic que he passat mesos llegint aquest diccionari...

En Guillaumes reia, l'Enriqueta em premia l'espatlla, d'altres ja estaven comentant la meva proesa. I el Motorista m'allargava el diccionari amb un posat que volia ser, tot d'una, de bon perdedor.

—D'acord, deu ser teu... Però no el vaig robar, eh? Algú me'l va canviar per un joc de dames, però no et puc dir qui era...

I en sentir, de nou, aquell pes de paper entre les mans, vaig entendre que acabava de guanyar una batalla de les que ressonarien tot al llarg dels anys de la meva vida.

10

Episodi dos de narració obligada: afany d'amor i de sinònims

Havien passat molts mesos. Ja no vivíem amuntegats entre runes de sorra, teixits esparracats, dejeccions i taulons mal ajuntats, ens havien construït barraques sòlides, amples, amb finestres de vidre i una estufa. Hi feia fred, però en aquell final de segon hivern de reclusió, era un fred que havia renunciat a assassinar-nos, si bé encara algunes malalties, a vegades mortals, es resistien a esvanir-se. El fred, això sí, continuava enterbolint-nos les facultats de pensar.

Hi havia més filferro i menys fraternitat ara que el camp estava dividit en dues meitats, entre la zona dels homes i la zona de les dones i els nens. Així hi havia, també, menys intents de violació. Però la Fina i l'Enriqueta vivien a l'altre costat, i jo tan sols tenia el dret de parlar amb elles a banda i banda de les dues reixes espinoses, separades per un buit de tres metres destinat a impedir que ens poguéssim tocar.

Jo, a part de provar de trobar al diccionari el nom i la descripció de tots els vents que bufaven per aquella platja, no feia res més del que havia fet fins aleshores. Esperava. I m'hauria agradat saber què esperava. I devia esperar que una tarda em vingués a trobar un noi que em semblava no haver vist mai abans i que se m'havia apropat corrents.

—Ets l'Agustí del diccionari?

El vaig mirar, estranyat, i vaig veure com es torbava davant del meu ull dret, ara que la sorra projectada pel vent gairebé havia acabat d'esborrar l'iris que hi tenia pintat. Els que no estaven acostumats a veure'm de prop tenien tots aquesta pausa breu en el parlar, o aquest gest tan discret cap enrere, i eren la pausa i el gest de contemplar el meu ull blanc. Feia veure que no me n'adonava.

Amb aquest noi gairebé no me n'hauria adonat gens, torbat com estava jo també de sentir-lo anomenar-me així, amb la majúscula que hi poso ara —Agustí del Diccionari—, com si aquest llibre que gairebé mai no deixava de portar sota el braç fos la casa, el barri o el poble d'on venia i del qual havia heretat el nom. I era així, és clar.

Quan vaig assentir, amb un únic moviment del cap, per palesar la importància que jo mateix atribuïa a aquesta manera d'anomenar-me, em va explicar que em demanaven a la tanca.

—Allà, amb les dones, estan parlant de paraules i no es posen d'acord, diuen que necessiten un diccionari.

I, de sobte, ja hi era.

Tres o quatre homes i tres o quatre dones es llançaven paraules d'un costat a l'altre del filferro com si es tractés de pilotes. I veia que volien que fes d'àrbitre, però en adonar-me que tot anava de poesia en curs d'elaboració, jo també volia jugar. I tots giraven al voltant de l'Eugènia, la noia gràcies a la qual he sortit per sempre del meu clovell de silenci. Ella era allà, rere la reixa, provant de compondre un poema, o més aviat una cançó; no parava de dir que havia de poder ser cantada amb la melodia del *Testament d'Amèlia*. Talòs per sempre com soc, no he estat mai capaç de recordar més dels tres primers versos de la seva composició:

La Pàtria malferida,
pàtria dels catalans,
ara s'ha adormida...

Quina devia ser la rima en *ans*?

Ella conduïa el poema cap al camí que volia i els altres l'ajudaven a trobar paraules, sobretot paraules que rimessin. Però havien ensopegat amb *ditxós*, que alguns, i també l'Eugènia, volien rebutjar, afirmant que es tractava d'un castellanisme.

—Però —explicava un dels homes, amb un to que feia entendre que estava reiterant arguments—, si us dic que és una paraula ben catalana, ben catalana... Que no coneixeu aquell vers d'*El cant dels ocells* quan parla de «la nit més *ditxosa*»? *Ditxosa*, *ditxosa*, i a casa també ho hem dit sempre...

Una dona, en veure'm arribar, va interrompre'l sense escrúpols.

—Ara ho sabrem! Eh, noi, oi que ens faràs el favor d'obrir el teu diccionari?

I no va saber que dient-me això m'omplia la boca de xocolata.

Vaig recolzar-me el diccionari al braç esquerre, com faig sempre quan l'obro dempeus, els dits de la mà dreta em tremolaven una mica mentre el fullejava. Vaig mirar tres vegades la columna abans d'atrevir-me a aixecar el cap.

—No... no hi és.

L'avorriment a què tots estàvem sotmesos va provocar una exageració emocional en l'expressió de tots els sentiments. Per això alguns es van posar a cridar de joia i d'altres, a renegar.

—Què? N'estàs segur? —preguntava aquell d'*El cant dels ocells*—. Torna a mirar-ho.

—Sí, sí, mireu, diu *diton*, *ditrema* i després passa directament a *diumenge*. *Ditxós* no hi és.

Vaig posar-me, gairebé, de mal humor. Ja m'esperava haver de verificar-ho de nou, però tot i així vaig sentir-me ferit. Ser borni no m'impedeix llegir correctament. Estava a punt de fer veure el meu enuig quan vaig adonar-me que l'Eugènia havia decidit regalar-me, a canvi de la meva participació en la disputa, un somriure. Desproveïts de tot com estàvem, i per força allunyats tres metres ella i jo, no podia regalar-me res més, o sigui que m'havia regalat tot el que podia regalar-me. Mai ningú, fins aleshores, i fins avui, no m'ho havia regalat *tot*.

I així vaig entendre que mai més, mentre haguéssim de viure aquí dintre, no voldria allunyar-me d'aquest tros de tanca.

I quan tots van haver marxat, l'Eugènia i jo encara hi érem.

Eugènia Llorens.

Tenia cinc anys més que jo, era mestra d'escola a Castelldefels, havia perdut el marit en una batalla ja gairebé oblidada i, quan havia fugit, havia deixat els dos fills a la seva mare. S'havia endut un parell de llibres sobre utopies sindicals i ganes de compondre poemes i cançons. Des de casa seva li havien enviat fulls blancs que li permetien escriure esborranys i posar els textos en net.

I quan tots havien marxat i l'Eugènia Llorens i jo estàvem sols, em va fer l'única pregunta que valia la pena fer en aquell moment precís:

—Ja m'ho semblava, que *ditxós* no anava bé, però com ho puc dir, doncs? Ja sé que hi ha *sortós*, però justament és la paraula amb la qual rima, no la puc posar dos cops...

—*Venturós*?

—No, m'hi sobra una síl·laba... I ja no tinc cap més idea. Pots anar cercant pel diccionari?

Li vaig dir que sí, és clar, però sabia que era un exercici va. Un diccionari alfabètic no està pensat per ajudar a trobar paraules, només serveix per verificar que hi siguin, com s'escriuen i què signifiquen. Calia cercar d'una altra manera.

Vaig entendre quina havia de ser la meva feina.

—Necessitem un diccionari de sinònims —vaig dir, amb la veu que se'm trencava—. Em sembla que no n'hi ha cap en català... S'ha de fer, és evident! I jo... i jo el puc fer, amb aquest diccionari, el puc fer... I el faré, d'acord...? Escriuré un diccionari de sinònims de la llengua catalana.

Mirava a través del filferro i hi veia, de nou, un somriure. L'Eugènia volia que el fes. També volia que mentre el fes no deixés de parlar-li de les paraules que posaria de llista en llista.

Vaig aplegar cinc fulls de paper, que eren prou per començar a condició d'aconseguir fer una lletra tan petita com la de l'Eugènia. Els vaig dividir en sis columnes, i a dalt de cada columna vaig escriure la primera paraula del diccionari que em semblava que podia disposar d'un sinònim. *Àbac*. Vaig deixar un espai a sota per marcar-hi cinc o sis paraules, i vaig escriure la segona paraula que em semblava que podia disposar d'un sinònim. *Abacà*. I així anar fent. I quan trobaria la primera paraula sinònima d'una que ja havia escrit, l'hi posaria a sota.

Escrivia un diccionari. Com Pompeu Fabra. Mare de Déu. Brau cavaller sant Jordi. Eugènia Llorens.

I ben aviat vaig veure que cada full era una extensió no només de la llengua catalana, sinó de Catalunya. Soc un heroi, em deia a vegades, quan ningú no podia sentir-me pensar. Un dia, quan poguéssim tornar tots a casa, publicaria el meu diccionari. I l'Eugènia, és clar, m'acompanyaria. Em sabia un greu infinit que no hi hagués cap diccionari al camp de les dones, i que fos, deia, massa arriscat intentar fer-n'hi arribar un a través de la seva família. El correu estava vigilat pels nacionals, que no deixaven sortir ni entrar res que fos escrit en català ni res que insinués cap vincle amb la llengua catalana. Tant hauria volgut que treballéssim junts per poder transmetre-li de debò el meu afany d'amor i de sinònims. Així, al final de la nostra feina, la coberta del diccionari, enllestit i en via de distribució a les llibreries, proclamaria:

Eugènia Llorens & Agustí Vilamat
Diccionari de sinònims de la llengua catalana
Publicacions de l'Institut d'Estudis Catalans

Tot d'una només sabia pensar en sinònims i en l'Eugènia. I treballava. Mentre treballava, aquells dies de camp i platja passaven més de pressa, perquè el prodigi era el següent: treballava en el diccionari per l'empenta que em donava l'Eugènia i, quan no treballava, em quedava tan a prop com podia de l'Eugènia per l'empenta que em donava el diccionari.

I parlava com no havia parlat mai a ningú, i no m'imaginava com devia ser poder veure-la, un dia, sense el filferro i sense els tres metres que ens separaven. Eugènia a frec de dits, a frec d'alè. Eugènia que duia sempre un mocador blau i brut al voltant del coll, que l'Agustí Vilamat, atrevit aventurer, li desnuava en pensament cada nit, i cada matí, noble company, li tornava a nuar. I a cada auricular hi portava un anell de fusta, que eren els regals que li havien fet els seus fills, poc abans que els hagués hagut d'abandonar. Quan en parlava, provava de no deixar de somriure.

11

12 de juny de 1940

Tot barrejat de foc i fum

I què hauria hagut de fer, doncs, quan els avions van passar i van matar-me-la?

Amb la boca plena de sorra, amb el cap i el cos ple de terror, em vaig aixecar i vaig travessar les dues tanques de filferro ara caigudes. Duia encara, ben endins, el soroll de les bombes i de les metralladores. Em retrunyien per cada plec del cervell i tot al llarg dels ossos. Arreu, al camp dels homes i al camp de les dones, se sentien els crits previsibles, els plors ordinaris i els gemecs banals de qui s'està morint o plora els morts acabats de fer. I tot barrejat de foc i fum. Vaig trigar molt a trobar-la, però abans que ho aconseguís em va trobar la Fina, que corria a veure si el seu germanet, jo, havia sobreviscut.

I era tan morta, l'Eugènia, s'assemblava tant a les altres mortes, que hauria pogut no reconèixer-la. Ja no era res més que una cosa fora del món i jo ja no podia esperar res més d'ella. Per això no em va passar pel cap intentar recuperar els seus poemes. Tampoc, quan l'Enriqueta i la Fina van arrossegar-me per fer-me tornar al camp dels homes, no vaig voler recuperar el meu esbós de diccionari de sinònims. Ni tan sols el diccionari de Pompeu Fabra.

Tot era escampadissa. Res no s'aguantava, ni les barraques ni l'ordre imposat pels soldats francesos ni, tampoc, la desesperança quieta que fins llavors ens havia estat com una pàtina i ara esdevenia un luxe. Corríem. El camp es buidava, sols hi quedaven els que no volien marxar sense enterrar algú. Per això l'Enriqueta i la Fina van quedar-se fins que acabéssim d'acomiadar l'Eugènia.

A mitja tarda el camp estava gairebé buit sota el fum tossut que no s'esvaïa. Jo mirava la Fina, i mirava l'Enriqueta, i sabia que havia de quedar-me amb elles, perquè eren les persones amb qui podia sobreviure, però també sabia que no ho faria. La Fina va dir-me:

—Hem d'anar cap al nord, lluny dels combats... Però hem de marxar de seguida, aquí és massa perillós, que no ho veus?

Vaig respondre-li que no amb un moviment de cap.

—No puc... no me'n vaig amb vosaltres, em sap greu... Em quedo per aquí i de seguida que pugui tornaré a passar la frontera.

—Però, per què? Què vols fer?

—Què creus que vull fer? Vull matar franquistes.

Segona part

Agustí Vilamat a l'aguait

12

13 de juny de 1940

PODES PUJAR AL MARXAPEU

He d'anar amb els militars. Aprofitant el caos i l'atordiment general s'estan aplegant al nord del camp per marxar junts. No cal ser cap estrateg per entendre que planegen reunir-se amb l'exèrcit francès i tornar a heure-se-les amb els franquistes, que deuen estar a punt de creuar la frontera, allà mateix on ho havíem fet nosaltres fa un any i mig. No tenen armes, aquests republicans de nou engrescats, però pensen que els francesos els en deixaran.

Deuen ser un miler, potser dos mil, aglutinats al voltant dels seus oficials, entre la sorra clapejada de canyes que marquen la fi de la platja i l'inici de la terra ferma. Espellifats, amb la cara cendrosa i el cos massa magre però decidits a combatre de nou. Escoltarien les ordres però les ordres triguen i, quan arriben, són contradictòries. I van i venen, com si mai més no volguessin seure de por d'haver de quedar, altra vegada, immòbils. Reneguen, miren el cel, s'expliquen amb gestos amples les maniobres dels avions, alguns indiquen el sud, d'altres el nord. Uns quants ensumen el vent com si n'esperessin informacions. I les ordres, quan acaben arribant, els diuen de quedar-se allà mentre hi hagi ferits per ajudar i morts per enterrar. Demà al matí marxarem, diuen. I de seguida hi ha qui pretén saber que els francesos han acceptat armar-los i formar un batalló republicà, mentre uns quants afirmen que les primeres batalles han estat una carnisseria de nacionals, i d'altres que la declaració de guerra de Franco als Aliats ha encoratjat els vençuts a revoltar-se i que a moltes ciutats d'Espanya i sobretot de Catalunya s'organitza un front interior.

Però no.

Tot és mentida, tot és invent de soldats massa àvids de bones notícies.

La veritat serà molt més desoladora.

I l'endemà quan tots els morts han estat enterrats i els darrers ferits estan en via d'evacuació, la veritat, per a mi, serà que ningú no creurà que vulgui fer-me soldat. Cerco escletxes per les quals esmunyir-me en algun grup de militars i tan sols topo amb mirades rialleres o enfadades. Fora, noi, que molestes. Ho provo amb els catalans, amb els espanyols i amb els milicians que parlen llengües que no entenc, ho provo amb l'exèrcit de terra i d'aire, ho provo amb tots, i tots saben que no podrien guanyar mai cap guerra si m'admetessin amb ells. I a poc a poc reculo o, més aviat, deixo que se'n vagin sols.

Així, doncs, no veuré com l'exèrcit francès posarà camions a la seva disposició per dur-los en un centre d'entrenament i no sabré fins molts mesos més tard com, en realitat, els porten més al nord i també vora mar, al camp del Barcarès, que no ha estat bombardejat, on els tanquen de nou, sense que tinguin temps de rebel·lar-se.

El govern francès ha enviat ordres precises, i ara que Espanya és un país en guerra amb França, tots els soldats espanyols, sense excepció, han de ser considerats com a enemics. Poc importa a l'estat major francès en quin bàndol havien combatut. Res d'unir-se contra un adversari comú, res de veure aliats potencials en aquests aprenents d'espantaocells.

D'aquesta manera, quan l'avantguarda de l'exèrcit franquista arribarà al Barcarès, en lloc de trobar els seus antics enemics armats i disposats a combatre'ls, trobaran els seus antics enemics presoners. Així, tan sols hauran de canviar els sentinelles. I els primers dies jugaran sovint, des de les filferrades, a qui més mata més riu, encantats de passar l'estona metrallant aquells que els han estat regalats pel govern francès.

D'aquest munt de soldats que han pujat tan confiats als camions francesos, sense voler admetre'm amb ells, gairebé cap no sobreviurà més d'un parell de mesos.

I jo, mentrestant, jo que m'estic preguntant cap on he d'anar, jo que ja enyoro la Fina i l'Enriqueta i em dic que si fes via potser les podria retrobar, hauria d'ajudar algun ferit massa lent, o portar la bossa d'una dona sola, o dur una criatura a collibè, per tal de ser, com sempre, inofensiu. En lloc d'això, vaig cap al mar. Passo les barraques bombardejades que gairebé ja no fumegen, passo els fils d'estendre roba, passo les rengleres cavades que servien de latrines, i en arribar arran de platja, on no queda ningú, m'ajupo i recullo aigua amb les mans. Miro com se m'escola entre els dits però de seguida bec el que m'hi queda, d'una glopada que m'arrenca una lleu ganyota de fàstic. Tot seguit em rento la cara i les mans. I allà, com un heroi ridícul de cinema mut, em prometo que mai més no tocaré aigua de mar si, abans, no he pogut matar franquistes. I fet això, com un bateig sense capellà ni padrins, giro l'esquena a les ones i em poso a caminar. Ara per ara, però, si em trobés un soldat de Franco davant meu, no sabria com fer-m'ho per intentar matar-lo.

He d'aprendre moltes coses.

I per anar rumiant la manera d'aprendre'n, em convindria caminar sol, però són milers els que m'acompanyen. Voldria no haver de mirar ningú amb el meu ull únic, però a tot arreu hi ha gent que demana ajuda. Llavors, ajudo, però de seguida que puc torno a avançar sol. Des del camp d'Argelers imagino que som una bandada de saltamartins que es va desplegant en forma de ventall, allunyant-se del mar, ocupant tot l'espai possible, i jo, com més a prop de les muntanyes del sud, millor. I caminant endrapem el que trobem, enciam, albercocs, pastanagues, no deixem res i els pagesos, que no veiem, ens deuen maleir, tot i que potser és veritat que alguns, en lloc de maleir-nos, ens indiquen on tenen el camp o l'hort i diuen per allà, per allà, aneu-hi.

A mesura que avancem cap a l'oest, semblem més nombrosos. Creia que més aviat havia de ser el contrari, que ens hauríem d'haver dispersat en un espai cada vegada més obert, fins que un jove andalús m'ho fa entendre. Estem entrant en un embut, limitat al sud per la carena de les Alberes, és a dir, la frontera, i al nord per un riu. I a mesura que muntanya i aigua s'apropen l'una a l'altra, nosaltres ens densifiquem, com si volguéssim, de nou, ser una única cosa humana que camina i no un estol de vides escampades.

Estic cansat i penso que aviat, en lloc d'ajudar, seré ajudat, quan em resigni a quedar-me on hauré caigut —si caic— o on m'hauré assegut —si aconsegueixo seure per dissimular que estic a punt de caure. I m'assec. I així miro rere meu, i com que no veig ni mar ni sorra, penso que fa setze mesos que no havia passat tant de temps sense veure ni mar ni sorra. Veig, però, aquella dona que s'acosta coixejant. Ho fa tan a poc a poc que no entenc com no és l'última de totes, i esbufega, i amb una mà, cada cinc o sis passos, es posa bé els cabells sota la còfia i amb l'altra mà s'aguanta la cuixa. Mira lluny davant seu, senyal que no vol aturar-se, però quan passa prop meu em somriu, com si avui fos un bon dia, i em diu en espanyol:

—Què, noi, ho provem junts, una estona?

Dic que sí amb el cap, m'aixeco i ens arrapem, suaument, i així camino altra vegada. Es diu Anita, té uns cinquanta anys i va fugir de Múrcia amb el seu home, i quan el seu home va morir de pneumònia, passat Barcelona, va continuar sola. I ara, tal com caminava cap al nord fa un any i mig, camina cap a l'oest. És baixeta, gairebé grassoneta malgrat aquests mesos passats endrapant pa d'aire, i en córrer per escapar dels avions s'ha esgarrinxat la cuixa dreta amb un filferro.

Mentre avancem, al seu ritme, xiuxiueja improperis, que alterna amb versos de cançons revolucionàries i fragments de discursos. És comunista. Quan s'adona que jo no ho soc, mou el cap lentament, li faig pena. Però caminem. I de tant en tant em dona un copet a la mà amb la mà esquerra, la que no li serveix per pressionar-se la cuixa.

Fa calor, no mengem, no bevem. Caminem per inèrcia, callats; jo m'hauria aturat si no veiés com, durant els pocs quilòmetres que hem fet, el Canigó, allà davant, sembla haver crescut, prova que anem avançant. Em pregunto si aviat no hi onejarà, a dalt de tot, la bandera espanyola, i somio tot seguit una revolta de fades i bruixes per impedir que l'hòrrida gent blava i negra es renti els peus amb l'aigua dels estanys de la muntanya. I per primera vegada penso que si les fades volguessin repel·lir els franquistes dels seus dominis, de ben segur també haurien volgut fer fora els francesos, i si no ho han fet deu ser perquè no hi ha, pels vessants del Canigó, cap ésser de vent i sol disposat a defensar la catalana terra. Penso en això mentre l'Anita, encoratjada per l'ombra dels plàtans sota la qual coixegem ara, torna a remugar contra l'ordre capitalista.

Però arriba una camioneta. Ve del mar, va a poc a poc i la guaitem mentre s'acosta. De tant en tant s'atura i deixa pujar algú. S'atura, també, a prop nostre, amb renys i xerrics, per deixar que el conductor tregui per la finestra una cara rodona i bigotuda: «Els ferits i els malalts poden pujar!», diu, però de seguida afegeix: «Si queda plaça, eh?... La tinc ben plena, aqueixa pobra camioneta...». I des de l'interior del vehicle surten tot de crits, en català i en espanyol: «No!, no!, no queda lloc!». I, efectivament, aquesta camioneta és un amuntegament de gent que intenten no aixafar-se les ferides. El conductor ens torna a cridar: «Veniu a davant, donques, a davant queda una plaça...».

I acompanyo l'Anita fins a la porta del passatger. Dos homes ferits, ja instal·lats, es premen contra el conductor per deixar-la pujar... «I tu, minyó, vine d'aquest costat, si te sabes agafar fort podes pujar al marxapeu». M'hi atanso sense gaire convicció i mormolo que no cal, que no estic ferit ni malalt...

—Oh, ambe l'ull que tenes i la teua manera de caminar, jo haurii dit que un poc de repòs t'iria pas malament...

El miro, faig una mena de ganyota que voldria ser un somriure, i sense dir res pujo al marxapeu. M'aferro com puc, amb una mà a la barra del retrovisor exterior i amb l'altra mà dintre la finestra. No puc dir-li que no m'han fet decidir a pujar-hi ni el meu ull absent ni el meu esgotament, sinó el fet que per fi tingui aquí, tan a prop meu, la primera persona que sento que parla el català d'aquestes terres. Un rossellonès. Un rossellonès que ens vol ajudar i que xerra tan fort com pot per intentar cobrir el so del motor.

—Jo vai fins al Voló i prou, esperi que allà trapareu més gent per vos ajudar... Quina porqueria, aqueixa guerra, fa?

La camioneta trasteja com pot, em concentro per no ser-ne catapultat a cada sotrac i miro amb mala consciència tots els que caminen i deixem enrere, entre els quals hi ha d'altres ferits i d'altres malalts i tanta gent que m'enveja i em maleeix de poder arrepapar-me en aquest retrovisor, provant de no caure i d'engolir cada paraula i cada gir d'aquest català que em commou. I l'home em pregunta:

—I tu, minyó, d'on venes?

—De Solsona, vinc de Solsona.

—Solsona? Ai, sé pas ont és això, me tindràs d'excusar... Jo sun de Sant Genís, aquí matei, ben a la vora, Sant Genís de Fontanes en diguem... Ah, i me dic Marcel Llambrich... Llambrich s'escriu amb dos eles al començament i un *aixa* al final.

—*Aixa*?

—Sí, aixa, la *lettre aixa*, sabes? La que quan hi és, mai diu res, eh, eh...

Apunto mentalment que no sembla conèixer el nom català de les lletres de l'alfabet, ni saber que són femenines, i així començo a intuir l'abast del desastre que deu haver recaigut en la llengua d'aquestes terres.

Avancem, en l'últim quilòmetre, gairebé tan lentament com els que caminen. Arribem en una cruïlla i en Marcel Llambrich abaixa la veu per dir-me que si girés al sud tornaríem cap a la frontera. Fa cap al nord. Gairebé de seguida, però, quan ja estem a tocar del pont suspès que permet accedir al Voló, ha d'aturar-se. Hi ha, ara, massa gent i, sobretot, massa soldats. Un sergent s'apropa a la camioneta, jo baixo per deixar que parli amb en Marcel. Aquest militar no parla català, però entenc que l'accés al pont està tancat. Veiem, a l'altre costat, una bandera de la Creu Roja que ens donaria alè per intentar forçar el pas. Però no cal, el sergent accepta de creure que de debò la camioneta transporta ferits i malalts, i diu a en Marcel que pot anar fins al post de socors, però que tot seguit haurà de fer mitja volta. Ningú no pot entrar al Voló, ningú no pot anar cap al nord. I a mi, que no em veu ferit ni malalt, em diu que m'he de quedar on soc. Abans que la camioneta passi el pont vaig a saludar l'Anita, que m'envia un petó amb la mà, i miro de lluny com s'arriben fins al pavelló de la Creu Roja. Érem amics de pocs minuts i ja han desaparegut de la meva vida.

Durant uns instants penso d'esperar que torni en Marcel, però acaben d'arribar més soldats que ens obliguen a recular amb renecs proferits sense convicció ni gaire energia. Van a cavall, com els que ens havien vigilat, setze mesos enrere, quan acabàvem de passar la frontera. I ara aquests soldats ens diuen que hem de deixar espai per a les ambulàncies i ens obliguen a anar cap al sud. Ens empenyen, però al cap de cinc-cents metres reculen i ens deixen lliures de seure, d'apilonar-nos, i de mirar cap a la frontera com si fos el forat per on eixirà la nostra mort. Ells també miren cap allà, com si l'exèrcit francès, que s'havia autoproclamat no feia gaires anys el millor exèrcit del món, se sabés inferior a l'exèrcit de Franco a punt d'engolir-los.

13

13 de juny de 1940

Ho diu l'Esteve

—Ens fan servir per embussar la carretera, per alentir els feixistes... Quan arribin hauran de metrallar-nos per poder passar, els ocuparà una estona... i mentrestant els francesos podran acabar d'organitzar-se, o fotre el camp d'aquí. No ho veieu, que ens han posat aquí perquè els servim d'escut?

No ho dic jo. Ho diu l'Esteve. L'Esteve. Si no l'hagués sentit aquella tarda, tota la meva vida hauria estat diferent, i molt més curta. Pensant-hi avui, és bastant estrany adonar-me com en aquell temps encara podia fer-me il·lusions sobre els francesos. Ens havien empresonat i afamat, però eren els francesos, els de la república, de la democràcia, dels drets humans, dels grans escriptors humanistes i d'unes quantes revolucions. No aconseguia imaginar que haguessin pogut transformar-nos en dics de carn i pelleringues, en murs vivents destinats a frenar l'enemic quan apareixeria. Quants cossos deuen caldre per alentir un tanc? Quants cadàvers, per fer perdre un parell d'hores a les tropes d'infanteria? Aviat ho sabrien. Aviat podrien comunicar-ho a París per tal de completar l'afany d'estadístiques de l'estat major.

I tot d'una, vinguts del Voló, arriben camions militars que ens distribueixen pa, sopa i aigua. Tothom pregunta a tothom què passarà aviat, però ningú no vol quedar sense menjar i així els cossos aquietats calmen els esperits. Si ens volguessin deixar morir no ens alimentarien. Ho murmurem gairebé tots, com si fos la fórmula definitiva per curar-nos el neguit. Si ens volguessin deixar morir no ens alimentarien.

Però no he perdut de vista l'Esteve. Més tard sabré que té trenta-dos anys, que era professor de mecànica a l'Escola d'Arts i Oficis de Manresa i anarquista convençut. Hauria de dir, més aviat, que era anarquista convençut però de mica en mica vençut per la realitat. Durant tota la guerra va arreglar motors a l'avantguarda, i així va veure morts i ferits però mai, després de la formació militar inicial, no va disparar contra ningú. Ell i jo havíem conviscut setze mesos a la mateixa platja però ni ell ni jo no recordàvem haver-nos vist mai.

Ara per ara, però, tan sols percebo en ell la ment més lúcida de totes les ments reunides en ramat en aquestes cunetes i aquestes prades a les envistes de l'infranquejable pont del Voló. Perquè nosaltres, aquí, en aquesta mitja tarda de juny, no som res més que bèsties atemorides vagament apaivagades pel pa i la sopa. Llavors, atret per la lucidesa que percebo en ell, m'hi acosto, ara que s'ha quedat sol mentre els que l'escoltaven descansen a l'ombra i comencen a planejar com passar la nit aquí. I tots comencen també a oblidar les seves paraules malfiades.

—Perdona —parlo amb una veu massa baixa—, he sentit el que deies... Doncs... creus que de veritat els francesos ens abandonen aquí per alentir els feixistes?

Ell mira, durant una estona, el meu ull blanc, com si no estigués segur que valgués la pena respondre a un ésser tan desvalgut com jo.

—Què en penses, tu? No sembla evident?

—Però llavors, què hem de fer?

Alça les espatlles i no diu res. Deu voler que el deixi sol. Deu sentir-se ferit de no haver sabut atreure cap auditori de més rellevància que aquest noi insegur. Com que no el deixo sol i continuo mirant-lo, acaba parlant.

—Fes el que vulguis, o el que puguis, què més vols que et digui? Queda't aquí o prova d'escampar la boira segons si creus que val més ser un desgraciat quiet o un desgraciat que corre.

Fins feia poc hauria escollit, sense haver-hi de pensar, ser un desgraciat quiet. Qualsevol cosa feta amb quietud em semblava pensada per a mi. Però ara m'han matat l'Eugènia, i ja no puc pensar així. Tanmateix, tot i que m'han matat l'Eugènia, em costa decidir-me.

Vull que l'Esteve em doni una solució, i per això m'allunyo, fent veure que em desentenc d'ell. Vaig a seure sota una alzina, a uns deu metres rere seu, i no deixo de fitar-lo. Quan s'aixeca resisteixo per no aixecar-me també, i no sembla adonar-se que el segueixo amb la mirada mentre camina per la carretera, sense allunyar-se mai. Els altres miren cap al sud o cap al nord, però ell gairebé només mira cap a l'oest. Cap al Canigó, cap allà d'on baixa el riu. I torna a seure, abans d'aixecar-se per caminar de nou.

Quan comença a fosquejar, els soldats, que continuen barrant-nos l'accés al Voló, encenen focs i s'hi agombolen. Ni ens miren ni semblen parlar de nosaltres. Diré, en defensa seva, que tots saben que França ja té la guerra perduda. Al nord, la fugida davant de les tropes de Hitler és de dimensions colossals i els alemanys estan a punt d'endrapar París.

El meu francès és escanyolit però entenc prou bé els comentaris dels soldats, que no veuen ni gràcia ni sentit a la idea d'enfrontar-se amb els espanyols. Menyspreen els espanyols, incloent-hi els que preferiríem no haver de ser espanyols, i per a aquests soldats el menyspreu és un argument més, potser el més profund, per repugnar d'entrar en batalla. L'exèrcit de Franco ha guanyat la guerra civil fa poc més d'un any, però és un exèrcit exhaust que viu en un país desolat, sense saba ni sang. Aquests soldats saben que no els costaria gaire impedir als feixistes d'avançar, probablement els podrien empènyer cap al sud, fins a ocupar una franja de Catalunya i així salvar alguna engruna de l'honor de l'exèrcit francès, tan delmat pels nazis. Però ja ningú no sembla preocupar-se per l'honor. Ja res més no importa als francesos que acabar la guerra vius.

Saben que han perdut contra Hitler i que, per tant, ho han perdut tot. Nosaltres també ho sabem, però una mena d'acord tàcit, i en bona part incomprensible, fa que tant ells com nosaltres, en lloc d'ajuntar-nos com a vençuts i ajudar-nos, continuem assumint els papers que la història recent ens ha assignat. Ens vigilen, ens arraulim. Ens insulten, ens ajupim. Ens menyspreen, els odiem.

Llavors sí, és evident que l'Esteve té raó. Ens han posat aquí perquè els garantim unes hores, o potser un parell de dies, sense haver de combatre, per deixar temps als estats majors de pactar la derrota definitiva i acabar la guerra en tots els fronts alhora. Si morim nosaltres, potser ells viuran. Val la pena que ho provin. El preu, per a ells, no seria gaire elevat: acceptar que deuen la vida a la nostra existència i la nostra mort. Res que no sigui a l'abast d'una consciència raonablement militar.

Per això, decideixo que val més ser un desgraciat que corre, i em preparo a marxar.

L'Esteve, a deu metres davant meu, seu tot sol, i mira aquells soldats que gairebé ens giren l'esquena. Amb la foscor que avança, em costa més distingir-lo i me li apropo una mica, només una mica. En tota la tarda i el vespre soc l'únic a qui ha parlat, i si em veu allà, ara a cinc o sis metres rere seu, sabrà que vull seguir-lo. I és així com de sobte recordo un dels contes de l'Oncle Liró que havia llegit a *La Mainada*, quan un ganàpia barceloní aconseguia descobrir ell sol el cau d'una colla de lladres, gràcies a la deducció que havia fet del camí que podrien seguir per escapar-se. Així, els esperava amb la policia allà on pensaven que ningú no els podria esperar. Tinc ganes de somriure, com somriuria el senyor Emili si sabés que un dels seus contes potser servirà per salvar la vida del seu noi borni preferit.

Vaig a orinar. Per fer-ho, segueixo un dels mitjos senders fressats avui mateix per l'anar i venir de la gent i que permeten allunyar-se per no embrutar aquest camp sense filferro on hem de fer nit. Un dels mig senders fressats va cap a l'oest. Avanço, uns passos més del que el pudor aconsella, i em quedo plantat rere una alzina. Com deia aquell heroi astut imaginat per l'Oncle Liró, quan saps, o penses saber, on va aquell que vols seguir, tant se val precedir-lo. Llavors, espero que vingui l'Esteve. I ve. No ve de seguida, li calen gairebé tres hores per decidir-se, i jo allà, arrupit contra un tronc massa humit, m'adono que des que he deixat l'edat d'adormir-me a la falda de la mare aquest arbre és l'ésser viu contra el qual he passat més temps. Ingrat, però, ni tan sols li murmuro algun arreveure abans de deixar-lo per sempre. L'Esteve també ha anat a orinar, també s'ha allunyat uns passos més del que el pudor imposa, i ara veig com s'escola negra nit endins, a pocs metres d'allà on el guaito. I ara sí, camino rere seu.

És clar, no han passat vint segons abans que s'aturi, en sentir com algú el segueix. No m'ha reconegut però noto com, en entreveure la poca consistència de la meva silueta, es relaxa. Qui se li acosta així pot ser una nosa, però no serà cap perill. Ens trobem a tan sols cinquanta metres de la línia dels soldats i dels seus focs, però el cruixit de la llenya quan crema deu cobrir les nostres veus, com també les cobreixen les poques ganes dels soldats d'haver de moure's. Tot i així l'Esteve murmura tan baix que he d'atansar-me fins a posar-li l'orella a frec de boca per sentir-lo. Tinc por que ho aprofiti per estomacar-me o apunyalar-me, però ni tan sols flastoma.

—Noi, què fas? El camp és a l'altre costat.

I me l'assenyala amb el dit, que entreveig dins la foscor, com si, de debò, m'hagués perdut.

—No... vull dir sí, ja ho sé, però no vaig al camp. Me'n vaig, també, com tu... És evident que tens raó, ens han posat aquí per frenar els franquistes. Que... que em deixes venir amb tu?

Fa que no amb el cap, però m'agafa la màniga amb la mà dreta i em diu de callar mentre m'estira perquè camini rere seu. Avancem un centenar de metres així, fins que un pendent més accentuat ens fa baixar cap a un riuet. Ara és gairebé impossible que els soldats ens sentin.

—Venir amb mi, dius, venir amb mi? I on penses que vaig? Coneixes aquest país, tu?

—Bé, no.

—Doncs jo tampoc... Vols fugir? Em sembla bé... Vols acompanyar-me? Mira, jo no soc gaire d'anar acompanyat, per no dir gens... Però acabes de demostrar que tens més seny que tots els altres, o que saps olorar el perill. En fi, bé t'he d'atribuir alguna virtut. Per ara, doncs, fotem el camp d'aquí, caminem tant com duri la nit, intentarem trobar un lloc amagat on dormir un parell d'hores quan es faci de dia, i després tu i jo decidirem si continuem plegats o si ens separem... Et sembla bé, noi?

Em sembla meravellós.

14

14 de juny de 1940

I QUÈ EN SAPS, TU, DEL VALLESPIR?

És un matí d'aigua i de silenci. L'aigua és la d'aquest riu que ens barra el pas; remuga una mica mentre davalla, però la seva fressa no és prou rabiosa per fer-me pensar que fa malbé el silenci. I aquest silenci és el de la tropa de refugiats i de guàrdies que per fi són lluny de mi, que no m'envolten ni m'obliguen a compartir el mateix aire. Però ni l'aigua ni el silenci relatiu no ens protegeixen del fred, i gairebé no hem pogut dormir en aquests jaços d'herba xopa de rosada.

Podríem travessar el riu prou fàcilment, té un llit ample que l'aigua ocupa només a mitges, deixant espais de sorra, palets i còdols plantats d'arbustos quan se separa en braços diferents. Més tard sabré que li diuen Tec i, quan el veuré escrit en un mapa francès, trobaré com una mena de regal per a aquest corrector de llengua que l'escriguin encara amb la mateixa *aixa* arcaica amb què acabava el cognom Llambrich. Le Tech, diuen els mapes. I així m'adonaré que el mestre Pompeu Fabra no deu tenir, en aquest costat de la frontera, cap influència.

Hem begut aigua d'aquest riu, hem endrapat records

d'esmorzars i hem començat a pujar per la riba dreta d'aquest Tec. L'Esteve m'ha proposat que caminem una hora llarga abans de decidir el que hem de fer. Una hora llarga d'anar esmunyint-nos entre arbres, bardisses i talussos de terra sorrenca, a frec d'aigua, incapaços de dir si passem a prop de carreteres o si ens trobem en una mena de selva perduda. Ens estranya no topar amb d'altres fugitius o amb soldats empaitant fugitius.

Quan ja tocaria descansar i prendre una decisió veiem de sobte com apareix, a mà dreta, un poble, a dalt d'una mena de penya-segat d'argila. Si continuem passarem sota un pont, que no sembla vigilat però des d'on qualsevol que passi ens pot descobrir. L'Esteve decideix que hem de fer marrada cap al sud abans de tornar a prop del riu. I jo decideixo que té raó. Caminem, així, una hora més. I aviat tots dos comencem a esbufegar de massa gana. Hem vist alguns horts, disposats en clarianes, però l'Esteve em diu que no podem robar res, mai, a ningú. Ha insistit:

—Si robes, noi, te'n vas, de seguida i per sempre. No m'agraden els lladres, i menys els lladres de pobres. Perquè quan robes no és que facis teva la propietat d'un altre, quan robes destrosses i menysprees el treball d'un proletari o d'un pagès.

I jo, ara, quan descansem i ens adonem que tenim massa gana per poder decidir res, provo d'argumentar. He tingut prou temps per pensar-hi.

—Estic d'acord amb tu, és clar que sí, però si no mengem ens morirem... No creus que la bona gent que té aquests horts acceptaria de perdre tres o quatre tomàquets si això ens salva la vida?

L'argument el fa trontollar, però s'entesta. Deu sentir-se obligat a seguir una mena de catecisme anarquista sobre la fraternitat humana mentre veig clarament, jo, que els que necessiten fraternitat, avui, són dos fugitius a qui no falta gaire per convertir-se en captaires, o per assemblar-se als gripaus morts i secs que trobem de tant en tant pel camí. Avancem.

Mentre avancem, però, cou dintre meu, a més de la fam i la desesperança, la revolta. I la revolta s'apodera de mi sense que m'hi hagi preparat de debò quan, al cap d'un centenar de metres, desemboquem a la part baixa d'un camp de cirerers. És temps de cireres, i els arbres porten sense esforç aparent aquests milers de flocs de sang que fan joc amb les taques vermelles que la fam comença a fer-me ballar davant dels ulls.

—Només vint, sisplau... Vint per a cadascun... No deu ser gaire més del que mengen un parell d'ocells cada dia... No farem més mal al pagès que si haguessin vingut dos o tres ocells més...

L'Esteve no diu res, ni es mou, intenta no mirar els arbres. Decideixo, doncs, jo sol. Ja no m'importen gaire les conseqüències.

—Jo menjo, em sap greu.

I menjo. Amb una certa ostentació cullo cireres d'arbres diferents, per palesar que vull repartir entre tres o quatre el pes del meu lladronici, per fer-lo més discret i, doncs, més suportable. I només començo a menjar quan he comptat vint cireres. I en realitat no n'he collit vint, sinó vint-i-cinc, però l'Esteve no m'exigeix de verificar la meva embosta de fruita. D'aquestes vint-i-cinc, n'he menjat vint-i-tres i dues les he deixades en una pedra plana que he espolsat amb la mà. Són per a l'Eugènia.

L'Esteve, abans que jo hagi arribat a comptar-ne deu, ha cedit. I és així com comet el seu primer robatori des que s'ha convertit a l'anarquisme actiu. Molts altres robatoris, en els propers anys i per la mateixa raó de vida o agonia, el seguiran. Ara per ara, tan sols mosseguem cireres, mastegueem aquella carn de suc de vida, i abans d'escopir els pinyols els llepem amb constància i hi rasquem amb les dents els darrers filaments de fruita. I cada cirera és un sol vermell que em crema mentre m'alimenta.

Caminem deu minuts més, per posar-nos fora de l'abast d'una nova temptació, i, per fi, ens asseiem per parlar. Primer em demana d'explicar-li qui soc i d'on vinc i després ell em fa alguna pinzellada de la seva vida i de les seves ganes de combatre els franquistes, tot i que aviat es desvia cap a un curs de teoria llibertària. Tinc massa fam per escoltar-lo i, quan se n'adona, s'interromp. Queda silenciós cinc o sis segons, el temps d'empassar-se una certa ofuscació.

—Bé, anem per feina. Tu saps on som, exactament?

—No ben bé. Som a l'oest del Pertús i caminem amb el Canigó al davant, això vol dir que la comarca deu ser el Vallespir.

—Ah, i què ens saps, tu, del Vallespir?

—Res, gairebé res, a l'institut només estudiàvem les comarques del Principat. Tot el que sé és que segueix la frontera i que si caminem uns quants dies arribarem al Canigó, però allà tampoc no sé què hi ha.

No li parlo del palau de les fades ni dels caus dels gegants, però a la seva mirada em sembla copsar que ell també hi ha pensat. Afegeixo:

—La gran sort que tenim és que aquí tothom deu parlar català, encara que sigui un català una mica diferent del nostre.

—Sí, això ens pots salvar la vida, o tot al contrari, perquè mai no s'ha vist que parlar la mateixa llengua garanteixi pau i solidaritat, suposo que te'n deus haver adonat.

Alço les espatlles. Vull creure que sí.

A penes, doncs, sabem on som, però sabem que tots dos volem aprofitar la invasió espanyola per lluitar de veritat contra els soldats de Franco. L'Esteve afegeix:

—Combatre a qui, hi estem d'acord. La qüestió seria combatre amb qui... Tu i jo sols, encara que ens constituïm en batalló o en brigada autogestionada, no farem res. No tenim armes, tu no tens cap preparació militar i la meva va ser tan breu que no crec ni tan sols que pugui fer veure que soc un soldat. Ara per ara, doncs, gairebé no servim de res. I, de totes maneres, provar de combatre els feixistes, avui, no té cap sentit, els francesos estan perdent la guerra contra Hitler, i quan es rendeixin davant seu també es rendiran davant de Franco, i de Mussolini. Ja veurem què passarà, llavors, amb els anglesos, però mentrestant, si volem fer res que pugui semblar útil, hem de trobar més gent.

Assenteixo. I espero que m'expliqui com ho farem.

—Però no sé com ho podem fer —diu, abans de callar una estona.

Ell suposa que com més amunt pujarem més possibilitats tindrem de sobreviure i de trobar gent com nosaltres.

—No sé on són els maquis, però n'hi deu haver per la Garrotxa, i a les muntanyes de Ripoll, no? Doncs seria lògic que, a mesura que els nacionals entressin a França, també hi entressin els maquis, i que se'n creessin de nous. És evident que a partir d'ara tot això serà ple de soldats franquistes que val la pena matar...

Rumiem una mica més.

—Però —dic— els maquis, si passen la frontera, com ho faran per viure? Creus que la gent els voldran ajudar?

—Fins ara no he sentit a dir que els francesos d'aquí, encara que també siguin catalans, ens hagin ajudat gaire contra Franco. Potser m'equivoco, des de Manresa no era gaire fàcil saber què passava tan lluny.... Però el que ensenyava als meus alumnes el primer dia de classe és que en mecànica la llei més intransigent de totes és la que diu que les mateixes causes provoquen sempre els mateixos efectes. O sigui que si els nacionals s'instal·len al Vallespir i fan les mateixes porcades de sempre, al Vallespir també es crearan maquis.

Silenci admiratiu. Podria ser que el vent brunzeixi menys fort, en senyal de respecte.

—Però quant de temps penses que els caldrà per fer-ho?

—Això ho sabrem quan ho veurem. Demà passat potser no, però no crec que hàgim d'esperar més de dos o tres mesos. O sigui que si decidim continuar junts, hauríem d'anar pujant més amunt, bastant més amunt, trobar un lloc on amagar-nos, sobreviure unes quantes setmanes i estar a l'aguait del que passa. Però no estic segur que aquests dos últims punts siguin gaire compatibles.

El meu silenci, ara, té un deix més interrogatiu. Se n'adona.

—Noi, Agustí, és el moment que diguis el que penses. Jo t'he explicat el que em sembla que hauríem de fer. Podem fer-ho junts o podem anar cadascun a la seva. Tens la paraula.

—És clar. D'acord. Pugem, i de seguida que puguem, matem franquistes.

Riu, a mitges.

—Sí, matem franquistes. Però primer hem de trobar una manera prou segura de no morir de fam. Alguna idea?

15

29 de juny de 1940

La casa d'en Mateu, i de la Caterina

No sabia que es pogués tenir mal a les mans fins al punt de no aguantar una cullera sense tremolar. A Solsona els pagesos no semblaven queixar-se mai, o ho feien quan no els podia sentir, o no els escoltava. Però ensenyo les mans a en Mateu, les mans que ni tan sols puc obrir del tot i que són, ara, un mapa de butllofes esclatades. Esbufega, mou el cap, i remuga, «Deixa-ho, no podràs pas fer re aixins, millor que ajudis la dona a la cuina».

En Mateu Vilaseca. Vivim a casa seva. Fa dues setmanes que va trobar-nos, famolencs i lladres de tot el que es podia robar —*robaires*, en deia ell— per no morir a la vora de l'aigua esmolada del Tec. Érem a uns vint quilòmetres a l'oest del Voló, més amunt d'Arles, quan el riu per moments era un gorg de fressa viva i nosaltres havíem d'esquivar-ne les envestides, sense aconseguir-ho sempre. Dormíem sota una noguera, i ell va quedar-se una estona mirant-nos fins que va xiular per despertar-nos. Primer, va provar de parlar-nos en espanyol, però no sabia dir gaire res que no fos *qué tal* i *adónde* i un parell de paraules més que no vam aconseguir entendre del tot... En veure que érem catalans va posar-se a riure, però de seguida va treure's del sarró pa i llonganissa i ens ho va posar davant.

—Si vull que m'expliqueu el que feu per aquí me sembla que primer teniu de pendre forces...

Així vam passar a viure al mas Xargall, la casa d'en Mateu i de la Caterina, la casa també de dos fills perduts en algun lloc de la guerra contra els alemanys i d'una filla instal·lada a Sant Llorenç de Cerdans amb el seu home. Sense comptar vaques, conills, gallines, algunes oques, un gos i dos gats. Primer vam viure a les golfes i més tard ens van proposar d'ocupar els llits buits. En aquell moment ja feia unes quantes setmanes que també dúiem roba de la casa, com si de mica en mica s'haguessin resignat a disfressar-nos de fills absents.

El mas és a uns quants quilòmetres d'Arles, el poble més proper, i està plantat al centre d'un planell, al vessant nord de la carena. A l'altre costat, cap al migdia, més o menys en línia recta, deu haver-hi Maçanet de Cabrenys. Podríem ser-hi en unes quantes hores de caminada. A uns vint metres del mas corre el Gargamós, el riuet que rega l'hort i que abeura tant les persones com els animals. Una mica més lluny, ja a la solana, creix sègol i trepadella. Les pomeres i els avellaners són a uns centenars de metres al nord, a la vora del Tec. El mas està construït amb pedres del riu, però té arestes de granit i fins i tot marbre rosat al voltant de les finestres, com també a la pica de la cuina.

El primer dia, en Mateu ens va ensenyar la inscripció a la pedra travessera que corona la porta d'entrada:

Perarnau Desclot

†

1602

—Aquest devia ser el primer amo, en fa de temps... I possiblement era el meu ancestre, a casa meua sempre s'ha dit que vivim aquí des d'abantes del Tractat dels Pirineus...

No li pregunto com es fa que un Desclot sigui l'avantpassat d'un Vilaseca que viu en un mas anomenat Xargall.

L'esgotament per les feines diàries és com una medecina per apaivagar el neguit de saber que els soldats de Franco s'estan instal·lant en aquest costat de la frontera, i per tornar a sentir que podem ser útils. L'Esteve ja fa temps que ha reparat tot el que podia a la vella furgoneta del mas, i ara, mentre preparo el dinar amb la Caterina, arregla el camí emplenant de terra i pedres els forats de l'últim temporal. L'Esteve té les mans més dures que les meves i per això també ell és útil, mentre que jo només puc servir per fer allò que fan els que no saben fer res. Però no sembla que ni en Mateu ni la Caterina m'ho vulguin retreure.

Són vells, però mai no els demanarem l'edat que tenen. Són vells i estan contents de tenir companyia i que sigui companyia que parla català; a vegades diuen que això de parlar francès, quan no hi ha cap altre remei, cansa una mica. L'Esteve i jo assentim i diem que l'espanyol també cansa, a vegades, quan cal parlar-lo perquè no hi ha cap altre remei. I riem, tots quatre, de parlar malament de les llengües de les capitals.

De tant en tant ens demanen d'explicar-los coses de Barcelona. No entenen com és possible que en una ciutat tan gran es parli català, i no estic segur que ens creguin quan diem que fins al final de la guerra es publicaven diaris i llibres en aquesta llengua i que el president de Catalunya, quan parlava per la ràdio, sempre ho feia en català.

—Aquí és pas igual, és pas igual —murmura la Caterina. I el seu home assenteix. Sento que els fa una mica de vergonya haver d'explicar-nos el que han viscut, però que no poden no dir-nos res.

—Sabeu —diu en Mateu, al cap d'uns segons de silenci—, jo vai deixar l'escola a catorze anys, i això era l'any mil vuit-centes quatre-vint-quinze. Era pas ahir, no... I puc dir que en som vistos de tots colors, amb el català, i ella també, eh, Caterina? I encara, nosatros dos sem de pagès, això nos va fer estalviar algunes bufes, els dilluns al matí, quan arribàvem a l'escola, a Arles, perquè el mestre nos havia pas pogut vigilar el diumenge... El mestre tenia notat els noms dels mainatges que havia sentit parlar català pels carrers, encara que sigui un dia sense escola. Allavores el dilluns els cridava i se tenien de posar en línia amb la mà dreta allargada i ell passava i *txac*, un cop de regle... Els de la vila varen ser els primers a comprendre que el català era pas una llenga com cal, penseu.

—Mes era pas només això —afegeix la Caterina—. Explica'ls-hi la medalla...

—Sí, la medalla... Era igual a l'escola dels nins i a l'escola de les nines. Quan un mainatge parlava català a l'escola, el mestre li donava una medalla, mes era pas una medalla de veritat, era un tros de fusta amb un cordill... I el mainatge la tenia de portar i aixins quan s'acabava l'escola rebia la bufa reglamentària.

L'Esteve i jo, sense dir-nos res, comparem el que ens expliquen amb el que vam conèixer a l'escola de Primo de Rivera, i amb el que imaginem que deu ser l'escola de Franco.

—Però era pas acabat —continua en Mateu—. Quan tenies la medalla ja podes pensar que te venia caganya, perquè la bufa del mestre era pas per fer semblant. Hi posava força... I justament te'n podies desfer si senties un altre mainatge que també parlava català. Allavores li donaves la medalla i ell tenia pas el dret de te dir que no, i aixins era ell que rebia la bufa...

—Mes la podia passar a algú altre... —afegeix la Caterina, amb la mirada una mica absent.

—Sí, la passava a un altre i aixins la medalla feia el torn de la classe, en fi, dels menos espavilats, dels que se'ls hi havia escapat un mot de català. Amb un mot en tenies prou per rebre... Jo en som rebut qualques unes de bufes d'aqueixes. I tu també, eh? Quan arribava l'hora de la fi de la classe i veies que no podies pas donar la medalla a dingús més, me podeu creure que hauries pagat car per pas haver parlat català...

—Bé —diu l'Esteve, després d'uns altres segons de silenci—, nosaltres també n'hem rebut, de bufes, per parlar català a l'escola, però em sembla que els nostres, de mestres, no eren tan sofisticats com els vostres... I, a més, diguem que els nostres tenien l'excusa d'una dictadura... Ja sé que les democràcies es basen totes en la mentida, però no em pensava pas que podien ser tan... tan... així.

—Però, encara ho fan, això, els mestres, aquí?

Ho he preguntat jo. Des que he entrat a França ja no em faig gairebé cap il·lusió sobre aquest país i els que hi manen, però no puc oblidar l'admiració que sentia el senyor Emili per la cultura francesa i per això no ho entenc gaire bé.

—Si ho fan? Cada dia! Però ara ho deuen fer menos que abantes, perquè quan has rebut aqueixes bufes i que després tenes fills, ja els avises de pas parlar català a l'escola, compreniu?... Mes, això que el president parlava català a la ràdio, de veritat que ho seu oït?

16

28 de juliol de 1940

Així podem veure cada dia com el Caudillo somriu

A la Caterina li agrada tenir-me a la cuina per ajudar-la. Mentre pelem patates, que ella anomena *trumfes*, quasi com nosaltres a Solsona que en diem *trumfos*, em demana d'explicar-li coses del camp de casa meva. Intenta imaginar el que li explico, però jo em distrec: hi són, les trumfes i els trumfos, al diccionari de Pompeu Fabra? No aconsegueixo recordar-ho i, de fet, ja fa uns quants dies que m'he adonat que va ser una ximpleria abandonar-lo a la platja. Hauria hagut de preveure, en aquell moment, que sota la desesperança i la ira continuarien bategant les ganes de conviure amb la meva llengua. Hauria hagut d'endur-me'l, ni que fos en memòria de l'Eugènia. Però la Caterina ja em fa una altra pregunta, i de nou intenta imaginar el que li explico de la meva vida al Solsonès. I quan es cansa d'imaginar-ho a vegades se m'acosta i em passa la mà per la galta, sempre pel costat del meu ull mort, i murmura:

—Pobret, pobret, què t'han fet?

I, llavors, soc un dels seus fills.

L'Esteve, els primers dies, també murmurava, quan tenia por que aquesta parella de pagesos, que tenen una creu esculpida a la llinda del mas i van a missa els diumenges, poguessin tenir la temptació de denunciar-nos, o no fossin prou discrets. Ara, però, parlem amb ells sense precaucions dels maquis i dels franquistes. Dels primers, encara no n'hem sentit a parlar, mentre que els segons han organitzat actes de presa de possessió espanyola a tots els pobles del Vallespir. En Mateu fa veure que escup quan explica com la bandera de Franco oneja als ajuntaments al costat de la bandera francesa i com, a l'entrada de cada poble, han clavat el símbol de la Falange. Per entrar i sortir d'Arles ha d'ensenyar la carta d'identitat. L'Esteve i jo, sempre, quan en Mateu se'n va, entaforem el poc que tenim als sarrons que la Caterina ens ha donat i ho duem a fora, prop d'allà on treballem, per poder fugir si mai els feixistes obliguen en Mateu a parlar-los de nosaltres. I només quan el veiem baixar del camió, sol, sortim de rere la paret del galliner on ens amaguem tan bon punt sentim el brogit del motor. I de seguida anem a llegir el diari que ha portat.

Així sabem que el govern francès ha capitulat davant de Hitler, Franco i Mussolini, i que ells, els tres, gairebé de bracet, acaben de desfilar amb els exèrcits respectius davant per davant de l'Arc de Triomf de París. La foto, a la portada de *L'Indépendant des Pyrénées-Orientales*, és un cop de punyal als budells, i més encara quan el redactor afirma que va ser Franco qui va proposar als altres la desfilada.

El diari agraeix novament a Espanya d'haver passat la frontera, i de mostrar tanta generositat amb els soldats vençuts i la població civil. *L'Indépendant* és el primer diari a publicar un parell de pàgines fixes de notícies oficials d'Espanya, redactades i traduïdes en francès a Madrid, i així cada dia podem veure com el Caudillo somriu mentre aixeca el braç, visita escoles o contempla les obres de reconstrucció d'alguna ciutat. Aquest diari va saber lloar la croada de Franco abans mateix que entrés en guerra contra França i és per això que, com uns quants altres, ha rebut l'autorització de continuar existint.

I a més d'enaltir la figura, l'obra i el pensament del Caudillo, els periodistes elogien la tasca fraternal de l'exèrcit espanyol, que ocupa una llesca d'uns quaranta quilòmetres al nord de la frontera, des de les envistes de l'Atlàntic fins al Mediterrani. Ja no deu faltar gaire perquè sapiguem què passarà de debò, diu l'Esteve. Quan els tres ogres hagin decidit com es parteixen el cadàver francès.

Mentrestant intentem llegir entre línies per entendre què deu haver succeït als camps de refugiats, amb tots els que van fugir-ne i amb tots els que van quedar-s'hi. I res no és més dolorós que la hipòcrita imprecisió dels diaris, que semblen parlar-ne només per enumerar els casos de «traïdors espanyols vagabunds i lladres» apilonats de mica en mica en camions i conduïts cap al sud.

Els assassinen, murmura l'Esteve, segur que els franquistes els assassinen a tots quan arriben. Llavors m'adono que no servirà de res que intenti matar franquistes, si els franquistes ni tan sols deixen que els perdedors visquin per reconèixer i integrar la seva derrota, i per explicar-la als fills. Haurem de viure amagats per sempre o morir el dia que els soldats espanyols ens trobin, i ni el viure amagats ni el morir no hauran servit de res, ni a ningú. Què hem de fer, ara?, pregunto a vegades, a l'Esteve. I ell, quan li pregunto això, no em mira. No sabíem que era possible perdre dues vegades la mateixa guerra.

17

2 d'octubre de 1940

Cadàvers de resistents a primera plana

Un grup de maquisards ha matat dos soldats espanyols a Escaró. En Mateu de seguida ha anat a cercar un almanac on figura una *Carte Géographique des Pyrénées-Orientales* i ens ensenya que n'és, de lluny, Escaró, al Conflent, en una altra vall d'un altre riu. És, però, la primera acció de resistència de la qual sentim a parlar en zona ocupada. Hi hem d'anar.

—A peu? Si vos amagueu i si vos enganyeu pas de camí en teniu almenos per tres dies. I un cop allà, què fareu? Preguntar on són els rebel·les? Vos en sortireu pas, de cap manera...

En Mateu amb poques paraules ha aconseguit atenuar la llum d'excitació que s'havia encès en la mirada de l'Esteve. La meva, de mirada, deu haver quedat tal com era, bòrnia i malenconiosa. No tinc ganes d'arriscar-me de nou en un territori desconegut amb moltes més possibilitats de topar amb una patrulla espanyola que amb resistents. La notícia, a més, ha estat donada per *L'Indépendant*, i això implica que ha tingut l'acord de les autoritats d'ocupació. L'article, curt i sense foto, és el primer, segons els amics d'Arles d'en Mateu, a parlar d'un atemptat. Què vol dir, doncs? Que de debò és el primer o que en parlen perquè no poden amagar-ho, o per alguna altra raó que no endevinem.

L'endemà tenim una part de la resposta en forma de foto de cadàvers de resistents a primera plana. N'han matat tres, que es deien Manuel Ballesteros, Santiago Rull i Eduardo Torres, i tots tres havien passat per camps de refugiats. I no hi fa res si aquests tres homes eren o no els autors de l'emboscada, són els millors morts possibles per fer entendre a la població que tot plegat és un acte més d'aquella cosa humana, fastigosa i covarda que va fugir davant de l'exèrcit nacional i que ara s'ha convertit en un perill que cal liquidar. Els cadàvers fan fàstic i fan por i per això valia la pena que els exposessin a la vista de tothom.

—I la gent d'aquí? —pregunto—, per què no s'hi posa? Per què no s'organitza?

—Potser ho fan, potser algun d'aquests era d'aquí, o tots tres, però no ho volen dir per no despertar vocacions. Ja saps que amb els franquistes tot és possible. —I l'Esteve mira en Mateu com si li supliqués de donar-li la raó.

En Mateu es rasca el cap sense cabells tot contemplant el mapa. Sembla que no hagi sentit l'Esteve.

18

16 d'octubre de 1940

Riuen d'haver matat el president

Si volgués intentar escriure poesia diria que el cel és negre i feixuc com l'alè de Franco. S'ha fet de nit tot i que no fa dues hores que hem dinat. L'Esteve i jo no podem estar-nos de sortir cada quinze o vint minuts de la granja on treballem per contemplar aquest infinit de foscor que ha substituït el que hauria hagut de ser tan sols un mantell de núvols lents. La Caterina, en veure'ns per la finestra, ens crida de deixar la feina i de fer-li companyia a la cuina. Ha preparat una infusió de farigola amb mel. Però ens costa seure i beure, no parem d'aixecar els ulls cap al cel i de remoure'ns.

Que plogui d'una vegada i així s'esvaeixi aquesta mitja angúnia. I que en Mateu hagi tornat d'Arles abans que els núvols s'obrin. I torna.

Quan baixa de la furgoneta de seguida veiem que porta un diari, plegat en quatre com tantes altres vegades, però sobretot veiem que li és difícil avançar cap a nosaltres. Té un caminar insegur, com si volgués retardar el moment d'haver d'entrar. O, més aviat, d'haver de parlar-nos. La Caterina surt la primera i per la finestra veiem com en

Mateu li ensenya el diari i ella belluga el cap tot fent llambregades cap a nosaltres. Amb un mateix moviment l'Esteve i jo també sortim, però no mirem en Mateu, mirem el diari intentant entendre de lluny el que deu haver passat.

La foto, a portada, és de Lluís Companys, però em cal una estona, llarga i curta alhora, per entendre el titular que diu, tan sols:

Enfin!

El subtítol ens ho aclareix tot. «El traïdor Companys, president dels sediciosos de Catalunya, va ser afusellat ahir a Barcelona».

El meu president. Aquell que m'havia tocat el braç al despatx dels correctors de la Generalitat, aquell de qui la mare havia tingut la foto emmarcada al menjador i de qui el senyor Emili es malfiava, però de qui m'havia dit que li reconeixia pugnacitat al servei de Catalunya. Han matat el meu president i l'han matat perquè era el meu president. I a Perpinyà se n'alegren.

Estic sense veu, i girant el cap veig com l'Esteve, que tan sovint diu pestes dels estats i dels governs, està tan palplantat com jo. Les mans li tremolen una mica mentre aguanta el diari per llegir l'article. El llegeix, el llegeixo, els dos ho fem lentament per la nostra dificultat d'entendre del tot bé el francès.

La Caterina s'ha apropat i gairebé ens agafaria pel braç, però només ens xiuxiueja:

—Au, manyacs, tindríem d'entrar, que la frigola se refredarà.

Li fem cas, i encara no hem arribat a la porta quan sento les primeres gotes. S'aixafen amb una fressa apagada com no n'havia sentit mai. Gotes ja abundants i grosses com ho poden ser pedres de calamarsa. Ouets d'aigua. Els primers trons arriben més tard i, per la distància de temps que els separa dels llampecs, sabem que venen per l'oest i que es van atansant, però són trons atònits, com si aquest mur d'aigua que ara cau els esmorteís. Plou com no havia vist ploure mai, i a més d'aigua plou una nit que ens ofega. Ens pensàvem que quan comencés a ploure ens sentiríem alliberats de l'angúnia que acompanya els temporals que com més inevitables són més triguen, però aquesta aigua que cau sembla voler caure per fer-nos mal. Bombardeja el teulat com si protestés contra la protecció que ens atorga la casa.

En Mateu passa per la porta interior per anar a donar menjar a les vaques i es queda amb elles gairebé dues hores, per calmar-los el neguit, i quan torna tan sols murmura:

—Que s'acabi aviat, que s'acabi aviat.

I no s'acaba. Plou així tota la nit i al matí plou igual, i som tots quatre a la cuina, talment com si haguéssim tornat al vespre anterior, amb la mateixa capa de pluja i núvols que ens separa de la llum del dia. A fora, tot és nit i aigua. I res no sembla demostrar que pugui ser d'una altra manera algun dia. La pluja, amb llamps i trons o sola, cau amb una obstinació que sembla incansable. Per sort, cap de les portes del mas no s'obre cap a la muntanya, d'on baixa ara una riuada de mig pam de gruix, i així podria semblar que un paleta insensat ha construït una casa al mig d'un córrec. Però de l'oest, on corre el fil d'aigua del

Gargamós, arriba tot d'una una torrentada que s'insinua per totes les escletxes que troba. La veu d'en Mateu s'estremeix quan ens demana d'ajudar-lo a protegir, primer de tot, l'estable.

Al terra ja hi ha fang barrejat de femta i pixats de les vaques, i veiem com els filaments d'aigua que s'han insinuat comencen a formar bassiols i com aquests es van aglomerant. Amb una pala cadascun cavem la terra i l'apilonem per tancar les escletxes, però és una terra tan humida que li costa absorbir més aigua, i aquesta s'escapa cap a nosaltres. Sembla que ens flairi els peus per començar a engolir-nos.

Llavors en Mateu deixa la pala i agafa una forca per escampar el farratge que vam recollir dos mesos enrere. Les vaques, en un primer temps, es tranquil·litzen de veure la palla recobrir l'aigua, però aviat l'aigua comença a remoure l'herba seca i a endur-se-la tot dibuixant unes arabesques gairebé hipnòtiques, i les vaques tornen a agitar-se. I de sobte per sota de la porta gran, que dona cap a l'est, entra un rierol que no aconseguim aturar, i en pocs segons l'aigua, embrutada de terra, merda i palla, ocupa tota la superfície de l'estable. Va pujant.

—Tenim de cavar a fora, cal fer una trinxera que faci el torn del mas! De seguit!

Anem a posar-nos abrics d'hivern i gorres i la Caterina també vol sortir, però en Mateu li diu que no, que revifi el foc, que prepari roba seca i sopa per quan tornem. I ens dona instruccions.

—Comencem per avall, per desviar l'aiga cap al camí. I a mesura que cavem anem pujant fins que haurem fet el torn. Cal cavar almenos tres pams de fondo i quatre pams d'amplada, d'acord? Vosatros comenceu pel costat de la porta, jo faré l'altre.

Sortim i rebem a l'esquena i al cap les bufetades del temporal que ens vol sotmetre. Cavem terra i pluja, però malgrat la terra que traiem, la pluja ocupa més espai. No sabria dir quant de temps treballem així, xops de l'aigua que cau i xops de l'aigua que trepitgem. I em mig ofego, a vegades, per l'aigua que em regalima per la cara i vol ficar-se dintre meu. No diem res, ni tan sols quan veiem que en Mateu ha anat més de pressa que nosaltres dos. Però la trinxera de seguida és plena, i pensaria que no servirà de res si no veiés que en Mateu sembla més tranquil.

Quan entrem a la cuina, la Caterina ens ajuda a treure'ns els abrics i tot seguit ens diu que ens hem de despullar, que ella puja una estona i que la cridem quan ens hàgim canviat.

Mentre ja desapareix, diu:

—I sobretot eixugueu-vos bé els cabells, que la pluja mata pel cap!

Ens ha preparat tovalloles calentes i allà, tots tres, nus i blancs, tremolosos, recobrem l'estat d'éssers de la terra ferma. Quan ens hem vestit de nou endrapem la sopa gairebé bullent de la Caterina, mentre no parem de mirar cap a la porta per veure si l'aigua entra o no entra. I entra, és clar, ara que sap que el món li pertany. S'insinua per sota la porta, tan sols alentida per una massa de draps amuntegats, s'insinua per les finestres i s'insinua pel sostre. Aquesta casa és tota seva, tan sols ho ignoren, encara, aquells que tenen la pretensió de viure-hi.

Al cap de dues hores el terra ja és una bassa d'aigua que puja lentament. Portem al primer pis tot el que pot fer-se malbé i ens quedem allà, asseguts en llits humits de gotes que es desprenen cada vegada amb més facilitat del sostre, i així entenem que l'aigua ens vol vèncer per baix i per dalt i que no li falta gaire per aconseguir-ho. Ja no fem res.

Plou. L'allau d'aigua no s'atura, ni alenteix, ni es cansa en tot el dia, ni en tota la nit següent. I nosaltres quatre, amb el gos, els dos gats i les vaques i els altres animals en els quals gairebé no pensem perquè ja no podem pensar gaire, hem esdevingut nàufrags que esperen que s'acabi el temporal per endevinar on ha anat a parar aquesta casa que més aviat sembla un vaixell en què ningú no hauria hagut d'embarcar mai.

19

18 d'octubre de 1940

Un mar que avança

És mitja tarda i la pluja s'ha tornat, per fi, tranquil·litzadora, pluja mansa de tardor banal, aigua quieta, serena, pluja que ja no ens vol mal. És la mena de pluja que diu que algun dia proper, demà, demà passat, pararà de ploure. Per la finestra veiem els arbres com si fossin arbres i no vagues siluetes fosques, i els núvols ja no són una única capa de negror sinó que es distingeixen els uns dels altres i així veiem com es van desplaçant cap al sud-est.

A baix de les escales uns vuitanta centímetres d'aigua han transformat el mas en un paisatge interior curiós, mig menjador mig estany. Suren cries de ratolins, massa menudes per haver pogut enfilar-se pels mobles. Un vague corrent, mandrós, les passeja d'una banda a l'altra de la sala. No sembla, però, que continuï entrant aigua, si bé encara és massa aviat perquè comenci per ella mateixa el moviment de reflux. En Mateu s'ha descalçat i s'ha tret els pantalons. Amb passes lentes travessa l'aigua per anar a obrir la porta. Una massa d'aigua, fang i herbes fa *ploix!* cap a l'interior, però ell mou el cap de dalt a baix en senyal d'assentiment.

—Diriï que ara sí que baixarà... Espereu-vos, eh? És pas la pena que vos torneu a mullar, vaig a cercar posts i torni.

Al cap d'un moment ha confeccionat una mena de pont que va de l'escala a la taula i de la taula a la porta. Sortim, mig aixoplugats sota el rafal de la porta d'entrada, i mirant el cel amb malfiança. A fora, de seguida sentim un braol que ens fa girar el cap al nord. Sembla un bram continu sorgit de la terra que protesta i veig en la mirada d'en Mateu i la Caterina que no entenen el que pot ser.

—Primer nos cuidem de les vaques i després baixarem per allà —diu la Caterina.

I així, després d'haver obert la porta de l'estable per deixar entrar la incerta llum del dia, i d'haver palejat i rastellat el terra per intentar que les vaques hi puguin caminar, anem a explorar l'origen d'aquest soroll, cenyits de dos en dos sota un paraigua. I mirem aquest paisatge nou, que l'aigua ha creat amb el propòsit que admirem la seva força i temem la seva fúria. Fa una estona he dit que per fi vèiem els arbres, però no he dit que no són sinó cadàvers d'arbres. El terra està cobert de branques trencades mentre que d'altres, ferides, es balancegen, amenacen de desprendre's a qualsevol moment. Ja no hi ha camí, tan sols una bassa que s'escola sense buidar-se i dintre la qual hem de caminar a poc a poc. I caminem, atrets pel braol que esdevé, ara, imperiós. Si volguéssim parlar hauríem d'alçar la veu, però no diem res ara que tots hem entès d'on neix aquest brogit.

És el Tec. Però el Tec, avui, no és un riu, és un mar que avança. I tot avançant ha arrossegat els marges i d'aquí una estona en Mateu ens dirà que ha perdut vuit avellaners del seu camp de la vora del riu. Allà on hi havia el pont només hi ha aigua que passa, i més tard sabrem que des de Prats de Molló, a dalt de tot, fins a la costa només els ponts més alts han aconseguit sobreviure a aquests dos dies de guerra declarada i guanyada per l'aigua.

Ens aturem quan ens fa massa por acostar-nos més al corrent, a uns vint metres de la nova riba, segurs de no poder contemplar-lo mai més bé que avui, des d'aquest pendent que permet veure'n la massa sencera córrer i xisclar mentre s'abraona contra la terra i baixa per devastar la plana i fer seu el mar. És aigua negra, amb taques marronoses i grises, que s'ha inflat en proporcions que no hauria pensat possible, i si mugeix tant potser és també del dolor de no ser més aquell riu cristal·lí prim i eixerit sinó un animal forassenyat, com una serp gegant i boja. I per l'aigua baixen branques d'arbres i arbres sense branques, a vegades sols i a vegades entortolligats, i baixen també, entre els remolins i les ones, bigues, portes, mobles esbocinats, i fins i tot un taüt obert i buit, vingut d'algun cementeri esventrat, tota una processó d'objectes destinats a palesar la grandària de la victòria de l'aigua contra els homes. No veiem, però, cap cadàver, ni de gos, ni d'ovella, ni d'ésser humà. Els cadàvers deuen haver passat abans, ara ja deuen sollar el mar i aviat els podran repescar a les platges mateixes on ens havien tancat. I així es demostrarà que aquelles sorres són, de debò, el final de moltes esperances.

En tornar al mas, intentem caminar més de pressa dins el camí d'aigua. Ens fa angúnia sentir a l'esquena les amenaces del riu. A mitja tarda gairebé ja només plovisqueja i comencem a treballar. Tots quatre, però, pensem en el que deu haver passat allà on l'aigua s'ha endut mobles i bigues. Sense haver vist encara ningú, ja sabem que hem tingut sort. I tot d'una m'adono que fa només dos dies vaig saber que havien afusellat el president de Catalunya, i em sembla que ja és un record vingut de lluny. M'avergonyeixo de no haver tornat a pensar en ell des del primer vespre d'aquest desastre d'aigua.

20

24 d'octubre de 1940

«Nostra culpa, nostra maxima culpa»

Primer vam ocupar-nos de les vaques. Després vam tapar els forats i els esvorancs del camí, que haurien impedit passar amb la furgoneta. La urgència era de poder anar a comprar farratge, després que totes les reserves del mas s'haguessin podrit. El camí s'acabava al pont, des d'on s'ajuntava a la carretera, però el pont ja no hi és i Arles, doncs, es troba de sobte a l'altre costat del món. En Mateu ha de quedar a la banda dreta del Tec, és a dir, pujar fins a Sant Llorenç de Cerdans per avituallar-se. Així podrà anar a veure la filla i els dos nets.

La primera vegada, en tornar, no semblava gaire tranquil.

—Es veu que allà dalt tenen la frontera a tocar, hi ha un munt de soldats espanyols, a pertot, i vinga demanar els papers i vinga escodrinyar la furgoneta... I han notat el meu nom, i el nom del mas, en un llibre gros... Això m'agrada pas, no, m'agrada pas.

Però la Caterina li va dir que eren bestieses i que li expliqués com estava la família. En Mateu va remugar que tot anava bé sense poder impedir-se de malparlar del gendre, que no havia pres la pena de baixar fins al mas per veure si la riuada no se l'havia endut.

El llibre gros també era un llibre poderós, ja que uns dies més tard van arribar dos soldats espanyols a cavall. L'Esteve i jo estàvem arreglant el galliner quan vam sentir el soroll de l'esquella amb la qual la Caterina crida el seu home i simultàniament ens avisa d'amagar-nos. Ens vam ajupir com vam poder, intentant ser invisibles rere els envans de fusta que separen el galliner de les gàbies dels conills.

No vam veure res del que passava, però després vam saber que els soldats ni havien baixat de cavall. Havien vingut a portar una convocatòria, en francès i en espanyol, per als habitants del mas Xargall, que havien escrit *Chargall*. El diumenge següent tindrien lloc processons expiatòries en els pobles afectats per l'aiguat i la presència de tots hi era obligatòria. En Mateu rondinava.

—Una professó, dic pas que és una mala idea, mes és massa aviat, ara el que cal és adobar les coses. Més tard ja tindrem temps d'anar a pregari.

Només bastants mesos més tard entendré que la processó estava destinada a culpar la població dels mals vinguts de l'aiguat i, de retop, a poder acusar els capellans locals de no haver sabut guiar prou bé les ànimes dels nous espanyols. Així van tenir un pretext oficial per instal·lar capellans afins a Franco a totes les parròquies.

Avui, doncs, per primera vegada, l'Esteve i jo estem sols al mas. Fa fred i podria semblar que, de nou, està a punt de ploure, però tan sols unes quantes gotes acabaran desprenent-se del cel. Com si Déu, tot escodrinyant la sinceritat dels pecadors del Vallespir, hagués sospesat la possibilitat d'un nou aiguat, abans de decidir estalviar-nos-el. Tot gràcies a la capacitat dels nous amos d'organitzar expiacions i redempcions col·lectives. *Nostra culpa, nostra maxima culpa, Nostra culpa, nostra maxima culpa.* Em pregunto fins a quin punt l'aiguat també va delmar el Rosselló, amb les platges de camps per força buits, i el Conflent, on no semblava, segons els diaris, que hi hagués hagut cap altra confrontació amb el maquis, i el Ripollès, la Garrotxa i l'Empordà, comarques de les quals no sabem mai res, com si més que una frontera la línia de cresta dels Pirineus fos una paret sense finestres.

Avui ens tocaria pujar al teulat per continuar tapant les goteres, però la prudència imposa de quedar-se a l'interior i no fer soroll. Per això decidim començar la neteja de la cuina que la Caterina ha previst d'emprendre en tornar de la processó. I, posats a fer, preparem el dinar. La Caterina envermellirà i potser s'enfadarà, però l'Esteve insisteix. Perquè les dones siguin iguals que els homes, els homes han de fer totes les feines de les dones. Jo, quan diu això, assenteixo, fins ara no hi havia pensat gaire. I així penso de nou en l'Eugènia assassinada a la platja. Què n'hauria dit, d'aquesta idea? Potser s'hauria enamorat de l'Esteve i m'hauria abandonat amb un somriure i una lleu carícia al dors de la mà. L'Esteve és anarquista, l'Eugènia era socialista; s'haurien pogut avenir? Em temo que sí.

I la Caterina s'enfada o més aviat ho fa veure. Sota la vermellor sobtada de les galtes traspua una lluor de satisfacció. Ens renya perquè no se li escapi cap somriure.

Aviat, però, tant ella com en Mateu semblen haver oblidat la nostra gosadia, impacients d'explicar-nos el que han vist de capellans espanyols, de militars espanyols, i sobretot d'habitants de Sant Llorenç de Cerdans que s'han posat a davant de tot de la processó, i comencen a fer veure que delegen de ser espanyols. La Caterina és la més dura:

—Fins ahir, més francesos que dingús i ara vinga Franco per aquí i Franco per allà...

Però en Mateu la interromp amb un gest i ara ens mira amb un aire astut que no li havia vist mai encara. Amb un moviment del cap i una ganyota ens ensenya el sarró, que ha deixat damunt la taula. Molt més voluminós que quan han marxat al matí.

—Vos hem portat una sorpresa! En fi, és per nosatros quatre, eh? A Sant Llorenç sem trapat el meu amic Octave, que vam fer la guerra junts... I donques el seu fill va ser dels que varen anar a netejar el Tec, aqueixos dies, la riba dreta fins a Arles... Hi ha pas només que les cases que han rebut, també les fabriques, n'hi havia unes quantes a la vora del riu. Han anat a salvar el que han pogut mes el millor era la fabrica Noguera, la de la xicolata. Ho sabíeu pas que el Vallespir és país de xicolata, eh que no?

Amb un gest lent i teatral treu del sarró un enorme tros de xocolata amb llet, més gros que el diccionari de Pompeu Fabra.

—És pas bonic, això? Al mig del riu varen trobar les tines de xicolata, que s'havia solidificada, i s'ho varen repartir. L'Octave en deu tenir deu quilos a casa seua...

Quan és l'última vegada que he menjat xocolata? Entre dos bombardejos de Barcelona, quan en comprava una rajola de tant en tant, que anava rosegant i llepant tot llegint el diccionari.

Amb el ganivet gros de la cuina, en Mateu en talla quatre trossos, massa petits per al meu gust, però entenc que vol fer-la durar. El gust, és clar, no em transporta al pis de Barcelona sinó a Solsona, en berenars solitaris o compartits a desgrat meu amb els germans. I retrobo l'ombra de la figuera del jardí sota la qual, a l'estiu, anava a seure per menjar-la, i ho feia, quan era xocolata amb llet, llepant-la com una piruleta.

M'adono que tots quatre, durant un instant, hem viatjat en algun lloc on els altres tres no eren.

21

2 de novembre de 1940

Arribaran aviat autocars de mestres espanyols

Voler informar-se llegint els diaris ha esdevingut tan estúpid com intentar treure's la set amb un glop d'aigua de mar. Tan sols provoca frustració, nàusea i més set. Avui parlen del destí final d'aquest territori que des d'ahir ha esdevingut oficialment *provincia de Perpiñán*. Espanya ha mogut la frontera cap al nord, fins allà on hi havia hagut la separació entre Catalunya i França abans del Tractat dels Pirineus. Aquest tros de Catalunya ha canviat d'amo.

El castellà passa a ser l'única llengua oficial, si bé els diaris diuen que per palesar la seva infinita compassió Franco autoritza els seus nous súbdits a emprar el francès, de manera provisional, amb l'administració. També es continuaran impartint unes hores d'ensenyament en francès cada dia a les escoles. Aviat arribaran autocars de mestres espanyols, en realitat antics soldats franquistes seleccionats pel fet de saber llegir i escriure i, sobretot, per haver realitzat algun acte meritori durant la guerra. Mestres sense diploma que tindran com a mètodes pedagògics principals el cop de puny i la injúria. Fet i fet, seran a penes més brutals que els mestres francesos, pel que he endevinat de les converses amb en Mateu i la Caterina.

I la *peseta*, és clar, substitueix el franc. Els alcaldes, ja sota control, estaran obligats a jurar fidelitat a Franco, com d'altres a França ho han de fer al mariscal Pétain, ara que aquest està assassinant la república francesa, aquesta república que ens havia tancat a les platges perquè ens hi moríssim sense fer escarafalls. Els alcaldes que refusin de servir Franco seran destituïts i empresonats.

En aquests moments no sabem res més i aquest poc que sabem ens terroritza.

D'aquí uns anys, quan s'hagi acabat la guerra i es comencin a publicar articles i estudis basats en l'escorcoll de documents secrets i en entrevistes de testimonis, sabrem que l'annexió d'aquesta part de Catalunya, i de Gibraltar, era una de les compensacions que Hitler va oferir a Franco a canvi que entrés en guerra al seu costat.

També sabrem que Franco hauria preferit engolir la part francesa del País Basc i que va intentar regatejar, però que Hitler s'hi havia negat, essent aquell territori inclòs gairebé tot en la franja de la costa francesa atlàntica d'ús exclusiu alemany. El ministre d'Afers Exteriors de Franco, Ramón Serrano, s'havia oposat també a l'annexió catalana, repetint tothora en reunions de govern que no era una bona idea tenir més catalans fronteres endins. Semblava haver convençut una majoria de ministres, però Franco, més rebec del que s'hauria pogut suposar, no volia annexionar menys superfície de territori que Mussolini i considerava humiliant la idea de quedar-se només Gibraltar i trossets de la costa africana.

Per això, tot i disposar d'una tropa exhausta per tres anys de guerra, va acceptar la proposta de Hitler quan va ser evident que l'exèrcit francès del 1940 no era sinó l'ombra tremolosa del que havia estat entre el 1914 i el 1918. Exèrcit de conills i de perdius, com deien els oficials espanyols al Vallespir.

22

1 de desembre de 1940

Quatre guàrdies civils, a la cuina, beuen llet a glops

En Mateu havia predit que vindrien, i aquí els tenim. Mai, des de la nostra arribada al mas Xargall, l'Esteve i jo no hem intentat respirar sense fressa amb tanta convicció, fins a esdevenir inerts com les bigues de les golfes on ens amaguem. Quatre guàrdies civils, a la cuina, beuen llet a glops i es queixen que no hi hagi cafè ni tabac. De cafè no n'he vist mai en aquest mas, tan sols un succedani amargós de llavors torrades, i en Mateu amaga la seva reserva de tabac al fons d'un gerro guarnit de flors assecades.

Imagino molt bé la Caterina obrint davant seu els armaris per evidenciar la seva sinceritat, però també imagino les seves ganyotes de disgust mal dissimulades per aquesta intromissió a casa seva. Recordo com, un vespre, al camp d'Argelers, havia anat a escoltar un conferenciant que donava classes sobre temes polítics i culturals. Dels guàrdies civils havia dit que en la seva ànima estreta poden germinar-hi dos humors contradictoris però igualment perillosos: el mal humor i el bon humor. Qualsevol excés d'un d'aquests estats d'esperit, activats ambdós per un inevitable sentiment d'impunitat, els pot empènyer, per exemple, a escorcollar una casa, sigui per ràbia i frustració, sigui per ganes de gresca.

En Mateu els ha tallat llesques de pa que unten amb oli d'oliva abans d'engolir-los. L'oli ve de la plana i encara en tenen uns quants litres de reserva, i el pa és de mercat negre, però els guàrdies civils, que ho deuen saber, no diran res mentre les llesques siguin prou gruixudes i untuoses.

Si els pogués espiar per alguna escletxa, serien els primers guàrdies civils que veuria aquí, en aquesta terra fins fa poc propietat francesa. I probablement em quedaria bocabadat d'adonar-me que tan sols un dels quatre, el sergent, ve d'Espanya, els altres tres són del Vallespir. Ja m'ha sorprès prou sentir la seva manera de parlar, barrejant català, francès i espanyol, amb un intent que intueixo còmic d'intentar que l'espanyol sigui la llengua primera. Com que en realitat és la llengua que aquests tres militars parlen menys, proven d'espanyolitzar paraules catalanes. Llavors, per moments, no els entenen ni en Mateu ni la Caterina ni el sergent. I aquest comença a parlar més fort i amb veu més aspra, senyal d'un possible perill imminent.

En Mateu aconsegueix calmar-lo proposant-li d'anar a veure els camps. Han vingut per fer el recompte de la producció agrícola del mas i així comunicar a en Mateu quin serà el volum d'aquesta producció que anirà a parar a les mans del Servicio Nacional del Trigo.

Quan hagin marxat, en Mateu ens cridarà per ensenyar-nos la llista de vegetals la producció dels quals l'estat vol controlar. Són aquests, i no és que els citi de memòria, sinó que avui, mentre escric, tinc una d'aquestes llistes sota els ulls.

Trigo, avena, cebada, centeno, escaña, maíz, alpiste, mijo, panizo, sorgo, algarrobas, almortas, altramuces, garbanzos, guisantes, habas, judías, lentejas, veza, yeros y salvados.

L'Esteve i jo intentarem traduir-los tots, però a vegades no ens posem d'acord sobre algun nom i en Mateu i la Caterina no sempre entenen les nostres traduccions, i llavors acabem amb una llista en què per cada paraula espanyola hi ha entre una i quatre equivalències possibles, en català o en francès.

Ara sabem, però, que el mas Xargall es troba als registres oficials espanyols i que podem esperar controls en qualsevol moment. Fins ara, els cupons de racionament no eren cap impediment gaire gran, ja que si bé només eren per a dues persones, la producció del mas permetia compensar allò que en Mateu i la Caterina no podien comprar legalment. Amb l'obligació de fornir una part substancial de la producció a l'estat, tot esdevé més complicat.

—Tindrem de fer més trumfes, les trumfes són pas en aqueixa llista, fa? —diu la Caterina.

I en Mateu afegeix:

—A més, els he pas ensenyat el sègol que tinc a sota del camp d'en Soca, sabeu?, s'hi arriba seguint amunt el Gargamós. És poca cosa, però pensi pas que se'n vagin tan lluny per trapar-lo.

Volen semblar optimistes però tenen a la mirada un tel molt prim de vergonya i de ràbia. Abans de marxar, els guàrdies civils els han obligat a fer la salutació franquista, i els més entusiastes a donar l'exemple eren els tres nois d'aquí. També els més amenaçadors. I han mig rigut quan en Mateu i la Caterina han obeït.

—Sabiï pas que aixecar el braç enlaire te podia fer venir mal gust a la boca —diu en Mateu—. Tinc de dir que m'han fet por, i això que n'hi ha un que sé qui és, el fill gran d'en Barraca, el de Cortsaví, que treballa a les mines. Sabes, en Barraca?

La Caterina assenteix amb el cap. En Mateu continua.

—El que m'estranya més és que en Barraca és comunista. Se va presentar a les eleccions, el trenta-sis, te'n recordes? Comunista de veritat, a cops anava fins a Perpinyà, per les manifestacions... I mi't aquí que el fill se li ha fet franquista...

El que passa a les famílies és misteriós. Jo, lluny dels meus com soc, penso en ells amb melangia però, no donant-los mai cap notícia meva, deixo que puguin pensar que m'he mort. El fill gran d'en Barraca, m'ho dirà un dia en Mateu, ha denunciat el seu pare als espanyols, que se l'han emportat i mai més no ha tornat. El fill gran d'en Barraca, en denunciar el seu pare, potser també pensava en ell amb melangia.

23

12 de desembre de 1940

Terriblement vius

Avui és el Nadal d'en Mateu i la Caterina, que han rebut una carta del fill petit, l'André, presoner a Baviera. Després de vuit mesos de silenci saben que almenys tenen un fill viu. En Mateu és qui té més nocions de geografia alemanya, pels quatre anys de tenir-la a les trinxeres del davant mentre provaven de matar-lo.

—La Baviera és cap al sud, això està bé, vol dir que passarà pas la fred que deuen tenir els que envien a les planes del nord o de l'est.

I frega l'espatlla de la seva dona. M'adono que és la primera vegada que veig un contacte físic entre els nostres dos salvadors. L'Esteve voldria imitar en Mateu però tan sols regala, a la Caterina, un somriure de pa daurat. Jo no dic res, no faig res, em quedo prop seu, els quatre drets a la cuina. En Mateu ens deixa llegir la carta però de seguida vol recuperar-la per sentir, a través del paper, la respiració del seu fill.

El dinar encara no s'ha acabat, però en Mateu va a cercar una de les seves ampolles amagades.

—Byrrh? Quin nom més estrany, què és això? —pregunta l'Esteve mentre en Mateu omple quatre gots.

—Coneixiu pas? Si se'n beu per tot el món! És com un vi ranci, sabeu, mes amb herbes... I són herbes del Vallespir!

Bevem. M'agrada aquest gust com de pedra calenta. Bevem i tornem a beure, però abans del segon got en Mateu ha anat a cercar tabac, un paquet de Gauloises que fuma molt de tant en tant. Jo, com tots els nois, havia provat de fumar, al meu temps de Barcelona, però no havia posat prou constància a suportar el mareig i la tos inicials i ho havia deixat per als més atrevits. I l'Esteve, com tants, havia parat de fumar per força durant els primers mesos de camp, i després no havia intentat tornar-hi. Avui, però, tots dos acceptem una cigarreta. La Caterina ens mira sense dir res, en Mateu no li ha proposat d'acompanyar-nos i no aconsegueixo endevinar si se sent apartada d'aquesta fraternitat de fum. Tusso i, per fer-me passar la tos, bec una mica més de Byrrh.

I tot d'una l'Esteve diu:

—Ara us explicaré una cosa que segur que no sabeu que pot existir.

—Sí, endavant, home, endavant! —respon la Caterina, amb una mirada agraïda.

—Doncs jo, senyors i senyora, he estat al mateix temps casat i divorciat amb la mateixa dona.

El miro amb perplexitat. Gairebé mai no m'ha dit res de la seva vida privada, i imaginar-me'l fadrí des de sempre, com jo, me l'havia fet més proper. Sento com em creix una mena de gelosia ventre endins de saber, tot d'una, que l'Esteve va viure amb una dona.

—Sí, sí, és veritat. Em vaig casar a dinou anys, amb la Prudència, la filla d'un lampista de Manresa. El cas és que les meves idees polítiques em van venir després del casament, perquè tota la seva família era anarquista, i puc dir que amb ells no m'avorria mai. Els dinars del diumenge eren apassionants. Bé, el 1932, quan es va legalitzar el divorci, vam anar de dret al jutjat, perquè havíem decidit refusar de posar la nostra relació sota l'autoritat de l'estat. Vam ser la primera parella divorciada de Manresa i, és clar, vam continuar vivint junts, ja que ens estimàvem... O sigui que érem divorciats als ulls de l'estat però casats l'un amb l'altre per decisió mútua... Oi que és bonic?

Jo faig que sí amb el cap mentre en Mateu i la Caterina dubten una mica, però s'han acostumat a sentir coses molt estranyes d'aquests dos homes vinguts del sud. Somriuen.

—I ont és, donques, la teua dona? —s'atreveix a preguntar la Caterina amb una veu prudent.

—Bé... Tres anys més tard ens vam separar de debò... No n'he sabut res més.

Tot això passava abans, quan la vida era tan estranya que no calia amagar-se de ningú, ni tenir por de morir de fam i fred. I com que l'Esteve s'adona que deixem que de nou ens submergeixi la malenconia, aixeca el got per mirar el color del vi i es posa a declamar:

Una vegada hi havia un rei
que tenia el nas vermell...

I una vintena de versos més. I riem tot escoltant-lo parlar-nos d'un monarca borratxot i tanoca. Mentre l'escolto penso que, quan hagi acabat, en Mateu també recitarà o cantarà, i potser fins i tot la Caterina, i que jo, com sempre el darrer de tots, hauré de regalar, també, alguns versos a la companyia. Em sembla que m'avergonyiré, però de sobte veig dintre meu que avui no és només festa per un fill viu presoner a Alemanya, sinó per una altra cosa que ens reuneix a tots quatre, mig presoners també en aquest mas. I per primera vegada em poso a cantar sol davant d'un públic.

Si n'eren tres tambors
venien de la guerra,
el més petit de tots
porta un ram de rosetes...

I mentre canto el *ram, ram, ram pataplam* que segueix veig com tots tres piquen a la taula per acompanyar-me. Em pensava que aquesta cançó només es coneixia a Solsona.

M'aplaudeixen com hem aplaudit l'Esteve, i com aplaudirem en Mateu i la Caterina, que s'ajuden per recordar-se de versos burlescos que parlen de casaments ridículs i de mossens desvergonyits. Difícilment podria oblidar l'estrofa que deia:

El capellà de Morellàs,
diuen que és un porquetàs,
el van trapar a la sacristia,
que palpava sant Tomàs, sí!

I la Caterina s'amaga els ulls mentre el seu home canta i riu i l'Esteve i jo ens mirem, admirats per la gosadia d'en Mateu.

Som, avui, tots quatre, terriblement vius.

24

27 de desembre de 1940

Respiro massa de pressa

Han baixat pel caminoi, han saltat el Gargamós i haurien pogut arribar a l'entrada del mas sense que ni el gos se n'assabentés si un d'ells no s'hagués posat a cridar:

—Ei!, la casa! Que hi ha qualcús?

M'immobilitzo rere el meu bol de cafè. Imagino que l'Esteve deu fer igual a la comuna, on acaba d'anar. És encara fosca nit, tan sols deuen ser les set del matí, i això vol dir que vinguin d'on vinguin aquests dos homes plantats a la porta d'entrada es deuen haver aixecat d'hora tot i el fred que ocupa cada pam de la muntanya. I no m'agrada que ho hagin fet en honor als que viuen en aquest mas.

Amb una mirada la Caterina m'envia a dalt mentre en Mateu surt a rebre aquell de qui ha reconegut la veu.

—Ep! Casimir! Què fas per aquí en aqueixes hores, que t'has perdut?

La veu es fa riallera.

—No, home, no! Com vols que me perdi per aquí? Vos sem vingut a fer una visita, si fem pas nosa...

—Casimir, en aqueixa casa ningú fa nosa... o només uns quants de qui diré pas el nom... Entreu, entreu.

Des del corredor de dalt sento dos homes que es netegen les sabates al llevafang, sota el rafal. Quan han entrat es freguen les mans mentre la Caterina ja feineja per escalfar més llet i aquell succedani de cafè que en Mateu, quan el treu del sarró tornant de Sant Llorenç, sempre mira amb una ganyota de disgust.

—Caterina, que Déu te guardi.

—I tu, Casimir, i tu. Au, traieu-vos els mantos i veniu a seure a la vora del foc...

Els dos homes obeeixen, però si bé aquest Casimir sembla haver demostrat la seva innocuïtat encara no aconsegueixo fer-me una idea del seu acompanyant, que, fins ara, s'ha mantingut mut. Els pitjors mals venen en silenci, deia mon pare, el sabater de Solsona. I ara em pregunto si no ho deia en previsió d'aquesta alba gelada.

Tres cadires, movent-se, em diuen que els homes s'han assegut. La Caterina continua feinejant per poder servir els convidats. L'Esteve, sortint de la comuna, deu haver anat a amagar-se a l'estable. L'imagino arraulit rere una bala de palla.

Voldria apropar-me més a l'escala però tinc por que el terra grinyoli. I no vull descalçar-me, per si calgués fugir d'improvís. Em quedo dret, amb l'esquena a la paret. Escolto, com si hagués encès una ràdio, els diàlegs que pugen cap a mi.

Primer, tan sols parlen de l'aiguat, del que va patir cada poble, de l'hivern que ja impera, de les famílies que van fent i més farien si més poguessin. I quan han dit tot això, en Casimir abaixa la veu i, llavors, ja només puc intuir fragments del que diu.

—Ja veig que som fet el mal educat, som pas deixat que el meu amic se presenti. Se diu Masó i ve de l'altre band, sabeu?, de Barcelona.

Llavors l'anomenat Masó saluda i agraeix el cafè amb llet, però ara em costa escoltar. M'he distret. Pot ser un agent dels franquistes, o pot ser tot el contrari. O ni l'un ni l'altre. En Casimir, però, ha tornat a prendre la paraula.

—Escolta, Mateu, l'he fet venir fins aquí perquè... perquè qualcús de confiança m'ha dit que podria ser que aquí hi tinguéssiu gent, sabes? Vull dir gent de l'altre band, també, algun refugiat...

Sento nítidament com una capa de silenci embolcalla de sobte la cuina. Imagino en Mateu amb la mirada ennegrida per la malfiança, i la Caterina immòbil a prop dels fogons, pensant en alguna manera de fer fora els dos homes.

—Volem pas ofendre ningú, Mateu, Caterina... I vos diré les coses amb franquesa: per quina raó vindríem pel compte dels espanyols? Sabeu tan bé com jo que si mai volen venir ja vindran, esperaran pas que qualcús els hi faci un report, se plantaran aquí amb les escopetes, posaran la casa enlaire i acabaran trapant el que hagin de trapar. Ja ho han fet a d'altres cases... Tinc pas raó?

Silenci d'uns quants segons, que torna a trencar en Casimir, com si parlar davant un silenci hostil fos la seva feina de cada dia.

—Aquest senyor, el senyor Masó, ha vingut perquè cerca gent com ell, gent de l'altre band, sabes? Gent que se va escapar dels camps o que ha fugit passant la frontera per aquí. Els hi vol fer una proposició i me sembla que val la pena que l'escoltin. Com que sé que seu persones de bé i que sempre heu ajudat els que en tenen menester, seria pas impossible que en tinguéssiu a casa vostra, me sembla.

Ni en Mateu ni la Caterina no diuen res i tot d'una entenc que em toca a mi prendre la decisió. Si no em moc, si no faig soroll, acabaran negant la nostra presència i els dos homes marxaran. Si em moc, si baixo, pot ser que en Mateu, la Caterina, l'Esteve i jo siguem morts o empresonats abans que el sol s'hagi acabat d'aixecar. He de prendre la decisió i l'he de prendre en nom de tots. Les cames em tremolen i respiro massa de pressa.

Baixo.

Tres homes i una dona em miren, els quatre tenen mirades de qui no vol deixar veure el que pensa. Sols en Mateu, potser, quan ja soc a baix, té un gest molt lleu del cap per dir-me que la meva decisió no li agrada. En Casimir és el que s'aixeca primer. Somriu i m'allarga la mà. El seu veí també s'aixeca, però no somriu ni té cap gest cap a mi.

—Bon dia —dic—, crec que esteu parlant de mi.

—Bon dia, minyó, bon dia... Me dic Casimir Falguerona, soc de Prats de Molló, i aquest senyor és el senyor Masó.

Només en aquest moment el senyor Masó té un gest, amb el cap, per saludar-me. He de parlar.

—Jo soc l'Agustí —estic a punt d'afegir Vilamat, però m'aturo de sobte. Veig que el senyor Masó deu haver-se adonat de la meva hesitació, però no vol fer-m'ho notar.

—Agustí, ja que ets aquí, prendràs el teu cafè amb llet —diu la Caterina tot posant-me un bol al davant—. Jo me'n vaig a veure les vaques, vos deixi entre homes.

Així l'Esteve, si vol, podrà fugir ara mateix. He de fer com si fos l'únic refugiat que s'amaga en aquest mas.

Quan he acabat de beure els primers glops i he tornat a deixar el bol a la taula, el senyor Masó, finalment, parla.

—Noi, represento l'Exèrcit Lliure de Catalunya, soc agent reclutador i vinc a veure't per si vols enrolar-te.

Tercera part

Agustí Vilamat, maquisard

25

5 d'agost de 1942

Una vida de soldat d'imitació

Un borni pot enrolar-se en un exèrcit, ni que sigui un exèrcit clandestí, i pretendre disparar amb èxit contra els invasors? Puc respondre sí i puc respondre no.

Sí, perquè podria ser veritat que tota llenya fes foc, fins i tot si és llenya malgirbada com jo.

No, perquè soc, per necessitat, esquerrà d'ull però, per natura, dretà de mà.

O sigui que si engalto un fusell pel costat dret, no puc torçar prou el cap per apuntar amb l'ull esquerre. I si l'engalto pel costat esquerre llavors és la mà esquerra, i tot el braç esquerre, que em fallen. I em quedo sense moure'm després d'haver demostrat que les dues solucions per disparar amb un fusell són impracticables per l'Agustí Vilamat.

D'aquí poc, si els paracaigudes no s'extravien o no els troben primer els espanyols, rebrem metralladores Stern, vingudes d'Anglaterra. Són armes lleugeres i fàcils de manejar, però tenen el defecte d'encallar-se o, molt pitjor, de disparar soles en rebre un xoc a la culata. Ho veuré, més tard, gairebé al final d'aquesta guerra, ho veuré quan un noi de Vilafranca del Penedès, en Sergi, saltarà d'un camió massa distretament i donarà un cop a la carrosseria amb la metralladora. De la trentena de bales que sortiran en ràfega, sis li aniran a parar al pit i hi obriran un cràter de carn, ossos i pulmons. Aquell dia entendré que els instructors, prohibint-me l'ús de la Stern, m'havien salvat, potser, la vida; o la d'alguns dels meus veïns d'entrenament.

Privat de fusell i privat de metralladora, tindré dret, només, a un revòlver. I no és que m'agradi dur una arma reservada en principi als oficials, però al llarg de la meva vida aquest ull absent m'haurà atorgat, a vegades, uns quants privilegis no sempre merescuts, entre els quals aquest revòlver Enfield Núm. 2 MK1, més sòbriament anomenat Filt, que duc al cinturó quan sortim a patrullar. Soc, així, el menys ben armat de tots els maquisards amb qui conviuré mai i, no sé per què, ho trobo normal i, fins i tot, inevitable.

Avui és un dia de sol que en poques hores ha assecat el temporal de la nit. Eren uns bots i barrals amables en comparació amb l'aiguat de fa ja més d'un any i mig. De la pluja d'anit ja no en queda rastre sinó a les fonts, més generoses. Fa una calor que trinxa la pell, que rebota per les pedres per enlluernar-nos fins i tot quan mantenim el cap cot, i l'ombra de les coníferes ha de lluitar per garantir-nos una mica de quietud. És una caminada d'exercici, vuit quilòmetres en cercle, del camp al camp, passant per colls dels quals començo a recordar el nom i en conec els pendents i gairebé el nombre de passos que cal per franquejar-los.

Continuo essent prim, però prim, ara, de nervis i músculs secs, sota la pell bronzejada i, crec, més dura del que ha estat mai. Una vida de soldat d'imitació, però al capdavall, una vida amb rigor i disciplina. Una vida d'aprenentatge monòton però constant.

M'entreno cada dia i ara sé disparar amb el revòlver amb prou garanties de tocar la diana, sé caminar hores amb una motxilla carregada sense protestar, sé realitzar cures d'urgència en ferides de poca gravetat, sé escorxar gallines i conills, sé enfilar-me en arbres no gaire alts amb un mínim de fressa i sense caure mai. I tot això des del maquis Trinxeria, que té el quarter general provisional en un mas abandonat a les altures que separen el Vallespir del Conflent, si fa no fa a mig camí entre Prats de Molló i Mentet.

Des d'allà em costa molt imaginar res que s'assembli a una guerra. Si marxéssim, de sobte, si abandonéssim la muntanya, ningú no s'adonaria de la nostra absència, ni cap combatent de cap bàndol, ni els rapinyaires que passen i ens ignoren, ni aquest vent que tanta fruïció posa a netejar-ho tot, ni aquesta herba rasa pigada de flors de les quals cap de nosaltres no sap el nom. Em pregunto si els caps de l'estat major, quan es reuneixen en aquestes altures, aconsegueixen pensar de debò en les batalles a venir.

M'adono, però, que potser he saltat massa mesos des de la meva darrera anotació. Hauria de tornar enrere, al temps en què el senyor Masó va venir a trobar-nos, quan encara no l'anomenaven capità Masó.

En aquell moment només podia saber, del que passava fora del Vallespir, el que en deia la premsa autoritzada, i això és com dir que havia d'escollir entre no saber res o saber mentides.

Quan l'Esteve, aquell matí d'hivern, informat de les intencions del senyor Masó, va ajuntar-se'ns, vam tenir dret a una lliçó majúscula de política internacional en temps de guerra. Del que soc capaç de recordar-ne, n'extrauré ara les informacions que, en aquell moment, em van semblar essencials. Que se'm perdonin les aproximacions o les al·lusions, degudes a la certesa que qualsevol lector sap gairebé tan bé com jo tot allò que va passar a Catalunya i al món. Explicar-ho em servirà sobretot per situar-me millor, com a simple persona, al mig de l'huracà interminable de la guerra.

26

Fins llavors la presència catalana a Londres era més aviat migrada

La declaració de guerra de Franco als Aliats havia tingut com a conseqüència que els representants del govern espanyol republicà a l'exili deixessin de vagarejar i anessin a parar a Londres, on es decidia la pertinència, la capacitat d'influència i el futur possible de les diverses forces de resistència al feixisme. Allà, a part de competir amb les altres delegacions exiliades per tenir accés a Churchill, els republicans espanyols es dedicaven a impedir que la Generalitat actués pel seu compte i en nom de Catalunya.

Lluís Companys, abans de ser presoner, havia deixat entendre que, segons ell, aquest amuntegament d'exiliats al voltant de Churchill era contraproduent, i si bé va enviar-hi Josep Tarradellas i Joan Casanovas, va preferir quedar-se amagat a França, des d'on pensava que estaria en més bona posició per tornar a Catalunya quan la guerra fos favorable als Aliats. Per això va ser capturat fàcilment pels alemanys i lliurat als seus assassins.

Fins llavors, la presència catalana a Londres era més aviat migrada i, sobretot, d'un minúscul pes polític, fins que l'assassinat disfressat d'execució de Lluís Companys hi obrís una escletxa decisiva. La seva mort, però també les befes espanyoles que van seguir, van fer que els catalans s'adonessin de la necessitat de presentar un front comú a Londres. I que deixessin de somiar futurs federals i àngels de la guarda ibèrics. L'assassinat i les burles van ser dues bufetades que van despertar de cop les consciències dels qui, fins llavors, deien desitjar que Catalunya i Espanya estiguessin fraternalment unides. Les ganes de plorar la mort de Companys i les ganes de vomitar amb els sarcasmes d'uns quants exiliats espanyols van ser un remei contra la miopia catalana.

Per les mateixes raons, els anglesos van acceptar d'escoltar els representants de Catalunya. Churchill havia considerat l'afusellament d'un president escollit democràticament com un insult personal, un insult que potser hauria pogut oblidar més o menys si no s'hagués trobat els més alts representants de la República espanyola aprovant l'execució a mitja veu. Sí, deien, Franco a vegades fa la feina bruta però necessària, segurs que els interlocutors britànics compartien la seva opinió.

El successor de Lluís Companys, Josep Irla, va sortir del seu amagatall per anar, també, a Londres. Havia viscut ocult al Vallespir mateix, a no gaires quilòmetres del mas Xargall, però no ho vaig saber fins que ell se'n va anar a la Gran Bretanya i jo vaig començar a posar-me a les ordres del capità Masó. Només vaig poder imaginar, quan ja era massa tard, què hauria passat si haguéssim topat l'un amb l'altre. Potser m'hauria tocat, també, el braç.

A Londres, Irla i la seva delegació, valent-se de la mort del president Companys i esperonats pel menyspreu palesat per la delegació espanyola, van acabar aconseguint que el govern britànic els considerés *de facto* com una delegació separada. Fet i fet moltes cancelleries europees ja donaven com a gairebé inevitable que Catalunya i Espanya es divorciessin. En cap moment, però, ni Churchill ni els seus representants no van prometre la independència a la delegació catalana, tan sols que, quan arribés l'hora, i només en aquest moment, la qüestió catalana seria tractada «amb respecte». O sigui que tot era possible, tant una cosa com el seu contrari. Qui conegués el paper de Churchill en el procés d'independència d'Irlanda podia tremolar en espera que demostrés «respecte» cap a Catalunya. Devia ser prou evident que part d'aquest respecte seria proporcional a la capacitat de resistència armada de la Catalunya vençuda.

Però, a finals del 1940, la resistència era un concepte molt poc tangible, que devia més a la idea teòrica que per força havia d'existir que no pas a la seva realitat concreta. La lluita, tal com es va anar construint i, també, embellint i mitificant, encara no havia començat de debò. Fronteres endins, els maquis antifranquistes feien el que podien, però tan sols aconseguien enutjar vagament el nou règim. Les seves accions, a part de ser sovint desesperades, tenien com a finalitat gairebé única mantenir una activitat bel·ligerant en espera de la intervenció militar directa dels Aliats. No m'atreveixo a imaginar què hauria passat amb aquests maquis, i amb tots nosaltres, si Franco no hagués declarat la guerra a França i a Anglaterra.

Cal recordar que, per un efecte de capil·laritat, van ser aquests maquis vinguts del sud els que, quan van passar la frontera, van fer que s'inventés la resistència francesa, si més no la resistència de muntanyes i boscúries. I va ser durant molt de temps una resistència més simbòlica que realment activa. Les ordres eren d'esperar que les línies de front es moguessin, per fi, contra Hitler, abans de començar accions militars puntuals, i mentrestant d'entrenar-se i d'aplegar material, informacions i complicitats locals. En aquest primer moment, la raó de ser dels maquis a la Catalunya franquista, i sobretot a la Catalunya septentrional ara annexionada, era d'existir i de fer saber que existien. Una mena de flama de la pàtria, encesa tothora a tall de reclam, però sense gaire capacitat de calar foc enlloc.

27

6 d'agost de 1942

Tan sols dos són d'aquestes terres

Som onze i no fem res més que aprendre a fer de maquisards i treballar en masos amics. Cada matí anem a pencar com ja havia pencat al mas Xargall, però sense l'amistat de la Caterina per fer-me més plaent les pauses. Ja no recordo haver tingut, un dia, mans blanes de noi de ciutat, ara que he fet meus una enorme quantitat de verbs que, abans de la meva sortida del camp, tan sols coneixia per haver-ne llegit, i a vegades oblidat, la definició. Sé llaurar, sembrar, collir, segar, batre, podar, estassar, empeltar, esclarir, a més de cavar forats, pujar parets seques o amb morter, tallar i asclar llenya, arreglar teulats i xemeneies, i quantitats d'altres feines de jornaler i de manobre o, en els millors dels casos, de pagès i d'obrer.

Amb aquestes feines guanyem la confiança de la gent de la contrada i ens escapem de les llargues teranyines d'avorriment dels dies sense feina, quan només podem desmuntar i muntar les armes, sense disparar gairebé mai, o somiejar asseguts al catre tot fumant, els que fumen. Quan manllevem aliments als masos o a les cases més aïllades paguem en vals que els més optimistes creuen que algun dia es transformaran en diners reals i que d'altres remuguen que ni tan sols els porcs no volen cruspir-se'ls.

Som onze, amb històries diferents i destins, per a alguns de nosaltres, del tot adversos. Uns quants han fugit dels camps, d'altres han vingut per la muntanya sense esma ni projectes, dos són soldats rasos de l'exèrcit republicà que van aconseguir escapar de l'extermini programat. A l'hivern tenim fred i ens moriríem sense l'ajuda d'uns quants pagesos, a l'estiu intentem bellugar-nos malgrat el sol que martelleja la terra, i tant a l'hivern com a l'estiu devem semblar una mena de ramat desemparat, que va i ve al recer incert d'una muntanya envoltada d'enemics que volen matar-nos però que, per sort nostra, hi posen ara per ara més mandra que convicció.

El capità Masó serveix d'enllaç entre el comandament i tres o quatre maquis. Quan irromp al nostre campament ens avergonyim de no haver sabut mantenir-lo més endreçat. Però ell diu que els maquis han de ser petits, mòbils i com més autònoms millor, i que per això hem de tenir el nostre propi cap, que pugui prendre decisions en cas de circumstàncies imprevistes.

I així designa, per manar-nos, el tinent Fornells. I Fornells és el nom de guerra que ha escollit l'Esteve. Tots els que tenen graus militars superiors a sergent o funcions civils de responsabilitat fan servir un pseudònim, nom de guerra i de nit, destinat a complicar la tasca dels franquistes quan els franquistes ens empaiten i, de tant en tant, detenen algú. Destinat també a protegir les famílies de les represàlies. L'Esteve, primer, havia volgut fer-se dir Sacco, però el capità Masó li havia demanat de trobar un nom més neutre. Un pseudònim, va explicar, pot donar una informació sobre qui el porta, per exemple sobre les seves opinions polítiques i, llavors, qualsevol que coneix aquest pseudònim ja sap quelcom de qui el porta, i això és l'inici del perill.

Vet aquí el tinent Fornells doncs, de l'Exèrcit Lliure de Catalunya, afectat al maquis Trinxeria, anomenat així en honor d'un resistent del segle XVII, un pagès de Prats de Molló que va alçar-se contra l'annexió francesa. No estic segur que sigui una bona idea batejar-nos amb el nom d'algú que va acabar derrotat, però els que van prendre la decisió van pensar que, així, el maquis seria més atractiu per als catalans del Vallespir.

Però no sembla ser-ho gaire. Dels onze que som, tan sols dos són d'aquestes terres. Són, és clar, els més útils, coneixedors de la muntanya i de les famílies que hi viuen. I l'Esteve, com a anarquista tossut, i jo, com a català que vull ser, ens entristim de veure com la ratlla de la frontera sembla haver existit prou anys perquè la gent que viu en aquesta muntanya, segons si va néixer al vessant nord o sud, tingui comportaments diferents. El rebuig del Vallespir a la presència espanyola és evident, palpable, i tan sols un grapat de notables col·labora a la consolidació del franquisme a la vall del Tec. A la resta de la Catalunya septentrional aquest rebuig és gairebé unànime, amb l'excepció de Perpinyà, probablement perquè hi fan vida més notables. Però aquest rebuig no es tradueix com nosaltres voldríem. La paraula Catalunya i els seus derivats no tenen, aquí, la mateixa força que la que hi pouem nosaltres. És una Catalunya esfilagarsada, translúcida, una Catalunya que ha passat massa anys a l'obaga de França, aquesta França que ho ha anat absorbint gairebé tot, des de les ments fins als cors.

Enlloc no es veu tan bé aquesta diferència entre uns i altres catalans com en els noms dels pobles. Els francesos van desfigurar amb prou determinació una gran part d'aquests noms: Coustouges, Serralongue o Lamanère són escopinades ortogràfiques que fan venir-me basques. I ara els espanyols han imaginat una segona abominació amb San Lorenzo de Cerdans, Prados de Molló o Montherrero. Però quan, de nits, algunes mans empastifen la nova forma oficial sempre hi posen, amb pinzellades maldestres, els noms donats pels francesos. Rebutgen Corsavín però no pensen que Cortsaví els serveixi de res: tan sols els plau Corsavy. Imagino que deu ser igual arreu d'aquest estrany territori que ha anat fent dels catalans els millors amics d'aquells que els ho van prendre tot. Suposo doncs que els perpinyanesos deuen maldar perquè Perpignan venci Perpiñán sense que Perpinyà sigui res més que el testimoni indefens de la pugna entre dues formes successivament oficials i igualment usurpadores.

El temps m'ha ensenyat a provar de viure sense despit aquesta apatia dels catalans del Vallespir al que pugui advenir de Catalunya, però avui ho visc amb un dolor al qual pensava haver-me anat immunitzant. Avui l'Esteve m'ha proposat d'acompanyar-lo en missió d'enllaç, amb l'afegitó que després faríem una marrada pel mas Xargall per saludar dos amics, dotze vaques i unes quantes pedres.

En Mateu ens agafa les mans, ara a l'un ara a l'altre, i ens mira amb els ulls brillants. I la Caterina ens clava un petó a la galta que vol ser d'amiga però que més aviat té perfum de mare. I l'Esteve i jo sense voler-ho ens hem disfressat de beneits, emmudits per l'atordiment de l'emoció de tornar a ser a la casa que ens va salvar la vida. Quan entrem he d'aturar-me un segon, emplenat tot d'una per la flaire de fusta, guix i cafè de la cuina, que conforma una barreja única que emmarca la meva vida més sòlidament que el calendari més precís.

M'apareix una evidència a la qual només sabré posar paraules unes hores més tard, quan estarem pujant, de nit, cap al nostre camp. Soc de Solsona i soc del mas Xargall. Fins llavors pensava que el camp d'Argelers m'havia fet el que era per la misèria a la qual vaig aconseguir sobreviure i per l'odi que van regalar-me els que van matar-hi l'Eugènia, però, sota aquesta foscor d'estiu, mentre grimparé sense veure gaire on poso els peus, entendré que la humanitat d'una parella de vells pagesos haurà estat més determinant per fer-me ser el que soc que setze mesos rere els filferros i sota el vent.

En Mateu ens explica que a vegades reben la visita d'un cosí seu de Palaldà, sempre pels volts de mitjanit i sempre en companyia de forasters que cerquen un camí cap a Andorra o cap a Barcelona, per provar sort en el consolat d'algun país neutre. Molts diuen que volen anar fins a Portugal, d'altres a l'Àfrica del Nord i d'allà, alguns, fins a Amèrica.

—Fan pena, sabeu, fan pena... Hi ha de tot, mes sovint són jueus que fugen i sé pas fins on poden fugir aixins. El meu cosí els fa pagar, diu que passar gent o passar tabac és ben bé la mateixa cosa, mes nosatros podem pas guanyar sous aixins, eh, Caterina?

La Caterina no diu res, senyal que ja en deuen haver parlat sovint entre ells i sempre estant d'acord l'un amb l'altre. En Mateu ens ensenya el sud, amb un gest gairebé colèric.

—N'hem ajudat qualques-uns, sabeu, els som acompanyat un bocí de camí, fins a la frontera, en fi, l'antiga frontera, mes sé pas com poden esperar re. Me sembla que caminen i prou, cap al sud, cap al sud, fins que els agafen...

L'Esteve i jo assentim amb un moviment del cap. També n'hem vist passar i també n'hem ajudat, alguns d'aquests fugitius a vegades han dormit amb nosaltres, i les històries que ens expliquen són com contes de por, però d'una por que mai no s'apaivaga, una por que recobreix tot el continent, va inflant i s'encrosta. I quan sentim el que diuen d'allò que els alemanys fan als jueus i als resistents, tenim ganes de combatre però intuïm que no podrem guanyar mai contra un monstre tan ben preparat i tan mancat d'escrúpols. Aquests fantasmes que passen, vinguts de no sé quins països, amb sabates de ciutat i motxilles massa buides o maletes de cartó massa plenes, són com la imatge del que podria ser, aviat i per sempre, tot Europa.

I llavors en Mateu, la Caterina, l'Esteve i l'Agustí callen. Fins que la Caterina ens diu que si hagués sabut que veníem hauria fet un sofregit per acompanyar les trumfes. I des del paladar que s'ensaliva ens tornen les ganes de parlar.

Però quan ja fa una estona que seiem tots quatre al voltant de la taula on hem segut tantes vegades, ve l'altre dolor, el dolor del qual parlava fa una estona. En Mateu i la

Caterina, i sobretot en Mateu, no entenen el que senten a dir del nostre maquis, i d'algun altre semblant. Que volem lluitar per una Catalunya lliure però també sencera, ço és, integrant-hi el Vallespir, Perpinyà i la resta de comarques del nord.

—Ho sé pas, ho sé pas —diu en Mateu a poc a poc, provant de trobar paraules prou suaus per no ferir-nos—, jo som fet l'altra guerra, la del catorze, i la som feta per França...

I tot està dit. Havent patit per França no s'adona que podria retreure a França aquest patiment, i la mort de tants amics seus, en lloc d'agrair-li d'haver-lo enviat a les trinxeres. Però si va patir per França és que França valia la pena que patís per ella. O, si no, quin sentit hauria tingut el seu patiment? Què n'hauria de fer, ara, i com podria suportar tants records de morts i agonies? Catalunya li cap al cor a condició que no desplaci França, aquesta França que du, a més, a les cicatrius i als somnis de guerra que diu que encara fa, a vegades.

No parlem gaire d'això, i ens alegrem amb ells que continuïn rebent cartes del fill presoner a Alemanya, i ens lamentem amb ells que continuïn sense notícies del fill desaparegut en la guerra contra Alemanya. Aquest fill perdut, ara ho veig, encara deu fer arrelar més la creença en una França per la qual cal mostrar-se disposat a sacrificar-se. No sabrien com fer-ho per renegar d'un país pel qual un dels seus fills, potser, ha mort.

I marxem. L'Esteve calla mentre jo callo. No tornarem al mas Xargall tant com duri la guerra, i potser més enllà. No en parlem però tots dos ho sabem. En Mateu i la Caterina s'han posat del costat dels que aviat anomenarem *els altres*, els altres maquisards, aquells que comencen a fer cap a la muntanya; més tard que nosaltres però més nombrosos que nosaltres. Els maquisards també catalans però sobretot francesos, els que s'organitzen a l'empara de la bandera de París i que aviat rebran ordres del general De Gaulle. Aquests volen fer fora els espanyols, com nosaltres, per restablir la legalitat francesa, contra nosaltres.

28

30 d'octubre de 1942

I així, a vegades, ens desesperem

Ja fa gairebé dos anys que vivim aquí, de mas abandonat a granja mig enrunada, pels camins aspres de la part alta d'aquesta comarca de la qual sé ara tantes coses que podria, un dia, escriure'n la biografia. En sé, però, tan sols coses minúscules, el nom i les virtuts de les baies d'estiu i de tardor, la frescor comparada de vint o trenta fonts, el color de les fulles d'avellaners quan comencen a morir, quaranta paraules de català que no havia sentit a dir mai abans de viure al Vallespir i algunes de les quals he acabat fent meves, el gust dels bolets, dels cargols i de les castanyes, el moviment dels núvols i el nom del vent que els porta.

I fora d'aquestes necieses, les notícies són de gel i cendra. Hitler avança a tot arreu i sovintegen a la premsa de Perpinyà les proclames victorioses, sobretot quan a més d'alemanys o italians s'hi han rabejat els espanyols. L'exèrcit de Franco ha penetrat al desert d'Àfrica i ha fet recular els anglesos gairebé fins al mar Roig. El general Barrón ha operat una junció triomfal amb el *Generalfeldmarschall* Rommel i, junts, estan conquerint un nou imperi africà.

Ho proclamen els diaris, i les notícies que ens arriben pels canals de la resistència no semblen poder contradir-los.

Fa dos anys, aviat, que soc aquí, tan inútil amb el meu revòlver com ho era a Barcelona amb el meu diccionari.

I avui tan sols és la quarta vegada que participo en una missió activa. I mai no he pogut disparar contra cap enemic. Les ordres que tinc són de mantenir-me en segona línia, amb el revòlver incrustat a la mà, el meu ull vàlid fix i tremolós i molta suor arreu del cos. Formem un cos d'intervenció de cinc homes, sempre cinc homes, dos que disparen, tres que els protegeixen i, tot seguit, cinc que fugen, s'esmunyen i deixen enrere rastres d'ombres i de suor. Ho fem sempre així, quan anem a matar soldats espanyols. No en matem gaires, però fem que no s'adormi mai, dintre seu, la convicció que poden morir quan nosaltres ho decidim.

Els primers temps, ningú no estava segur de quina podia ser la manera de fer més eficaç i més segura. Entre els caps del maquis alguns volien formar fornits batallons disposats a lliurar batalla a camp obert, i d'altres es decantaven cap a operacions modestes dutes a terme per equips reduïts. Al final, al Vallespir, va prevaldre aquesta segona opció, més adaptada a un territori més aviat estret. Guaitar, disparar i fugir. La consigna donada pel capità Masó era d'amagar-se en espera que passessin camions militars i disparar només contra el conductor i l'acompanyant del primer camió. De manera que obliguéssim tots els vehicles a aturar-se i sembréssim la por entre els soldats.

—El que vull és que es barallin entre ells per no conduir el primer camió. Així la por esdevindrà contagiosa, perquè anirà acompanyada de disputes i de malfiança.

I odiaran els seus oficials quan aquests escullin qui haurà d'anar a davant.

I ho fem, doncs, així. Dos homes es posen en emboscada, l'un al costat de l'altre a l'empara d'alzines, i disparen intentant matar dos soldats. El trencament del vidre, els esquitxos de sang, els espasmes del camió i les ordres bramades pels sotsoficials espanyols són la seqüència normal d'un atac reeixit. El camió, de vegades, s'atura en sec, de vegades vagareja fins a topar contra una roca o, en alguns casos de festa major, fins a desplomar-se en un barranc.

Els esperem, avui, a la sortida d'un revolt de la carretera de Prats de Molló, a prop del pas del Llop. Els camions s'apropen, els dos homes disparen, marxem. Tot bé, dirà el sergent, quan hàgim tornat al camp, ha estat arribar i moldre. Però no. Hauríem hagut de quedar-nos per adonar-nos del parany en el qual havíem caigut.

No hem vist com del segon camió baixaven, sense crits, dos soldats que formen l'escorta d'un capità de la Falange; com anaven a comprovar, sense córrer, l'estat de les víctimes.

—N'hi ha un de viu —crida un dels falangistes.

—D'acord, arregla-ho —respon el capità, i així ressona fins a nosaltres, que no hi donem gens d'importància en calcular que es tracta d'un tir llunyà i solitari, el tret que remata el conductor del camió.

No veiem tampoc com els falangistes treuen les túniques militars i les boines dels dos morts abans d'estirar-los al mig de la carretera, i com els tornen a posar les jaquetes de vellut gastat de les quals eren, mentre vivien, els propietaris. Ni com un d'ells els fotografia des d'angles diferents, però sense que es vegi mai ni el camió ni els altres falangistes. Mentrestant, del segon camió un altre grup ha fet baixar una moto i un soldat aviat entafora la càmera en un sarró i baixa cap a Perpinyà. Hi serà dues hores més tard, prou aviat perquè les fotos rebin l'aval dels serveis de propaganda i puguin ser dutes a les redaccions.

I així, l'endemà, tots els diaris de la *provincia de Perpiñán* tenen en portada la foto dels dos pagesos assassinats pels terroristes judeomaçònics. La llei franquista, en la seva aplicació transitòria al nou territori, obliga els pares a posar noms espanyols als fills acabats de néixer, però encara no imposa als adults de prescindir de la seva forma francesa, fins ara obligatòria. Així sabem que Joseph Sors i Jules Parayre, del poble del Tec, van ser raptats per un grup de maquisards que no van dubtar a executar-los quan van negar-se a lliurar-los els productes del camp que acabaven de recollir. Els morts, des de la foto, no ens miren, un té els ulls tancats i l'altre sembla parpellejar com si una pols li fes nosa, però han mort per les nostres bales i per la nostra ingenuïtat. Per això, doncs, ens costa no intentar endevinar als seus ulls, desdibuixats per la impressió de tinta dolenta en paper dolent, si ens retreuen aquesta mort o si tan sols culpen els espanyols per haver-los obligat a conduir el camió.

És clar que els espanyols haurien pogut estalviar-se aquesta posada en escena, executar dos pagesos qualssevol i fer que els diaris expliquessin la mateixa història. Però el seu objectiu era també de desmoralitzar-nos.

Després d'haver vist les fotos no tenim ganes ni de tornar a assaltar camions ni d'enfrontar-nos a la mirada dels pagesos. Quan els anem a ajudar en la recollida de pomes tenen tots una mirada distant, a la vegada esporuguida i agressiva. Treballem en silenci, amb gestos malfiats, i gairebé els uns i els altres tenim por de girar-nos l'esquena. Quan acabem, al cap de tres hores, ens enduem, com els altres dies, un quilo de pomes cadascun; avui, però, sembla fruita rància.

—No pot ser —dic, al migdia, a l'Esteve—, semblava que els obliguéssim a deixar-nos treballar de franc per a ells.

—Sí, hem de fer-hi alguna cosa molt de pressa o l'hivern que ve serà l'últim, per a nosaltres.

L'Esteve, des que es fa dir Fornells, s'ha especialitzat en el tracte amb la població. És ell qui va a veure, quan cal, un alcalde, un capellà, fins i tot algun gendarme, per negociar mercaderies contra braços, per recollir informacions dels moviments dels espanyols, per saber a qui no fer mai confiança. El capità Masó ara només ve una vegada, o menys, cada setmana, i deixa que l'Esteve aprengui a ser el responsable permanent del maquis Trinxeria. També ha de parlar amb els altres maquis, del Vallespir i del Conflent, siguin de bandera catalana o, cada vegada més sovint, francesa. Ara per ara el tracte és de respecte i d'ajuda mútua entre els dos tipus de maquis, però com més anirem gola endins de la guerra més es faran evidents les diferències entre aquestes dues essències de la resistència als espanyols.

I esperem que facin efecte els cartells que aquesta nit maquisards dels dos grups anem a enganxar plegats, arreu de la comarca. Són cartells que expliquen la veritat del que va passar amb els dos pagesos, i és una veritat amarga que no tots els que els llegiran acceptaran, però que almenys induirà una mica més d'odi contra els franquistes.

Remugo, jo, mentre aguanto un cartell i un altre noi l'encola. Tot hi està escrit en francès, excepte les sis paraules finals. Un estoic però al capdavall bastant banal

Resistim!
Entre tots ho farem tot!

a baix de tot del full. La llengua francesa ha guanyat per l'evidència de seixanta anys d'escola obligatòria pensada i organitzada també per desaprendre el català. El full està signat per la nova unitat de coordinació antifranquista: Forces de Résistance à l'Occupation, en què no figura ni la menció France ni la menció Catalunya. Però si els que lluitem per Catalunya ens hem guanyat el respecte per l'experiència dels nostres caps en tres anys de guerra civil, els que ho fan per França s'acontenten de ser aquí i de fer servir en benefici seu la força de la inèrcia de la gent. La gent vol allò que sempre ha conegut i per això abomina l'ocupació espanyola, però per això també no entén que es pugui voler prescindir de França.

I de mica en mica entendré que les Forces de Résistance à l'Occupation no són sinó un aparador destinat a la propaganda contra els espanyols i a inspirar confiança als civils. La realitat, en aquest territori estrany, és molt menys simple. Nosaltres formem part de l'Exèrcit Lliure de Catalunya, els altres formen part de les Forces Françaises de l'Intérieur, i tots dos, algun dia, potser ens disputarem aquest territori. Per tranquil·litzar la població i inquietar l'enemic els dos estats majors han inventat una coordinadora que tan sols redacta propaganda i, en el millor dels casos, reparteix el territori i comunica a l'altre soci alguna acció militar en preparació.

Des d'aquell dia de la mort dels dos pagesos l'estat major ha canviat la tàctica de les escaramusses. Les noves ordres diuen d'identificar prèviament, sense cap dubte possible, la pertinença de les tropes atacades a l'exèrcit o a la Falange espanyola. Els nostres franctiradors, ara, disparen quan han passat els camions i apunten cap a un soldat assegut a darrere, o fan miques el cap d'un oficial d'un grup de falangistes que maniobra als afores d'un poble.

Però els espanyols han deixat de fer teatre i ja no els importa gaire que la població civil cregui que l'annexió ha estat bona per a ella, ja no fan veure que estimen aquests catalans llefres de França que per ordre del Caudillo tenen el deure d'espanyolitzar. I així, quan mor un dels seus, tendeixen a matar qui passi primer. A Sant Llorenç de Cerdans executen un pintor mentre feinejava en un balcó, a Cortsaví un jornaler que batia blat girant l'esquena als soldats, a Prats de Molló un forner que no va saber cridar prou fort que tenia un permís especial per sortir durant el toc de queda. I als masos aïllats, de seguida que poden, violen pageses.

Gràcies als efectes d'aquest terror, de tant en tant enxampen un maquisard veritable. Llavors el porten a la caserna de Ceret, el torturen tan lentament com poden, el maten i deixen que el seu cos es podreixi quatre o cinc dies en un calabós. Només quan el cadàver ja és una festa de mosques i pestilència l'abandonen a la plaça major del seu poble d'origen, els veïns del qual, malgrat les ferides i la podridura, sabran dir el nom que duia abans de morir.

I així, a vegades, ens desesperem.

29

20 de desembre de 1942

Ell és un maquisard de veritat

Durant més d'un any he estat el professor de català del maquis Trinxeria. Sense cap llibre, amb poc paper i pocs llapis, he anat desgranant el meu saber espellifat davant de resistents més cepats que jo i bastant àvids d'aprendre. Una avidesa, ho dic sense recança, nascuda més del buit i de l'avorriment que de la traça del professor. I el professor, de fet, va ser qui més va dubtar. No hauria acceptat d'assumir aquesta funció si el capità Masó no hagués insistit fins a convèncer-me que calia custodiar i polir la llengua en espera que el país tornés a existir. Custodio i poleixo, doncs, la llengua, tan bé com puc i tan bé com recordo les regles gramaticals.

Els més estranyats per les meves lliçons són en Sebastià i en Lucien, els nostres dos catalans genuïnament vallespirencs, que diuen paraules tan boniques tot envermellint quan s'adonen que nosaltres no les diem ni, a vegades, sabem donar-los un sentit. Els va costar creure'm quan els vaig explicar que a Mallorca i a València també parlen català, i si els descric el diccionari de Pompeu Fabra intenten fer-me admetre que per força ha de ser menys gruixut que el *Larousse* de llengua francesa que el mestre d'escola ostentava a tall de llibre sant.

Així, cada tarda, abans de l'últim exercici físic, seiem en unes pedres arrenglerades, sota el sostre de fusta i lloses de l'estable on ens hem instal·lat per un parell de setmanes. I començo, intentant fer-los parlar per aprendre d'ells algunes engrunes de la immensitat de tot allò que ignoro d'aquesta llengua meva i seva i vostra.

—Us heu adonat que *tothom* ve de *tot home*?

I em miren, gairebé tots, amb un deix d'admiració de la qual sé que soc del tot indigne però que m'alimenta, a vegades, com m'alimentaria el fet d'aconseguir disparar la pistola, almenys una vegada, contra els franquistes. Continuo.

—Doncs en català hi ha uns quants mots que han estat construïts així, per contracció. En podeu trobar algun altre?

Però no estan gaire atents, avui. Fins i tot els més cepats comencen a sentir la melangia del Nadal que s'apropa i que passarem junts, és a dir, que tots passarem sense cap dels que voldríem que hi fossin. Escurço la lliçó. I de seguida que s'aixequen surto a mirar els estels d'un cel tan límpid que sembla voler donar la raó als que creuen que d'aquí cinc dies naixerà el fill del Creador. Després d'una setmana de tramuntana lleu no hi ha, aquest vespre, ni una airina per marejar les fulles dels roures i de les alzines que envolten el mas mig arruïnat on vivim. El fred és plàcid, i potser per això se m'acosta en Lucien. Deu ser el més jove de tots nosaltres i no li agrada que li digui Llucià, que és un nom que mai no havia sentit abans de ser al maquis. Li troba, a més, un deix femení que l'incomoda.

Sembla dubtar, entenc que vol parlar-me però mai no he sabut com s'ha de fer per encoratjar algú a iniciar una conversa. Continuo mirant enlaire, cap a aquells punts de llum que ignoren el bé que ens fan quan centellegen junts en nits fredes i suaus.

—Soc de Montboló, jo, ho sabies?

—Sí, sí, vaig sentir que ho deies el dia que vas arribar.

—Ah... A peu, si baixés cap a Leca i després pel Güell de Baix i el coll d'en Gros, hi podrií ser demà, cap al mitdia, anant rabent... És més a la vora que casa teua, fa?

—Sí, ho pots dir... No sé quants dies hauria de caminar per arribar a Solsona, sis o set, segur, potser més.

—Quan tot això sigui acabat, si mai venes fins a casa, te pagaré l'aperitiu, serà un pler. O el dinar, la meua mare segur que seria contenta de t'invitar... I si te quedessis a dormir l'endemà nos podríem aixecar ben aviat i iríem a pescar al Calvell.

—Per què no? Segur que m'agradaria...

—Ho pensi, sí, que t'agradaria, conec pas dingús a qui agradaria pas... Mes, Agustí, te volií demanar quelcom...

—Ah, sí, digues.

—Sabes que el català jo el som pas mai après, mes a casa hi teníem un llibre, un almanac, pensi, que el pare havia portat de Ceret, i hi havia historis que feien riure, i també poemes, com els de l'escola mes en català... Donques com que l'altre dia, a la lliçó, nos vares dir uns versos, m'has fet venir la ideia d'escriure un poema...

—Oh, molt bé, et felicito. —Provo d'ocultar la meva estranyesa. Les coses boniques encara existeixen, doncs.

—Deu pas sere re de bo, eh? Mes com que podrem pas

tornar a casa fins sé pas quan, he pensat que el dia que torni podré llegir un poema a la meua mare... Segur que la faré plorar, pobreta, sobretot si és en català perquè ella de francès en sap ben poc. En fin, que encara el tinc pas acabat mes m'agradarii que me diguessis què en penses...

—És clar, hi pots comptar... Has escrit els primers versos?

—Sí, sí, mes me fa molta vergonya... Segur que hi traparàs un fotimer de faltes.

En Lucien escodrinya una butxaca interior del seu abric i n'extreu un paper plegat en vuit que m'allarga amb un gest insegur. Com que no tenim el dret d'encendre cap llum a fora, tornem a entrar. Entenc que estem a punt de realitzar una mena de cerimònia privada que exigeix discreció; per això, sense seure, em recolzo a la paret, prop de la xemeneia.

Abans que comenci a llegir, en Lucien té un gest imperiós. Xiuxiueja:

—Me som descuidat de dir que encara he pas trobat totes les rimes, i hi ha versos més llargs que d'altres, ja sé que això se fa pas...

Assenteixo amb el cap i li somric. Desplego el paper com si no hi donés gaire importància, per no atreure l'atenció dels altres.

Aquet cor que tinch és pedra de la mountagne
y la meua sanch és aïga del torrent.
L'alzina és la meua peill y el xot quan cante
és el meu rioure y el meu tourment.

No puc, ara, així, abraçar-lo. Tenen, aquests quatre versos, més faltes d'ortografia que paraules i necessito llegir-los dues vegades més per aconseguir adaptar el que sé de la fonètica de base del francès a paraules catalanes, però aquests quatre versos, de sobte, m'envolten i em reclamen. Miro aquell a qui li fa vergonya fer-se dir Llucià, obrer a cal fuster de Montboló, i veig en ell tota la saviesa d'aquesta vall. Li diré, només, amb un ample somriure, que m'agrada molt el que ha escrit i que ha de continuar. I ell, per agrair-m'ho, em donarà la mà, i encaixarem com si acabéssim de concloure un tracte de confiança.

Lent com soc, necessitaré uns dies més per entendre com aquests versos m'han pogut somoure tant. Però no m'atreviré mai a dir a en Lucien que per fi, gràcies a ell, he entès per què val la pena fer aquesta guerra, més enllà de les proclames polítiques o patriòtiques, més enllà de les venjances personals. Ell, en Lucien, s'ha fet maquisard i vol fer la guerra perquè res no el separi d'allò que trepitja i l'envolta i no pot acceptar que ningú s'ho faci seu i ho faci malbé. No és només que ell sigui d'aquí sinó que ell *és* aquest aquí. Ell és una part del Vallespir. Hauria de parlar-li dels francesos que precisament van fer-s'ho seu tot i que tot ho han fet malbé, però ja sé que li falten les ganes d'escoltar aquesta part de la història trista de Catalunya. I no per això té menys raó en allò que el fa actuar i combatre els soldats de Franco. Ell, molt més que jo, molt més també que l'Esteve, és un maquisard de veritat.

I quan hagi entès tot això, estirat al meu catre de palla i fulles seques, pensaré en els anys que fa que no sé res dels que estimo i fan que pugui voler defensar-los.

La Fina i l'Enriqueta. Intento persuadir-me que, en sortir del camp d'Argelers, van poder esmunyir-se fora de la salvatgeria dels franquistes. Les imagino en un poblet d'alguna muntanya del mig de França, com més lluny millor dels exèrcits d'ocupació, però també sé que tinc un cert talent per fer-me, a vegades, il·lusions.

El senyor Emili. Sense ell la meva vida hauria estat una altra, i em pregunto què deu fer i en què deu pensar i si escriu d'amagat contes d'aventures per a infants. Les cartes que va enviar-me a Argelers mai no em van permetre endevinar si com a home d'ordre s'havia avingut al franquisme o si com a català se sentia tan vençut com qualsevol fugitiu.

Els pares i els germans. Tot i que tenim ordres estrictes de no escriure mai a ningú, hauria pogut provar d'enviar-los un missatge. Hauria hagut d'escriure'l en castellà i, potser, de signar amb nom de dona, i fer-me passar per una cosina o una neboda, amb prou detalls perquè entenguessin no on soc i què faig, sinó que soc viu i encara penso en ells. No sé, però, si ho hauria fet fins i tot si haguéssim disposat de sobres i segells i del permís per escriure. Són molt lluny, els pares, i més encara els germans. Siluetes de boira i vent, entrevistes encara en algun record, però tan primes, tan fràgils que amb un esforç de voluntat podria fer-me creure que mai no han estat res més que una possibilitat de família. Em fa por reconèixer que no els trobo a faltar, que més que ser lluny d'ells em burxa l'absència definitiva de l'Eugènia; que fins i tot penso més sovint en el diccionari de Pompeu Fabra i en el meu esbós de diccionari de sinònims que vaig abandonar.

Aquells éssers que van fer-me i que, crec, van estimar-me d'alguna manera, són més incerts que les paraules de la meva llengua.

Els dies segueixen els dies i, mentrestant, intentem romandre vius.

30

5 d'abril de 1943

Mireu, nois... han estat jutjats

Tot just clareja quan torna l'Esteve i tots veiem de seguida, mentre acabem d'esmorzar, que ha tornat de mal humor.

Ha passat cinc dies fora, cap al sud, a les envistes de Camprodon, durant els quals ha assistit el capità Masó en una reunió dels caps de l'Exèrcit Lliure de Catalunya de la regió Pirineu Oriental. No vol explicar-me res i jo no puc fer-li cap pregunta directa. Les coses no deuen anar bé. Quan ha arribat, a punta d'alba, se n'ha anat a dormir, però s'ha despertat molt aviat, mentre els que no estàvem de guàrdia tornàvem de les feines del camp. Havent dinat ens ha reunit, divuit homes a la solana d'una granja sense bestiar ni farratge. Fa un sol una mica enterbolit pels bufecs cansats de la tramuntana. Abans de parlar, ressegueix amb els ulls la punta dels arbres.

—Tenim una missió, nois, i no m'agrada gens.

Des de quan, penso, l'Esteve explica a tothom el que li desagrada? Desvio la mirada, em fa por el que ha de dirnos.

—Hem de... hem d'arrestar algú.

Alguns han reaccionat amb renecs mig murmurats o

amb roncs de sorpresa; d'altres, jo, s'han mantingut silenciosos i immòbils. A nosaltres tampoc no ens agrada.

—Dos, de fet, n'hem d'arrestar dos. Són lladres i assassins... Fan de passadors i tenim proves que han matat gent...

—Proves?

No recordo qui ha dit això; tots, segurament.

—Sí, un altre grup ha trobat els cossos. Han investigat. En aquesta zona només hi ha cinc passadors coneguts que pugin cap allà on han trobat els cossos... I han enxampat els culpables, vull dir que els han escorcollat el mas d'amagat i han trobat els diners i les joies. I roba. I ara tenim l'ordre d'arrestar-los. Viuen cap a Serrallonga.

—I quan els hàgim arrestat, què caldrà fer?

—Seran jutjats. Però això no ho portem nosaltres. Nosaltres, avui, hem de fer de policies.

L'Esteve ha guardat el pitjor per al final.

—Encara no us ho he dit tot. Són dos, però... són dos germans, vull dir un germà i una germana. Els hem d'arrestar tots dos.

I hi hem anat. Hem caminat, els divuit, com si toqués canviar de paratge. A dos quilòmetres abans d'arribar a Serrallonga ens espera un home, vestit de pagès però amb un fusell a l'espatlla. Sembla actuar com si només s'hagués adonat de la presència de l'Esteve i de seguida, després d'haver-lo saludat amb un moviment de cap, es posa a caminar davant seu. Anem. Vint minuts més tard, ens aturem a uns centenars de metres d'un mas. L'Esteve organitza la guàrdia i aconsella els altres de dormir una estona. És el final de la tarda i no ens mourem fins que sigui plena nit.

Hem entrat, els hem trobat, l'acompanyant de l'Esteve els ha llegit l'ordre de detenció de l'Exèrcit Lliure de Catalunya i ens els hem endut. No hi havia, al seu mas, ningú més. Deuen ser bessons o, en tot cas, no em veig capaç de dir quin dels dos és més gran. Voregen la trentena. Caminem unes dues hores més, per senders invisibles i entre arbres que semblen nit afegida a la nit. Estem cansats i ens costa entendre de què servim, divuit homes per vigilar aquest home i aquesta dona que no diuen res però caminen amb les espatlles vinclades com si tot el seu cos ens demanés clemència.

Arribem, per fi, a les envistes d'un altre mas. L'Esteve, el guia i els dos presos entren de seguida. Nosaltres tornem a vigilar i dormir, alternativament. Vigilem pels quatre cantons del mas i dormim a la granja.

Algú em desperta quan ja fa una estona que clareja.

—Eh, en Fornells ha sortit, deuen haver acabat.

Més tard sabrem que el judici només va durar una hora i que, una vegada pronunciat el veredicte, els que podien van anar a descansar, sense sortir del mas.

L'Esteve no deu ser dels que han descansat.

Ens crida a tots i, al contrari del seu costum, ens fa posar en reng davant seu.

—Mireu, nois... han estat jutjats i han estat condemnats a mort... Sí, tots dos... I ara passarà el que no voleu que passi, i jo tampoc, però és així i prou... Els... els hem d'executar nosaltres.

Tothom es mira, tothom protesta sense gosar, però, alçar la veu; alguns, jo, reculen un pas.

—És la guerra i som part d'aquesta guerra perquè ho

hem escollit. I hem escollit, tots, de posar-nos sota el comandament de l'Exèrcit Lliure de Catalunya, o sigui que ara hem d'obeir. Vosaltres i jo. Han estat condemnats a mort i ens toca a nosaltres executar-los. I són culpables, sí, han confessat, tots dos, i la dona és tan culpable com l'home. Han explicat el que han fet, han matat gent, gent innocent, tots dos, els han matat per darrere, per robar-los, han matat almenys vuit persones, tots civils, probablement jueus, gent que fugia dels nazis. Escolteu, aquesta guerra m'ha fet oficial, i jo, com a oficial i com a home que viu amb vosaltres, us dono la meva paraula que són culpables, tots dos. No n'hi ha cap dubte. I han estat jutjats, aquí dins hi ha l'antic alcalde de Serrallonga, hi ha el capità Masó, i hi ha tres homes més, entre els quals un coronel del nostre exèrcit i un capellà. I s'han pogut defensar.

—Però... però ara els hem d'executar nosaltres? No ho hem fet mai, això, mare de déu!

—No, i hauria volgut no haver de fer-ho mai, però és així. Escolteu, a mi em toca manar l'execució, vosaltres sou disset, triarem a sorts un escamot de deu homes, però només entre els que ja han disparat contra els nacionals. I és clar, si algú és voluntari, serà benvingut.

Jo no soc voluntari, no he disparat mai contra cap franquista i no puc disparar amb fusell, per això quedo exclòs de l'escamot. Dels altres setze, tres més són alliberats per no haver participat mai en cap combat. L'Esteve escriu els noms dels tretze que queden en bocins de paper que fica dins la seva boina, els barreja i d'un en un extreu els noms dels tres que no hauran de disparar.

Els altres deu es miren com si s'acabessin de despertar en un lloc desconegut en companyia d'estrangers.

—Au, doncs, preparéu-vos, nois... Vaig a avisar-los que de seguida estarem a punt.

I així, al cap d'uns minuts, surten. El germà i la germana, bessons potser, amb les mans lligades a l'esquena i la cara pàl·lida per la mort que ja els llepa l'ànima. Mentre avancen intenten tocar-se, amb l'espatlla, l'espatlla. La dona em sembla, aquest matí, molt més bonica que ahir a la nit, tot i que també sembla més vella.

Rere seu el capellà murmura pregàries i al seu voltant caminen els que han fet de jutges, a banda de dos homes armats i de l'home que ens ha guiat.

Els que no hem de matar ningú hem fet unes passes enrere, tots set agombolats sota l'aixopluc de la granja. En Lucien s'ha posat a prop meu, crec que si gosés m'agafaria la mà. Els altres, els que han estat condemnats a disparar, caminen cap a l'estable. L'Esteve acompanya els dos condemnats fins a la paret, els demana de girar-se i els tapa els ulls amb un mocador. El germà té encara un gest amb el cap, com si volgués acaronar el front de la seva germana. Gemeguen i els costa aguantar-se drets.

Davant seu, deu homes amb qui comparteixo els meus dies intenten no tremolar de cames, sense aconseguir-ho del tot. Es nota que gairebé tots tenen ganes d'abandonar el fusell allà mateix i marxar, però l'Esteve els imposa un respecte que potser ignorava que sentien envers ell. L'Esteve els ordena de posar-se en línia, i ho fan. Els ordena d'apuntar, i ho fan. Els ordena de disparar, i ho fan.

I quan han acabat de disparar sols el germà ha caigut, amb deu bales al pit. La germana és allà, el cos torçat pel terror però intacta. Gemega, plora, esbufega. Encegada per la bena no entén el que deu haver passat, no entén que cap dels homes no ha volgut disparar-li.

El coronel es posa a bramar ordres, el capellà es precipita per implorar mercè, l'Esteve s'ha quedat amb la boca oberta tot mirant els seus homes com si ell també, ara, només veiés estrangers. Estic segur que ningú, entre nosaltres, no mira ningú als ulls.

Mentre la dona ha caigut de genolls i plora a borbolls, l'Esteve es precipita cap als seus superiors. Un d'aquests, amb un gest, li diu d'aturar-se i d'esperar mentre parlen entre ells, en veu baixa però de pressa. Amb un altre gest el fan venir, i quan l'Esteve torna a dirigir-se cap a l'escamot, veig que mai més no serà el mateix. Camina a poc a poc per ordenar als seus homes de tornar a començar, però tot d'una, sense deixar de caminar, canvia de direcció, desenfunda el seu revòlver d'oficial, s'apropa a la dona i, quan és a un metre d'ella, sense dir res, li dispara una bala al cap.

En dispara una altra al cap del germà, tot i que aquest no deu haver pogut sobreviure a una descàrrega de deu bales que li han esparracat el pit. I recula sota l'aixopluc, on li fem un lloc. Parla tan baix que no tots entenem les seves ordres. I mentre parla mira l'herba clapejada de femtes de vaca.

—Els que no heu disparat, aneu a cavar les tombes, rere la granja, i després portarem els cossos. Feu-les prou fondes, les tombes, fondes com cal, però que no es notin, eh? Caldrà que no es notin. Feu via, que marxarem de seguida que els hàgim enterrat.

El coronel li ordena a crits que el segueixi a l'interior del mas. Ell obeeix, però abans diu als homes de l'escamot que vagin a descansar. Quan surt, deu minuts més tard, ens ve a ajudar a cavar. No esperem per marxar que el capellà digui una última pregària damunt de les tombes. Tornem cap al campament sense dir res. Crec que ningú no parlarà en les tres o quatre hores de caminada següents. Quan arribem, l'Esteve trenca el silenci per distribuir els torns de guàrdia. Els que porten la cuina són els primers a voler anar per feina, però un gest de l'Esteve els atura. Tot i que ha tingut hores per preparar el que vol dir, dubta abans de començar a parlar.

—Escolteu, nois, avui ha estat un dia terrible per a tots, el més terrible fins ara. He pensat en el que havia de fer, a partir d'avui, i en el que havia de dir-vos... Soc oficial perquè em van demanar de ser-ho, i perquè ningú de vosaltres, en aquell moment, no s'hi va oposar. Però ara no tinc més ganes de res, ni de manar ni d'obeir, i si pogués fer-ho tornaria a Barcelona per lluitar allà, des de les fàbriques o on sigui. Habitualment els oficials no diuen aquestes coses als seus homes, però jo només soc oficial per combatre el feixisme, per res més. El que he fet avui ha estat obeir unes ordres com si fóssim un exèrcit normal, i no ho som. Per això no veig què he de fer, a partir d'avui, sense saber el que en penseu. Algú vol parlar?

El silenci és bastant curt. Parla en Quirze. Encara no he dit res d'ell, com si em requés de fer-lo entrar en aquest relat, ni que sigui d'esquitllentes. I no és que em requi, però a vegades m'he sentit gelós d'ell. Ve de Palamós, va aconseguir no anar a parar mai a cap camp d'exiliats i des que ha arribat amb nosaltres sembla el més ben disposat a fer d'ajudant de l'Esteve. A més d'organitzar i manar, sap parlar gairebé tan bé com ell i per això tots hem assumit que algun dia el faran sotsoficial. Jo també ho he assumit, salvada una punta de gelosia que no ha de tenir, aquí, cap importància.

—Mira, tinent, has parlat bé, però potser has parlat massa aviat. Ens hauries hagut de deixar temps per discutir-ho entre nosaltres... En tot cas, jo el que puc dir és que t'agraeixo el que has fet, sí... vull dir amb la... amb la dona. T'ho agraeixo... Has pres tu tot sol un pes que així nosaltres no hem de portar. I t'ho agraeixo. Per la resta, no crec que calgui canviar res. Ets el nostre tinent i ja està.

Sí, l'hi agraïm i és el nostre tinent. I com que ningú més no vol parlar, l'Esteve, al cap d'uns segons, té un moviment amb el cap i diu:

—D'acord... Ara guàrdia i sopar.

L'endemà al migdia, quan tornaré de la feina, em demanarà d'acompanyar-lo al rebost, com si volgués que l'ajudés a comptar els queviures que ens queden.

—I tu, Agustí? Ahir no vas dir res.

—No vaig dir res perquè en Quirze ho va dir tot.

—Estàs d'acord amb ell, doncs?

—Evidentment, ja ho deus saber.

—Sí, és clar que ja sé que hi estàs d'acord... Tothom hi està d'acord, fins i tot el coronel aquell, saps? Em va cridar per dir-me que oficialment havia de renyar-me, però que d'home a home em felicitava per la meva acció... D'home a home, t'ho imagines? Però si tothom em felicita, per què jo em sento tan malament?

No dic res. Quedem allà, en silenci, fins que ens venen a dir que el dinar està a punt.

31

28 d'abril de 1943

Ara, per fi, maten falangistes a Barcelona

Hitler recula. No ho hauria pensat mai. Amb un carbó de llenya he intentat dibuixar un mapa d'E[illegible] la paret d'un menjador amb restes d'arrebossat, u[illegible] informe i grotesc però un mapa amb un punt gro[illegible] lingrad i tot de fletxes que apunten cap a Berlín. La local parla dels sacrificis del gloriós exèrcit alemar[illegible] traïdoria dels bolxevics, però res no aconsegueix la fragància de desfeta que es desprèn dels artic[illegible] se'ns fica nas endins. Deuen sentir aquest dolç [illegible] que fumen opi?

Les forces de l'Eix ja no estan segures de gu[illegible] guerra, i deu ser per celebrar aquesta possible de[illegible] un grup de resistents de Perpinyà ha provat de governador militar de la província. Tan sols, p[illegible] ferit i, en represàlia, dos dies més tard la Guàrdi[illegible] tret tots els presoners polítics de la ciutadella de [illegible] els ha portat en filera fins a la plaça de la Llotja. [illegible] i-vuit i vint-i-vuit van ser garrotats, dalt d'un c[illegible] rere l'altre, a la vista de tots. Mai no hi havia h[illegible] gent de Perpinyà que perboqués alhora.

No aconseguim saber si l'atemptat era nostre o dels altres, però tots estem d'acord a dir que el terror servirà per no deixar cap possibilitat que ningú quedi sense decidir-se. Entre la població quasi tothom callarà i es tancarà a casa, alguns estudiaran la llengua espanyola amb més frenesí però d'altres pujaran a les muntanyes, amb ràbia o amb coratge, amb ganes de no parar fins que l'últim franquista s'hagi transformat en pols de malson. I venen.

I encara que gairebé tots vagin a parar als grups dels altres, uns quants volen allistar-se amb Catalunya. Els nostres caps, davant aquest augment d'efectius, decideixen que més que eixamplar els grups que ja existeixen és millor que se'n creïn d'altres. Grups menuts però nombrosos. Però aquests, els que venen, volen sang i la volen de seguida. I l'Esteve, que els ha de dir que tinguin paciència, reconeix que tenen raó.

—Caldria fer com els nihilistes russos, saps? Quan havien posat un nom a la seva llista negra, no s'aturaven fins que el nom era nom de mort, costés el que els costés. Així mataríem tots els caps de la Falange, i els principals col·laboradors, sense remei. I ja veuries com ja no els faria tanta gràcia pujar de grau.

L'Esteve, ara, sembla tenir ganes de baixar cap a la ciutat, d'amagar-se en golfes o cellers i d'organitzar atemptats directes. Ens ha arribat, per la premsa clandestina, la notícia que Churchill i Roosevelt han declarat que la guerra seria total, fins a la rendició definitiva de l'Eix. La victòria, doncs, serà límpida, guanyi qui guanyi, i si guanyen els Aliats no quedarà res del franquisme. També ens assabentem que des dels maquis de les muntanyes la resistència s'ha eixamplat per tot Catalunya. Ara, per fi, maten falangistes a Barcelona. Han posat una bomba en una caserna de la Guàrdia Civil a Vilafranca del Penedès, han fet descarrilar un tren militar que arribava de València. I a canvi Montjuïc continua essent terra de carn afusellada, soldats del front republicà, resistents, anarquistes, separatistes, comunistes, gent d'ordre i de desordre barrejada a les fosses comunes. Es diu que a la ciutadella de Perpinyà també hi ha fosses d'aquestes, i al cementiri de Ceret. Tot i això, per primera vegada des de les primeres desfetes de la República, pensem que potser trabucarem Franco. Aire d'abril, aire de vida.

32

30 de maig de 1943

IMMÒBIL, AFAMAT, ASSEDEGAT, ESGLAIAT

Camino sol. I m'adono que feia un temps llarg com un temps sense amics que no caminava sol. Des que vaig marxar de Barcelona. A Barcelona podia sentir-me sol per qualsevol avinguda, i sovint vaig sentir-m'hi, però sempre eren avingudes trepitjades per cents i mils de barcelonins. Ara, quan dic que camino sol, vull dir que no vaig amb ningú i que no hi ha ningú, enlloc; sol per un camí que travessa el bosc. I és de nit.

Des del fons d'aquesta nit m'arriben de tant en tant els esbufecs i els remucs d'algun porc senglar que furga la terra. No m'agrada.

He de ser, a les cinc de la matinada, sota un pont, a les envistes del poblet de Leca. Allà m'hi esperarà algú que no conec però que m'acompanyarà en un camp dels altres, els del maquis Vallès. M'havia alegrat, primer, en sentir que aquell maquis duia un nom tan català com qualsevol dels nostres, però aviat vam saber que s'ha de pronunciar a la francesa; el nom no ret homenatge a una comarca catalana sinó a un escriptor parisenc. Llàstima, a vegades, d'algunes homonímies. Ara per ara, però, mentre camino nit a través, vull creure que em tractaran bé, durant la desena de dies en què he de conviure amb ells.

Tot va començar quan, per fi, vam rebre material llançat per avions britànics, un material que els altres i nosaltres ja havíem convingut que ens partiríem en dos terços per a ells i un terç per a nosaltres. En un primer temps, els nostres caps n'havien exigit la meitat, però de què hauria servit que alguns de nosaltres tinguéssim dues metralladores si alguns dels altres, més nombrosos, havien de continuar combatent amb fusells de caça? Vam consentir, doncs, a una repartició desigual que els altres van acceptar compensar amb l'afegitó temporal de la meva persona. Amb el material hi anaven dos emissors-receptors, i l'Esteve, per tal d'aprofitar el que ens pertoca, ha decidit que jo seria el primer operador de Morse del maquis Trinxeria. És clar, no vaig estar-hi gens d'acord, però l'Esteve va saber convèncer-me sense haver d'utilitzar la penosa expressió «És una ordre!», que només pronuncia amb recança.

—Agustí, no em pots dir que no... El Morse necessita algú que tingui concentració, paciència i domini de la llengua... Transcriure un missatge en Morse no deu ser gaire diferent de corregir un text. I això qui ho pot fer, aquí, llevat de tu?

Va deixar passar uns segons, abans d'afegir, amb un deix de timidesa a la veu:

—A més, als del maquis Vallès —ho pronuncia de la manera més francesa que pot— no els feia gens de gràcia que algú que no coneixen de res tingués accés al seu emissor-receptor. M'he compromès, davant seu i davant del capità Masó, a enviar algú només si és de la meva absoluta confiança...

Es posa a parlar més de pressa.

—I què vols que et digui, Agustí? Jo puc confiar en tots els homes del nostre grup, però només puc confiar absolutament en tu. Així doncs...

Així doncs camino, sol, i no m'agrada, per la idea de topar en qualsevol moment amb éssers vius poc amens, siguin porcs senglars, siguin guàrdies civils. Avanço, per moments, amb la mà a la pistola. Fa tant de temps que soc borni que no recordo si amb dos ulls la nit és menys negra.

Arribo al pont i escodrinyo el terreny per trobar algun pas que em permeti baixar, però les ribes tenen un pendent enrevessat i no sé com fer-ho per no entrebancar-me. Estic a punt d'intentar-ho de cul per terra i aferrant-me a les herbes, quan sento una veu que mormola:

—Vits! Que voles despertar tot el bosc...? Millor que te moguis pas... Ja pugi jo.

En Jean-Paul deu tenir més o menys la meva edat i és d'un poble que es diu Llauró, però encara no he pensat mai a mirar en un mapa on deu raure. Em mira amb un aire burleta.

—Que només tenes una pistola? Sí que aneu mal armats, vosatros!

—No, no, és que... soc un cas especial.

M'atura, giro la cara perquè la llum de la feble lluna d'avui rellisqui per la meva parpella d'ull blanc. I m'aguanto de somriure quan fa un mig pas enrere. Què t'havies cregut?, penso.

—Veus, per apuntar amb un fusell no soc gaire bo. Amb la pistola és una altra cosa —fanfarronejo—. En fi, deu fer més de tres hores que camino, és molt lluny, el camp?

—Encara una hora, si te sentes pas massa cansat... Tindries pas un poc de xicolata dels inglesos?

Abans d'arribar a les envistes del sentinella, en Jean-Paul xiula dues vegades i al cap d'un moment de silenci, dues més. I tot seguit diu, en veu normal:

—Horizon.

Una veu vinguda de sota els arbres li respon.

—Ets tu, Jean-Paul? Apa, veniu cap aquí, vos esperàvem més aviat.

És el maquis Vallès, i insisteixo, Vallès, de Jules Vallès, 1832-1885, escriptor francès i revolucionari frustrat. En aquells anys del maquis ignorava que existia en català una traducció d'Andreu Nin d'una de les seves novel·les. M'hauria estat molt útil saber-ho.

Estan instal·lats en un mas que, a mi, em sembla de conte de fades. Gran, sencer, amb tres cossos d'edificis adjuntats, un pou a quatre passes de la porta gran i, parant el sol, dos cavalls. No porta, però, cap data d'edificació inscrita enlloc.

Immediatament em rep el comandant del maquis, a la vora del pou, allà on el sol arriba primer, als matins de maig. Parla un català amb moltes més paraules, girs o frases fetes francesos incrustats del que he sentit mai fins ara al Vallespir. Més tard, sabré que és mestre d'escola i que, per tant, deu considerar que la seva missió és d'injectar francès en tot allò que pot. Es fa dir tinent Lionel.

Primer de tot li presento la credencial signada pel capità Masó i el tinent Fornells, és a dir l'Esteve.

—Agustí, eh? Benvingut a casa nostra... Esperi que tot se passarà pour le mieux. Nosatros estem encantats de donar un coup de main al vostre groupe i si tu treballes bé hi ha pas l'ombra d'un doute que en deu dies en sabràs prou per començar a recevoir et émettre.

Dic que sí, amb el cap.

—Per això del teu ull m'havien avertit. És pas cap problema, de totes maneres amb nosatros faràs pas els exercicis de tir ni les manœuvres. I tapoc iràs pas a treballar al vilatge. Per contra seràs de corvée de cuina cada quatre dies, matí, mitdia i vespre. I cada dia, a partir de vuit hores, cours de radio —montage, démontage, réparation— i emprés cours de Morse —émission, réception— fins a la sopa. Emprés de la sopa, de temps en temps te faré revisar, per veure si t'espaviles. Bon, per ara és tot... Jean-Paul va te présenter ton professeur. Tenes qüestions?

No en tinc.

En Jean-Paul em presenta el meu professor, en Gilbert, el qual em presenta la ràdio amb què hauré de treballar, la mateixa que ja tenim al camp en espera del meu retorn. És una màquina espantosa i, tan bon punt m'hauré assegut al seu davant, en Gilbert em deixarà clar que, al contrari del que m'acaba de dir el tinent, no muntaré ni desmuntaré mai res, tan sols podré mirar i prendre, si vull, apunts. Em sembla perfecte, per al bé de la ràdio i d'aquest maquis si mai han d'enviar o rebre un missatge urgent.

El monstre, instal·lat en una maleta de cuir barat, pesa uns deu quilos. Es diu 3 MK II i du una enorme quantitat de fils, tubs, bombetes i botons. De seguida, tinc ganes de mantenir-me'n com més lluny millor. En lloc d'això, emeto un xiulet breu d'admiració.

I la primera lliçó d'en Gilbert comença així:

—El treball principal d'un operador de ràdio és la seua ràdio. Quan hagis tornat al teu camp, tenes de tractar la teua ràdio com si fos la teua millor amiga o hasta la teua enamorada... I si mai hi ha un problema te tenes d'ocupar d'ella abantes de qualsevol altra cosa. A part les armes, hi ha pas res més important en un camp que una ràdio, vull dir a part les armes i els codis secrets.

—Ah, teniu codis secrets?

—Ben segur, què te creues?, vosatros també en tindreu... D'això en parlarem a la tarda, encara que tu i jo, els codis, els tenim pas de sapiguer, és cosa del comandant del camp. Veues, si mai hi ha una situació d'urgenci i cal salvar quelcom en aquest camp primer són els codis, emprés la ràdio, emprés les armes i emprés tot el que segueix.

Quan arriba l'hora de dinar, em presenten el maquis sencer, excepte els que estan de guàrdia. Són vint-i-nou homes, i els que em saluden ho fan alguns en català i alguns en francès. Cremats pel sol i pels records de l'hivern, viuen en idèntica precarietat a la nostra, germans de muntanya, formigues de guerra. I l'àpat, en taules installades a l'antic estable, és tan breu i magre que sembla un dels nostres.

He oblidat molt el que vaig aprendre en aquells dies, sobretot dels aparellaments entre fils i tubs. La ràdio sempre va fer-me por, por del mal que podria fer-li si girava malament un botó o no ficava el bon fil al bon endoll. Del Morse, gairebé només recordo:

que el punt és el signe de base del ritme d'escriptura,
que una ratlla val tres punts,
que el silenci entre dos signes val un punt,
que el silenci entre dues lletres val tres punts,
que el silenci entre dues paraules val set punts.

En Gilbert, que deu veure'm com una mena d'alumne amb necessitat de vigilància especial, no diu ni *punt* ni *ratlla*, diu *ti* i *taa*.

—Fes-me una successió d'erres i d'eles, i compta bé els *tis* i els *taas*!

I d'anar assajant els *tis* i els *taas* començo a fer-me la idea de ser el músic del maquis Trinxeria, aquell que pica aquella mena de pom de porta que en Gilbert anomena piano.

Si encara no he pogut matar cap franquista potser podré ser aquell qui transmet l'ordre de disparar.

O tot el contrari, ja que els missatges que rebré i enviaré seran sempre codificats i només, doncs, remenaré brous de lletres sense sentit aparent. Tot i així, no entenc per què en Gilbert, quan m'entrena, només pica missatges en francès. Primer penso que, si coneix quin és el meu ofici, li deu fer por fer faltes d'ortografia en català, però aviat m'adonaré que no concep que el català pugui ser transmès per aquest amuntegament de tecnologia aliada.

I així, en aquests dies d'observació del comportament d'aquest maquis, una mica més nombrós que el nostre però tan auster, acabaré intuint algunes coses sobre les raons que fan que dos grups de resistents que tenen els mateixos enemics malvisquin a la vora, ajudant-se quan poden però sense barrejar-se mai.

Primera cosa que intueixo.

Dos homes d'aquest maquis, d'actituds amistoses, em parlen, separadament, en català. Però l'un a l'altre es parlen sempre en francès. El primer és de Ceret, el segon de Perpinyà. No estic segur que l'origen geogràfic importi, però podria ser que aquesta estranya malaltia moral que fa considerar el francès com a sempre superior al català sigui més estesa i més forta a Perpinyà, pel fet de ser la capital. I si és el cas, es pot suposar que, des de Perpinyà, l'abandó del català progressarà de mica en mica fins a atènyer tot el territori, allò que per a mi és la Catalunya francesa i per a ells tan sols el Département des Pyrénées-Orientales. Ens separa que la llengua catalana sigui, per a mi, una part irrenunciable del meu ésser i, per a ells, una romanalla sensible però prescindible.

Segona cosa que intueixo.

El tinent Lionel només em parla en català a mi i, en casos excepcionals, a algun dels seus homes, quan ha d'adreçar-se a les entranyes d'aquest home, en cas de dol, de ferida o de crisi banal de desesperança. Veig que no concep donar ordres ni organitzar res que tingui un caire militar en català. Aquest antic mestre fet oficial viu el francès com un mitjà i com una finalitat. El mitjà d'ennoblir la seva tropa d'animals feréstecs, siguin alumnes de primària o maquisards, i la finalitat per tenir el sentiment del deure complert amb el país que serveix. Tot, per a ell, gira al voltant de França, de la seva llengua, de la seva potència, de la seva imparable irradiació arreu del món. Si són molts a pensar així, si a cada poble de França hi ha un mestre com ell, això significa que França no se sentirà satisfeta fins que no hagi liquidat totes les maneres de parlar que no siguin la seva, frontera endins i probablement també a les seves propietats colonials. França és una depredadora. No en tinc cap dubte quan recordo el que ens explicaven en Mateu i la Caterina dels patiments rebuts per part dels mestres per no parlar francès i que comparo amb el comportament del tinent Lionel.

Hi ha, als maquis, molts mestres d'escola. Si més no, és el que m'explica en Gilbert, que afirma haver voltat molt de grup en grup, entre el Vallespir, el Conflent i la Cerdanya. L'obligació professional d'imposar el francès i, doncs, de causar dolor, pena i humiliacions a infants, deu haver necessitat, per ser executada sense remordiments ni llàstima, de tenir l'excusa de motius molt alts i nobles. De retop, aquests motius, arrelats cada vegada més profundament en les consciències d'aquests mestres, els han incitat amb més ímpetu que a d'altres a posar la seva vida en perill contra els invasors. Em temo molt, però, que aquesta rebel·lió a l'ordre nou no sigui només contra la dictadura, sinó també en favor de la visió d'una França superior a la resta de construccions humanes.

Observo, de lluny, el tinent; els seus gestos lents, al matí, el seu caminar tranquil i la seva silueta lleument encorbada, i intento imaginar què passaria si tingués o s'atribuís l'autoritat de prohibir-me de parlar català.

I cada dos vespres em crida per tenir una idea dels meus progressos. Ha instal·lat el quarter general del maquis en una ala del mas, des d'on accedeix a la seva cambra. Em fa seure davant la seva taula de treball i em demana que piqui amb el dit sobre la fusta missatges que va improvisant. Em costa molt seguir-lo i ell, amb paciència, torna a començar. A la paret, rere seu, hi ha un mapa de França amb les zones annexionades i les zones ocupades, i també, com una taca de color una mica a deslloc, un cartell publicitari del balneari del Voló.

Evidentment, més que avaluar la meva feina, vol que li doni informacions sobre el nostre maquis i l'Exèrcit Lliure de Catalunya. Però té l'elegància de no amagar-se'n. El primer vespre va deixar escapar un somriure trapella quan va dir-me:

—Ja suposi que deues sapiguer poca cosa mais que veux-tu, tu ets aquí i podes observar, allavontes me sembla de bona guerra que te posi un parell de qüestions... De totes maneres, t'obligui pas a respondre, il ne manquerait plus que ça!

I així li explico fragments de la nostra vida a la muntanya, els que em semblen més innocus i els que crec que més poden fer créixer en la seva consciència el sentiment de fraternitat envers nosaltres. Quines coses tan estranyes ens obliga a fer aquesta guerra.

Més estranyes deuen ser, per ell, les coses que li explico

sobre la meva vida a Barcelona. De Barcelona sap el nombre d'habitants i el nom dels rius que hi passen a frec. Res més. Un punt en un mapa i una entrada breu en algun diccionari de noms propis, recordats per deure professional. Tret d'això podria semblar que Barcelona només ha existit, per ell, en els moments en què els diaris parlaven dels bombardejos feixistes. Si en lloc d'imaginar la ciutat en un pla teòric, de lector llegint un diari o un llibre de text, aixequés el cap i mirés de debò cap a ella, cap al sud, a l'altre costat de la muntanya, llavors Barcelona esdevindria una mena de rumor, una possibilitat enutjosa, allà, rere aquella frontera que amb tanta perspicàcia els francesos i els espanyols havien aixecat per viure separats els uns dels altres. El tinent Lionel deleja que torni el temps d'aquesta frontera, el temps del confort de viure d'esquena a una paret i mirant sempre cap a París.

Però, mentrestant, el fascina tenir davant seu algú que hagi tingut per ofici de corregir la llengua catalana. Primer li va costar creure que de veritat havia estat la meva feina i que n'hi havia hagut uns quants més com jo, per tot Catalunya.

—La cultura francesa és universal, ha fet el torn del món. La cultura catalana, que veux-tu que je te dise, per jo la podes ficar tota entera dins la teua tauleta de nit.

I en sentir això no m'aixeco, no li vento una plantofada ni escupo damunt de la seva closca d'ignorant. S'adona, però, que m'ha fet mal.

—Bon, bon, je te crois... Mais me'n tenes d'explicar un xic més...

I és en aquest moment que jo hauria hagut de saber que

Andreu Nin, als anys trenta, havia traduït *L'insurrecte*, de Jules Vallès. Oh, com m'hauria agradat veure-li els llavis tremolar una mica d'incredulitat abans d'endevinar, en la seva mirada, com trontollava una de les seves creences més pregones sobre la definitiva inferioritat de la cultura catalana. Li parlo, però, de traduccions d'Anatole France, d'Émile Zola i, és clar, de Jules Verne, que vaig llegir en català quan anava a l'institut-escola. I tan de pressa com puc li amollo també altres noms que recordo, tot i no haver-los llegit. Dickens, Mark Twain, Tolstoi, Shakespeare. Homer.

—Homère? En català? Això sí que m'ho creuria pas si te fes pas confiança. Quin llibre d'Homère? *L'Illiade* o *L'Odyssée*?

—Ah, només recordo *L'Odissea*...

—Veues, en francès trapes els dos, i des de fa una colla de segles...

M'ofereix una cigarreta. No, gracis, fumi pas. Aleshores m'explica que a casa seva, al Voló, té un llibre en català, les *Rondalles del Vallespir*, d'Esteve Caseponce.

—N'hi ha que són ben boniques, dic pas que no, mais bon, per jo és tot el que se podia escriure en català...

I veig que no entén que si no s'escriuen més coses en català, en aquesta Catalunya dels francesos, és molt precisament perquè ell i els altres han impedit que se n'escriguin.

I aprenc a fer de pianista.

tititita titi tititi taatitaati titaa
taatitaati titaa taa titaa titaatiti tititaa taati
taatitaataa titaa
titaatiti titaatiti titi tititaa titaati ti

En Gilbert té una ganyota imperceptible. Troba que exagero.

Podria començar a controlar prou bé el meu índex dret perquè aquest anés a la velocitat que cal sense afegir punts nascuts de l'estrès o ratlles vingudes de l'hesitació. Podria començar si arribés fins al final dels deu dies de curs intensiu, però tot s'atura el vuitè dia. Amb sorpresa i violència.

Tot s'atura en una altra nit d'enraonies. El tinent Lionel m'ha fet venir al seu despatx perquè li parli, aquesta vegada, dels franquistes, com si jo hi hagués conviscut més que ell. Li recordo que vaig marxar de Barcelona abans que entressin a la ciutat i que, tret de les escaramusses del Vallespir, només els he vist passar amb avions.

—Sí, ja ho sé, mes són espanyols, com tu, els tenes de conèixer, no?

Faig veure que no m'he adonat que vol provocar-me per si, així, li deixo anar alguna informació que fins ara li he amagat, i em sap greu no haver-lo corregit, perquè és l'última cosa intel·ligible que diu. Un instant després, la finestra esclata per la primera bala disparada per l'exèrcit espanyol, i aquesta bala, rabent, travessa el pulmó del tinent. Immediatament la nit s'esmicola sota l'empenta de les descàrregues que ressonen a tot arreu. Vidre, pedra, fusta i carn humana cauen a trossos, perforats i engrunats pel metall menut que vola i corre i mossega. No tinc l'orella prou experta per reconèixer les armes, però sí que puc distingir, a més dels fusells, dues metralladores de peu. Volen obrir el mas en canal per eliminar-ne tot rastre de vida raonable.

He caigut a terra gairebé al mateix temps que el tinent Lionel, endut per un reflex de supervivència que ignorava posseir en un grau tan alt. Deu ser una herència del bombardeig de la platja. He reptat fins al tinent, ara arronsat contra la paret, amb regalims de sang a la boca i un trau al pit que intenta tapar amb la mà esquerra, com si li fes vergonya ensenyar-lo. No sé què fer, tan sols entenc que l'oficial superior del camp serà el primer a morir i que tots, en pocs minuts, l'imitarem, cadascun a la nostra manera i amb més o menys talent. No tinc la meva pistola, que de totes maneres no m'hauria servit de res contra la tempestat que ha pres possessió d'aquest fragment de món.

No goso tocar el tinent, no goso moure'm, no gosaré, aviat, i per sempre, respirar. Però el tinent em mira i sota el tel del terror sota el qual m'he refugiat entenc que vol parlar-me. M'hi apropo. No diu res, només emet sons tacats de sang i saliva, amb bombolles vermelloses que se li esmunyen per la comissura dels llavis. Estira el braç, m'ensenya la seva taula, el calaix de la seva taula. I murmura, però no entenc res del que diu, i llavors, veient-me incapaç de sentir res sota el brogit incessant de les armes, paro d'escoltar-lo i imagino el que, en aquest moment, ha de voler dir-me. He d'obrir el calaix, he de trobar el que pot haver-hi de més important dins el calaix i he de destruir-ho, amagar-ho o salvar-ho. Els codis secrets. Li dic, sí, sí, d'acord, i repto cap a la taula, però el calaix està tancat amb clau.

El tinent, quan torno cap a ell, ja s'ha transmutat en cadàver de maquisard i només, doncs, puc escorcollar les seves butxaques per intentar trobar la clau. I així, un minut més tard, he fet caure el calaix a terra i remeno entre els papers. No sé què he de cercar i penso que hi ha moltes més coses que poden ser precioses per a aquells que ens estan matant. Agafo el calaix sencer i el tragino, de quatre grapes, fins a la cambra del capità, on hi té les armes, la roba de recanvi i un sarró.

Ara que he posat tots els papers al sarró i que el duc en bandolera, què faré? M'amagaré sota el llit. Em tancaré a l'armari. Obriré aquesta segona porta que no havia vist fins ara per veure on va aquest passadís, llarg i estret, i m'adonaré que va directament al forn on, quan el mas no estava abandonat, es feia pa. M'amagaré dins el forn. O, de nou de quatre grapes, miraré per la finestra i veuré que per allà, sota la foscor, ningú no sembla disparar. Obriré la finestra i em deixaré caure a fora, de bocaterrosa.

On són els espanyols que disparen sense treva i contra els quals disparen alguns maquisards encara aferrats al món dels vius? On són si no em toquen ni m'han vist? El bosc és a menys de deu metres. Avanço, estirat, com ho havia fet tantes vegades amb desgana durant els exercicis del maquis Trinxeria, amb el sarró a davant meu com si pogués protegir-me. Arribo al llindar del bosc però m'obligo a no cedir al desig d'aixecar-me i córrer, i m'ordeno de reptar encara dos metres, fins a trobar-me sencer sota els arbres. Llavors em torno a posar el sarró en bandolera, m'aixeco i corro. Recte, sense pensar en cap direcció, només vull allunyar-me del mas.

I és així com topo amb un soldat espanyol, que devia sentir-me sense veure'm. L'envesteixo, caiem tots dos, rodolem pel terra que ara fa pendent, ens engrapem l'un a l'altre, i no sé per què ho faig si justament vull fugir, però semblem com embolicats, el sarró amb el seu fusell, el seu fusell amb el sarró, i rodolem i ara sí que l'empento. Grunyim, i ell sembla tenir tanta por com jo i per això em venta cops, però no tenen ni gaire força ni gens de precisió, i només aconsegueixen fer allò que més desitjo, separar-me d'aquell cos. I així em torno a aixecar i corro. Vull posar, entre ell i jo, el més gran nombre d'arbres possible, però per què no li he pres el fusell? Ara, mentre corro, no hauria d'imaginar-lo com engalta i m'apunta a l'esquena, o com es posa el fusell al maluc per disparar més de pressa. I dispara, una, dues, tres, quatre i la cinquena bala em toca. No me n'adono de seguida, tan sols sento un xoc a la mà dreta, tot d'una propulsada cap endavant, i així mentre corro veig la sang o, més aviat, endevino sang tenyida per la nit. Però no paro de córrer i, rere meu, ja ningú no dispara cap a mi.

L'alba em troba arrupit al punt d'una alzina; m'he embenat la mà amb la màniga esparracada de la camisa, aquesta mà dreta de la qual he tingut temps d'entendre que m'hi faltava el dit anular, segat arran. També soc l'amo d'un sarró ple de papers i d'una respiració que no aconsegueixo calmar. Tinc por d'haver-me ferit la parpella seca, hi tinc una sensació estranya. La toco, suaument, i així m'adono que he perdut l'ull de vidre, més aviat la mitja bola blanca que, temps ha, havia dut un ull dibuixat per un artesà de Barcelona i que des de feia uns quants anys ja tan sols era una semiesfera ratllada. Em fa nosa, aquesta parpella ara sí buida de debò.

On dec ser? Tinc por de tornar enrere sense adonar-me'n, d'irrompre entre les files dels franquistes victoriosos. Recordo el que m'havia dit en Lucien, aquell que escriu poemes amb xots i alzines, si mai et perds per la muntanya, has de baixar, així sempre acabaràs trobant un riu o un camí. I ningú no està perdut quan pot seguir un riu o un camí, que sempre duen en algun lloc amb gent. Però la gent que acabaré trobant potser voldrà matar-me. Així i tot segueixo aquest consell, i al cap d'una hora entreveig un sender. Una estona més tard, un altre sender gira cap a l'oest, i més tard, aquest segon sender desemboca en un camí de terra.

Deu ser gairebé migdia quan el camí s'ajunta a una carretera engravada. No la reconec, però sé que les carreteres engravades són salvació o perdició, tot depèn de qui sigui qui trobi primer de tot. Quedo amagat, a uns cinc metres de la carretera, immòbil, afamat, assedegat, esglaiat. Només em moc un parell d'hores més tard, mentre el sol intenta foradar la capa de fulles que em fa una mica d'ombra, quan sento els passos lents d'un cavall i el grinyol d'un carro. M'arronso, deixo de respirar, segueixo amb la mirada aquest vell pagès que fuma tot mirant el cul del seu cavall. Surto del bosc quan ja es troba a uns deu metres a davant meu i s'allunya. Intento cridar-lo però no aconsegueixo parlar clarament. M'aclareixo la gola tan bé com puc i veig, a un fremiment de la seva esquena, que m'ha sentit però continua com si estigués sol al món. Estossego, hauria d'escopir però seria saliva de pols.

—Sis... sisplau...

Es gira, em veu, dubta. Atura el cavall.

Camino cap a ell, amb les mans en evidència i el sarró rere l'esquena. El somriure que li dedico sembla inquietar-lo més que la meva mà ensangonada i el meu ull buit. No diu res. M'hi atanso.

—Perdoneu, que tindríeu un poc d'aigua, si us plau?, només vull un poc d'aigua.

La seva cantimplora de pell desprèn una olor agra, però l'aigua marca la frontera exacta entre la desolació i l'esperança i així, mentre la bec, se m'endú al bon costat.

—Gràcies, moltes gràcies... Po... podríeu dir-me on va aquesta carretera? Em sembla que m'he perdut.

—Montferrer.

Intento dissimular la meva satisfacció, ja sé com fer per trobar el camp. Fins i tot ensumo com puc arribar-hi més de pressa improvisant un escurçall a través del bosc.

—D'acord, moltes gràcies. Ja no us molesto més.

Li faig un gest de la mà, d'agraïment i de salutació, i ell, lentament, amb el cavall i el carro, desapareix rere el primer revolt. Vull creure que no es precipitarà per denunciar-me, tot i la recompensa que podria recaure-li.

Arribo al camp tres hores més tard.

Durant tot el dia només he menjat glans i no he begut més aigua que la d'aquell pagès taciturn. Abans de sortir del bosc cap al replà on vivim, observo una estona el camp, de nou a quatre grapes. El sentinella és en Farines, un lampista del Poblenou, dels primers que va entrar al maquis Trinxeria. No conec, però, la contrasenya del dia i ningú no deu esperar-me. He de ser prudent per no arriscar-me a morir ara d'una bala amiga.

Reculo uns cinquanta metres fins a arribar al camí que porta a la granja. Aixeco les mans enlaire i avanço a poc a poc però amb el cap alt perquè em puguin reconèixer, al centre del camí. Aviat seré un heroi i per celebrar-ho vull dormir un dia sencer de punta a punta. Algú ha inventat condecoracions per als maquisards?

33

1 de juny de 1943

Quatre ximples aturats de sobte

Soc el resistent pianista de Morse i pirata de muntanya. Pirata discret i sense sabre, però pirata de bena de cuir regalada per l'Esteve l'endemà que tornés del meu periple al maquis Vallès sense el meu ull de vidre. Primer m'havia entortolligat un mocador al voltant del cap per dissimular la meva òrbita buida, però el rectangle de cuir que duc ara m'ha dotat d'una presència i d'una mena d'autoritat que mai no pensava poder lluir. En Lucien m'ha dit que provarà d'escriure un poema per explicar que jo espantaria els franquistes si els franquistes em veiessin ara, però tindrà l'amistat de no ensenyar-me'l mai.

Soc un dels tres supervivents de l'atac dels franquistes. I sobretot soc el que ha salvat codis secrets, llistes de contactes, mapes de refugis i altres documents d'alt valor tàctic. Fa dos dies que he tornat al camp i la mà dreta encara em cou tothora, però acompanyo l'Esteve en un barracó dels afores de les mines de Vetera, on lliurem el sarró al capità Masó. Ell mateix tornarà els papers a l'estat major de les Forces Françaises de l'Intérieur, després d'haver-los fet fotografiar. Però abans, en aquest barracó, m'anuncia sense avís previ que m'ascendeixen a sotstinent. Com a tal, he d'utilitzar des d'ara un pseudònim. Primer tan sols balbucejo arguments per refusar aquesta responsabilitat i miro l'Esteve perquè m'ajudi, però tan sols somriu i fa veure que no s'adona del meu esverament. I per això em faig dir sotstinent Salvat. No he trobat cap nom que em sembli més adequat.

I ara, mentre baixem de Vetera, explico de nou a l'Esteve que, aquella nit de fugida, no vaig fer res més que sobreviure. Que el salvament dels papers havia estat una mena d'incentiu per córrer més de pressa, un pretext per no haver de disparar i defensar el mas. Ja li he narrat prou sovint aquesta versió de la meva gesta i l'Esteve, doncs, podria fer veure que no em sent, o picar-me l'espatlla amb un gest distret per asserenar-me. Al contrari, s'atura, a l'ombra d'un castanyer.

—Agustí, que no et faci vergonya haver fugit, no podies fer res més... Escolta, t'explicaré una història que ningú sap, una història que em va passar i que em va demostrar a mi mateix que això del coratge i de la covardia són coses ben relatives... Dic que ningú la sap i és mentida, la sap també en Quirze i la saben dos guàrdies civils.

Aconsegueix captar la meva plena atenció.

—Deu fer quasi un any, d'això, un any i mig... Amb en Quirze tornàvem d'una trobada amb el capità Masó, cap a Serrallonga. Era el vespre, recordo que no feia gens de fred, i anàvem baixant. Seguíem un camí de vaques. Tot d'una, a la sortida d'un revolt, se'ns van aparèixer dos guàrdies civils, a davant, devien ser a vint o trenta metres...

L'observo, estranyat; com és possible que no m'hagi parlat mai d'aquesta escaramussa?

—Semblàvem el reflex els uns dels altres, dos que baixàvem amb el fusell en bandolera, dos que pujaven amb el fusell en bandolera, i aquell vespre tranquil per a tothom... En total, doncs, quatre ximples aturats de sobte, però immòbils, sense que ningú fes un gest cap al fusell. Saps que, en un combat cara a cara, com menys combatents hi ha, més possibilitats tens de no sortir-te'n? Ho vaig llegir en un manual sobre tècniques de guerrilla i tot el que hem vist aquests anys fa pensar que és veritat...

L'Esteve tanca els ulls, alguns segons, com si provés de visualitzar el que recorda, per explicar-m'ho amb tota l'honestedat possible. Quan torna a parlar, té un esbós de somriure.

—Bé, els civils potser també ho havien llegit perquè un d'ells, amb el cos immòbil, va tocar el braç de l'altre i va dir, en veu alta i sense deixar de fixar-nos, alguna cosa com «¿Oiga, tú, por aquí no hay nada que ver, regresamos al pueblo, no?». I els dos van caminar de recules, a poc a poc, i nosaltres vam imitar-los. I així ens vam estalviar una baralla que hauria acabat malament per a tothom... A vegades un camí covard pot ser el més raonable.

I per què ha trigat més d'un any a explicar-me aquesta història trista i clara?

Quarta part

Agustí Vilamat, botxí

34

30 de juliol de 1944

Els pastorets mengen mel i mató

Fa un any i escaig que estic sense anular dret, un any i escaig que em faig dir Salvat, i durant aquest temps han passat moltes coses, tantes com per omplir moltes vides de tribulacions, misèries i alguna alegria. I com sempre tan sols n'explicaré unes quantes.

Els Aliats han desembarcat arreu i arreu maten alemanys, maten italians, maten espanyols. L'imperi de Hitler s'esfondra, tot i que amb una lentitud exasperant, i amb ell els marquesats miserables de Mussolini i Franco. El novembre passat els anglesos i els americans van desembarcar a l'Àfrica del Nord, i van apoderar-se sense gaire resistència dels territoris francesos i del Marroc espanyol, després d'haver fet miques vuit batallons de l'exèrcit de terra i de requetès i d'haver capturat els generals Yagüe i Barrón. És frustrant saber que els noticiaris dels cinemes anglesos han ensenyat la rendició dels generals i la seva arribada a l'estat major aliat custodiats per oficials americans, mentre nosaltres, aquí, només podem imaginar-ho. Vam celebrar, però, que la franja espanyola de terra africana fos el primer territori alliberat del vòmit franquista.

Així, els morts nostres, tres morts nostres d'entre els onze que havíem començat aquest maquis quatre anys enrere, ens van acompanyar en un vespre de tabarra i vi dolent.

I l'aire al nostre voltant va fer-se encara més suau i transparent a partir de l'abril passat, quan els Aliats, sota les ordres del general Auchinleck, van desembarcar a Andalusia. Van alliberar Gibraltar, que tot seguit va tornar a ser britànic, van bombardejar el port de Cadis, van liquidar gairebé tota l'aviació espanyola i van començar a avançar cap a Madrid, fent una corba elegant oest enllà per impedir que Franco, en cas de fugida, es refugiés a Portugal. Els reforços que Hitler va enviar des de la costa Atlàntica van paralitzar l'avenç aliat durant gairebé dos mesos, però els Aliats van aconseguir tornar-se a moure, tot i que amb aquesta peresa aparent dels exèrcits envescats.

Va ser a partir de l'endemà del bombardeig de Cadis que, al Vallespir, els franquistes van esdevenir més ferotges, més despietats. Més franquistes. La guerra, des de la tardor, és una guerra sense gaires presoners, tan insípid és, per als uns i per als altres, el gust d'una victòria que no sigui amb tots els enemics morts. Ells van començar a executar sense judici, a torturar els pagesos, a afusellar sospitosos denunciats per veïns àvids de recuperar terres o simplement de cloure alguna querella amb l'evaporació definitiva del contrincant. L'aviació espanyola sobrevola els Pirineus metrallant i bombardejant sense destriar entre enemics i població local. Els requetès van destruir, l'hivern passat, Leca, poblet escanyolit de famílies totes còmplices dels maquisards, dels resistents, dels franctiradors, dels partisans, dels terroristes, sigui quin sigui el nostre nom; van fer-ne fugir les dones i els infants abans de metrallar tots els homes, de catorze anys en amunt, i van estendre els cadàvers a la carretera. També van matar el bestiar i després, quan no quedava ningú viu al poble que no fos ells mateixos o els insectes, van dinamitar les cases.

Aquella mateixa setmana el govern espanyol va publicar el decret que feia dels nous súbdits mascles del territori annexionat carn de ressopó per als militars. Començava la incorporació forçada de les noves lleves a l'exèrcit espanyol. Així doncs, algunes famílies d'aquesta terra poden tenir el fill gran presoner a Alemanya, el fill segon allistat per força a la División Rosellón i el fill tercer desertor, esmunyedís per les nostres muntanyes. Els maquis van començar a emplenar-se de joves que s'escapolien de la incorporació i sovint, a la vegada, fugien de les represàlies i volien venjar-les. Alguns ni tan sols escollien el maquis en funció de les seves preferències polítiques o nacionals, anaven allà on els volien, anaven allà on coneixien algú, i així, amb més joves al maquis, va haver-hi més famílies disposades a alimentar-nos, a vestir-nos, a regalar-nos llenya, i també, de tant en tant, a deixar-nos escoltar la ràdio clandestina quan passàvem per casa seva.

M'encanta escoltar la ràdio, encara que sigui a plena fosca i que les veus dels locutors siguin deformades pels paràsits dels enginyers franquistes que intenten emmudir-la.

La majoria de la població civil escolta *Ici Londres, Les Français parlent aux Français*, però alguns no deixen de sintonitzar també *De Londres a Catalunya, la veu de la Lli-*

bertat, amb els seus programes d'informació sobre l'avenç de les tropes aliades, els missatges enigmàtics destinats a grups de maquisards o a famílies, i sota els quals s'amaguen grans joies o terribles catàstrofes —«Les cols ja no maduren», «He cosit dos botons a la meva camisa», «Tornarem a voltar de riu en riu», «Els pastorets mengen mel i mató». El que més sembla agradar als pagesos és escoltar els sainets humorístics de Joan Oliver i Francesc Trabal interpretats per ells mateixos i les sessions de cançons tradicionals catalanes orquestrades i vocalitzades en directe per Emili Vendrell. En canvi, no estic segur que molts vallespirencs escoltin els discursos setmanals del president Irla. Jo, quan puc, l'escolto amb una devoció una mica tanoca, arraulit contra la ràdio d'alguna casa amiga en què ens han deixat entrar una estona. Aquestes ràdios d'ona curta em commouen molt més que el meu piano de Morse, amb el qual tan sols rebo ordres codificades i transmeto informacions codificades.

Som, avui, trenta-vuit homes i quatre dones al maquis Trinxeria. Les quatre dones van venir de cop, juntes, un matí, acompanyades pel capità Despuig, que substitueix el capità Masó des que aquest ha estat ascendit i ja no el veiem més. Dormen en un recambró o dormen on poden, segons els llocs on vivim, i tots, en veure com s'instal·laven, vam intentar fer el compte dels dies, dels mesos o dels anys que no ensumàvem de tan a prop pell de dona. A la llista de sinònims més o menys exactes de *maquisards* que he desgranat en aquest mateix capítol caldria afegir-hi *monjos.* Deu ser possible tornar a ser verge, per tal com em sento, en veure-les, desprotegit talment com si em passegés per força nu davant seu. M'agraden totes, totes agraden a tots, i l'Esteve, a qui també agraden totes, ens ha avisat que no toleraria cap tipus de *confraternització carnal.*

Per això viuen a part tot vivint amb nosaltres i, si bé porten en prioritat les qüestions de cuina, de les quals s'ocupen els matins, s'entrenen amb tots nosaltres a disparar, a córrer i a caminar. Amb elles a prop, la vida és més bonica i més cruenta. I més dolorosa la impaciència que s'acabi aquesta guerra. Pells de dona.

35

18 d'agost de 1944

Fogueres de Sant Joan d'agost

El Vallespir està en permanent insurrecció. Ja fa dies que hem intensificat els sabotatges, els atacs a les casernes, a les comissaries. Ens hem ajuntat a un grup del Ripollès per atacar un comboi de falangistes que venia de Camprodon, just després que passessin el coll d'Ares per baixar cap a Prats de Molló. N'hem matat vint-i-dos, sense tenir cap baixa, i seran, aquests, els últims franquistes armats que es veuran al Vallespir. Jo, és clar, no hi era. Com més s'albira el final de la guerra més frenètica es fa la necessitat de comunicació i menys tinc el dret d'allunyar-me del camp. Quedo a la rereguarda, sempre. He format un altre noi per substituir-me si mai el maquis s'escindís en dos de tant créixer o si mai un avió franquista aconseguia acabar allò que els avions d'Argelers no havien aconseguit. Ara la feina és tal, en comparació amb l'any passat, que no podem deixar l'aparell sol gaire temps. Els espanyols ja no controlen gairebé res de la comarca i menys les transmissions en Morse. Aviat guanyarem.

Els famosos jous amb les fletxes de la Falange han estat arrencats a tot arreu i cremats en fogueres de Sant Joan d'agost. Les cel·les de la comissaria de Ceret són plenes a vessar de militars, de guàrdies civils, de requetès i de falangistes que no han sabut fugir cap al sud, on, encara, mantenen prou força per dominar el territori. L'Esteve es dedica, ara, a organitzar la detenció de col·laboracionistes. Els que cantaven el *Cara al sol* amb el braç enlaire. L'estat major ha requisat el balneari dels Banys d'Arles, transformat en presó provisional per a franquistes vallespirencs massa entusiastes.

El Vallespir s'ha encès, com també s'han encès el Conflent i la Cerdanya, i el foc arribarà aviat a Perpinyà. Deu faltar molt poc perquè la Catalunya francesa sigui territori lliure de franquistes. Però no serà, és clar, territori lliure de francesos. Les notícies que ens arriben per Morse o pel capità Despuig no són gens bones. Perpinyà, quan sigui alliberada, ho serà gairebé únicament pels grups *dels altres*, i des de Londres ja fa mesos que ens ha arribat l'ordre de deixar-los que ocupin amb prioritat tots els punts estratègics, als quals tenen de totes maneres un accés molt més fàcil que nosaltres, ja que són molt més nombrosos. I que la població els reconeix com a emanació d'ella mateixa mentre que nosaltres, l'Exèrcit Lliure de Catalunya, som, per a aquesta població, tan sols uns aliats, lleials i pugnaços però circumstancials.

Sí, jo, Agustí Vilamat, després de quatre anys passats en aquestes muntanyes, amb un dit arrencat a la mà dreta, amb milers d'hores de feina en camps i masos de la comarca, amb nits d'hivern de guàrdia i dies d'estiu de caminades forçades, amb tot el que conec i estimo d'aquesta part de Catalunya, només puc considerar-me un aliat lleial, pugnaç però circumstancial de la gent del Vallespir.

36

20 d'agost de 1944

Parlarà de deure complert i de pàtria aviat salvada

Perpinyà ha fet fora els espanyols. Ja no queda cap àguila franquista enlloc, però jo, avui, he rebut el missatge més trist. No he sabut, és clar, que era trist fins que no m'ho ha vingut a dir l'Esteve, ja que tan sols transcric enfilalls de lletres que l'Esteve, sol, desxifra. I desxifra que aquest vespre, des de Ràdio Londres, el president Irla ens anunciarà que l'acord solemne entre el govern provisional de Catalunya i les Forces Françaises Libres del general De Gaulle estipula que l'Exèrcit Lliure de Catalunya ha de cedir la totalitat del control militar i civil del territori del Département des Pyrénées-Orientales. Parlarà de deure complert i de pàtria aviat salvada, però entendrem que recular davant del general De Gaulle devia ser la condició perquè Churchill continués considerant el president Irla com un interlocutor seriós i la causa de Catalunya com una causa realista.

Voldria tornar al mas Xargall per saber com han acabat passant aquests anys de guerra en Mateu i la Caterina, per esbrinar si han tingut notícies del seu fill gran i per respirar de nou aquella cuina, aquell sofregit, aquell gerro que servia per amagar el tabac, aquelles parets de pedres de riu. M'agradaria també tornar al mas on va morir el tinent Lionel i gairebé tot el maquis Vallès, per saludar-los en espera que un dia proper posin els seus noms en algun monument.

En lloc d'això, el maquis Trinxeria es dissol.

Alguns se'n tornen a casa seva, com en Lucien, que insisteix que el vagi a veure algun dia a Montboló; d'altres acceptem la proposta del capità Despuig d'aplegar-nos a Molló, on esdevindrem un nou maquis del Ripollès. Passem el coll d'Ares de bon matí, en dos camions que havien estat de la Guàrdia Civil i que porten, ara, les nostres inicials, ELC, pintades de blanc sense gaire traça a banda i banda del tendal. Amb nosaltres venen dos nois d'Arles que encara no havien passat mai la frontera que separa Catalunya d'ella mateixa, frontera que irònicament els franquistes havien abolit, i que francesos i anglesos estan restaurant amb delit.

Assegut al seient del passatger del segon camió, miro el Canigó des d'aquest nord del qual, ara, em fan fugir, cinc anys després d'haver-m'hi fet anar fugint del sud. Un Canigó que no he tornat a veure amb la seva plena majestat, tal com el veuen els catalans de la plana del Rosselló, des del dia que vaig fugir d'Argelers. En aquestes altures del Vallespir només se'l veu a trossos, i ara, en arribar al coll d'Ares, em pregunto si les fades que hi mandregen no ens han salvat la vida alguna vegada.

Interrompo el meu somieig quan ens adonem que a dalt de tot del coll, allà on passa la frontera, ens espera un grup de maquis de les Forces Françaises de l'Intérieur. No ens aturen, tan sols ens saluden. S'han quadrat, a cada costat de la carretera, una seixantena d'homes i algunes dones, amb una bandera francesa que l'aire remou vagament, immòbils, resistents encara bruts i sense afaitar, encara magres i amics de polls i puces. Aliats nostres en una guerra que per a ells s'ha acabat i per a nosaltres tot just arriba al punt culminant, aliats nostres pels quals sentim gratitud i malfiança com ells senten per nosaltres malfiança i, ara, mentre marxem, palesen la seva gratitud.

No ens aturem, però els dos conductors alenteixen tot fent sonar la botzina, mentre algú, al camió de davant, fa onejar una bandera catalana.

Ens hem dit adéu; ara els maquisards que queden ja poden sentir-se del tot francesos. Han vingut per saludar-nos però sobretot per fortificar la frontera i impedir-nos de tornar. Cap home armat ja no ha de poder venir del sud, ni franquista ni antifranquista, ni nacional espanyol ni resistent irredemptista. De nou hem perdut aquest nord. Ara ens queda reconquerir la Catalunya del Principat, i fer-la, ara sí, nostra i solament nostra.

M'enduc moltes coses d'aquest Vallespir on no sé si em serà donat de tornar mai, coses gairebé totes intangibles, i ja em reca la certesa de tenir d'ara endavant tan poques ocasions de sentir el català que s'hi parla. Fins ara no he tingut gaires converses amb els dos nois d'Arles que han volgut acompanyar-nos. Decideixo que me n'he d'aprofitar abans que el seu català es transformi del tot en el nostre. Moltes vegades, en aquests anys, he pensat que hauria d'apuntar les paraules que no he sentit dir enlloc més, i si no ho he fet era per l'evidència que qualsevol dia podia veure'm obligat a abandonar-ho tot, com ja vaig fer amb els meus esbossos de diccionari de sinònims. Mentre hagi de dur un revòlver al cinturó és molt millor que no carregui res que pugui haver de deixar rere meu.

Recordo, és clar, algunes paraules inexistents o gairebé desconegudes a Catalunya i que em recarà, a vegades, no poder fer servir en la meva vida diària. Espertinar. Repotegar. Rambolar. Trefugir. Sàller. Belleu. A polit. Feda. Votura. Vilatge. Punyat. I paraules lleument diferents que, vistes des de Barcelona podrien semblar estrafetes però que, en realitat, són lliures de disciplina acadèmica. Xicolata. Manglana. Singlatana. Patana. Aigat. Aixorit.

I així dic adéu a la comarca de la vall aspra.

37

28 d'agost de 1944

Soc en Maurici de can Pletis

Ara hem de fer nostre el vessant sud dels Pirineus. Arribem, a mig matí, a les envistes de Molló. Ens aturem a un quilòmetre del poble i tots, quan baixem, tenim la mirada insegura. Si bé no hem pogut restaurar cap pàtria a la Catalunya francesa, ara som a la terra a la qual no podrem renunciar. I estem decidits a ser tan estúpids, tots, que alliberarem aquesta terra o morirem. Estúpids, però si pot ser bells i nobles. I és així, bells i nobles, que volem que ens vegi la població de Molló i, primer de tot, el seu alcalde. Riu i obre els braços tot pujant però esbufega i a uns vint metres s'atura. Es pentina amb les dues mans per deixar-se el temps de recuperar l'alè. Es presenta i diu «Sí, i tant, he estat nomenat per Franco, però si voleu dimiteixo ara mateix, o em destituïu i me'n torno a casa. El que digueu vosaltres».

Tot seguit ens assabenta que no queda cap uniforme franquista al poble i que ja fa unes setmanes que ha pres contacte amb els maquisards del Ripollès per oferir-los la seva ajuda. Ens l'ofereix també a nosaltres, sense condicions. «Que Molló sigui el primer poble alliberat de Catalunya!», diu, amb efusió, i ni l'Esteve, ni en Quirze ni jo no intentem saber si és sincer o interessat, valent o covard. Podria ser-ho tot alhora.

L'Esteve comunica a l'alcalde que el destituirem aviat però que per ara necessita que organitzi la nostra estada al poble.

—Al poble? Vol dir al poble, poble?

—És clar, al poble, poble, on si no?

L'alcalde ja no se sent tan germà nostre. Es torna a pentinar i mou tot el cos en senyal d'incomoditat.

—Però, i si mai tornen? Us imagineu el que passarà? El meu deure és de protegir la població civil... Si mai tornen i us poseu a disparar pel poble, us imagineu els morts?

Els imaginem.

I podria tenir raó. No ens agrada la idea que per culpa nostra pugui morir més gent.

—D'acord, d'acord —acaba dient l'Esteve—, digui'ns on podem acampar, però que sigui amunt del poble i que d'allà on siguem puguem veure'l sencer. I només un dia, entesos? Demà a la mateixa hora, si els franquistes no han tornat, entrem i alliberem Molló, oficialment. I a vostè el destituïm, també demà.

I així ens quedem amb l'avidesa d'entrar en un poble que ens vol herois, i és una avidesa que ens crema les entranyes. Tantes ganes tenim de tocar mans, de rebre somriures i petons, de sentir com repiquen les campanes en honor nostre. I de dormir en llits de veritat, encara que sigui amuntegant-nos-hi de tres en tres.

En lloc d'això ens estirem en jaços d'herba verda i guaitem les llums de Molló, que són poques i semblen, a cada instant, a punt d'apagar-se. Ens deuen tenir por. I si la propaganda franquista tingués raó i fóssim, tots, assassins i violadors? Saquejadors d'esglésies. Corruptors de nens. Lladres d'aixovars. La nit serà malenconiosa.

Però encara clareja quan un sentinella crida que ve algú.

—Té una arma!

Ens aixequem d'un bot.

Una veu, que endevinem vella, respon.

—Que no és una arma, cony!, que no és una arma!... No dispareu, nois, eh? No dispareu! Deixeu-me el temps d'arribar...

Una desena de fusells apunten aquest vell que puja sense pressa sota el vespre. I una desena de fusells, d'un en un, s'abaixen, a mesura que ens adonem que allò que aguanta al damunt del cap, amb el braç alçat, per evidenciar que no ens vol cap mal, és un instrument de música.

L'Esteve avança cap a ell, amb la pistola enfundada. El saluda i li demana si podem ajudar-lo.

—Ajudar-me! Nois, soc jo que vinc per ajudar-vos, que la nit és freda, aquí... Me dic Maurici, soc en Maurici de can Pletis i me fa vergonya que us deixin aquí fora, són una colla de caguetes...

Gairebé tots l'envoltem. Gairebé tots, sense saber per què, l'estimem. És sec i va mal afaitat, du un barret que sembla més de ciutat que de muntanya i va vestit amb una camisa blanca que, si hi hagués prou llum, veuríem que acaba de passar sota la planxa. També porta una armilla negra cordada i un corbatí. Aprecia l'atenció que li prestem. I aquesta satisfacció el porta a repetir el seu nom.

—Soc en Maurici de can Pletis, i soc músic de cobla... Si voleu que us digui la veritat, nois, soc l'únic músic d'aquest poble d'ignorants, però un que en sap val més que vint que ho proven i per això us he dut la meva tenora... Deu fer temps que no heu ballat cap sardana, oi?

No n'he ballada mai cap. Però quan, sense els refilets inicials del flabiol, en Maurici de can Pletis comença a tocar, sol, el que habitualment són onze a interpretar, pico de mans com els altres. *Tam-tam-tam. Tam-tam-tam. Tam-tam-tam.* I alguns, rient, ja improvisen una rotllana, i les noies del nostre grup de seguida estan envoltades de pretendents i no hi fa res si gairebé totes diuen que no saben ballar.

En Maurici toca i ara el grup sencer, excepte els sentinelles, l'envolta. Hem parat de picar de mans i fem veure que sabem puntejar i per això puntegem, maldestres i grossers gairebé tots, elegants i àgils uns quants que els altres, de sobte, mirem amb una enveja riallera. Girem. Girem al voltant d'en Maurici de can Pletis. I ara sí, aquesta terra és nostra.

Quan s'acaba la sardana, les noies fan un petó a en Maurici i li supliquen que no pari de tocar. És prou evident que en Maurici no té la intenció de fer-ho. Mentre torna a fer bramar la seva tenora algú ens diu de mirar cap al poble i veiem com tot d'una s'hi han encès més llums. I com alguns d'aquests llums es belluguen i s'acosten.

M'agradaria dir que tot Molló ve fins a nosaltres per ballar i que així sabem, els uns i els altres, que som els mateixos. No és ben bé així, però sí que una quinzena de pobletans segueixen el camí de la música fins al nostre campament. L'Esteve ha demanat que els escorcollin abans de deixar-los passar, però, una vegada amb nosaltres, ens diuen «Benvinguts, tots, sigueu benvinguts a Molló», i ballem. Són civils, són nostres i nosaltres som seus, però tots ens mirem amb una mica de gravetat als ulls, perquè no ens coneixem i perquè tots regalem als altres una mena de fragància de llibertat.

38

29 d'agost de 1944

I EL VIATGE, VIST D'AQUÍ, ÉS TOT BAIXADA

Franco ha fugit. Les tropes angleses i americanes, amb dos batallons de republicans espanyols tornats d'Anglaterra, han pujat pel mapa ensuat d'Espanya, han pres Sevilla, Badajoz i Càceres i s'han cruspit Toledo com a entremès abans de reunir forces per entrar a Madrid. I Franco ha fugit, però ningú no sap on és. El caos, a Espanya, deu ser total si el seguici d'un dictador pot evaporar-se sense que els millors serveis d'espionatge del món no aconsegueixin ensumar-li el rastre. Un govern provisional franquista ha demanat l'armistici als Aliats, que l'han refusat segons el principi de Churchill i Roosevelt de no acabar la guerra fins a la rendició total de l'Eix. Han acceptat, però, un alto el foc provisional en espera que algú, a Madrid, faci valdre l'autoritat de reconèixer-se vençut.

Oficialment, doncs, aquest tros de terra continua essent controlat pels guàrdies civils, si bé amb l'alto el foc semblen haver desenvolupat tot d'una la facultat de no aparèixer mai, sobretot quan ens desplacem en grup i a plena llum del dia pels camins i les carreteres del voltant de Molló. Ens esquiven.

Ens hem instal·lat en diverses granges del poble i hem

destituït l'alcalde. En cadascun de nosaltres combaten, crec, la temptació de l'estovament i l'afany de conquesta. Estovament en aquestes granges on dormim, sense haver d'amagar-nos de ningú i amb l'ocasió sovintejada de perorar sobre les batalles guanyades al Vallespir davant de les mosses que riuen per mostrar que ens admiren pel que hem fet i més encara per fer-les riure. Afany de conquesta per enllestir l'obra començada, sobretot quan ens arriben notícies alarmants de les comarques de l'oest. Més que reietons omnipotents, els franquistes són ara dèspotes acovardits i enfurismats, i actuen com a tals a tot arreu on encara conserven un polsim de poder.

Ja sabíem que la derrota, quan seria evident, els obriria la gana de fer mal. Ens ho confirmen ara que ni la més implacable de les censures no pot amagar a ningú que Roma i París han estat alliberades, que Hitler avança de reculons, que Mussolini gairebé ja no existeix, que Franco s'encongeix tant que aviat el més estret dels uniformes del seu exèrcit li anirà gran.

Aquestes notícies decanten el nostre combat interior a favor de l'afany de conquesta, però tenim l'ordre de no moure'ns fins al senyal de l'envestida final. Nosaltres també hem d'esquivar.

Des de les altures, mirant ara cap al sud, la guerra s'ofereix a la mirada i a la ment amb una perspectiva diferent. Encara no he fet el dol del tros de Catalunya abandonat rere la frontera, però ara, amb l'esquena precisament en aquesta frontera i la impossibilitat de franquejar-la de nou, només podem avançar cap al sud, i així cada pas serà un pas més de terra alliberada. I el viatge, vist d'aquí, és tot baixada.

39

9 de setembre de 1944

ENCARA PODEM MORIR ABANS D'HAVER GUANYAT

Al vespre, ens exposem els uns als altres teories sobre la desaparició de Franco, més exuberants a mesura que l'evidència de la victòria fa girar caps. Es podrien escriure contes cruels i sarcàstics sobre aquest Franco escàpol, fugint amb submarí, avió, carro de fems, bicicleta, túnels, disfresses. No recordo qui va compondre aquest inici de cançó:

Franco descalçat,
Franco encalçat,
Franco, Franco, Franco,
a les calces t'has cagat...

Riem, cantem. Però sabem que encara res no s'ha acabat, encara podem morir abans d'haver guanyat. En realitat els Aliats, amb la pressa d'arribar a Madrid, només han pres la pena de controlar un corredor de territori bastant estret. Esperaven que, com a França, hi hauria aixecaments populars organitzats, però no deuen haver pres prou en compte que des del 1936 una enorme quantitat de resistents potencials han estat empresonats, exiliats, afusellats. I ara, amb la visió clara de la derrota, els franquistes s'acarnissen encara més contra la població civil, segurament fins a trobar-ho avorrit.

Espanya sense Franco és, ara per ara, molt més un desig que una realitat. Els feixistes mataven per guanyar, després mataven perquè havien guanyat, més tard mataven per no perdre i ara maten perquè perden.

I el piano no para de tocar les seves cançons encriptades. Quan érem al Vallespir el Morse era un mitjà de comunicació que fins a les últimes setmanes vam intentar emprar amb parsimònia. Avui els serveis d'escolta dels franquistes ja no prenen la pena de captar cap missatge. Si bé encara totes les comunicacions estan codificades, emetem i rebem amb una tranquil·litat que en si mateixa ja és una victòria.

I per això em sobta veure aquell noi sortir corrents de la sala de ràdio i precipitar-se cap a l'Esteve. El noi que vaig formar perquè jo no fos l'únic operador del grup. El missatge que ha rebut deu portar el prefix d'urgència, o potser fins i tot d'urgència absoluta. Com sempre, l'Esteve s'aïlla per desxifrar-lo i, al cap de cinc minuts, crida els seus ajudants, entre els quals hi ha un humil corrector de català borni i amputat d'un dit.

—Marxem, immediatament. Tenim l'ordre d'anar a la Cerdanya, a Prullans. Allà ens donaran instruccions. També ens diuen que si no tenim vehicles n'hem de requisar, i que no anem per camins de muntanya, hem de passar per la carretera principal i arribar tan de pressa com puguem. S'ha acabat, això de fer-nos els discrets.

Després de l'Esteve parla en Quirze, ara que per fi també ha estat ascendit a sotstinent. Ell i jo tenim el mateix grau, però el meu és d'opereta en comparació amb el seu. Jo porto missatges que no sé què diuen, ell mana. Per això quan parla, després de l'Esteve, ho fa amb una veu tranquil·la i autoritària que faig veure que no li envejo.

—Per la carretera ens podem trobar amb franquistes a qualsevol moment. Hauríem d'enviar un cotxe al davant, per obrir el camí.

—Sí, d'acord, amb dos homes i prou, i que marxi tres minuts abans que els camions.

No havíem rebut mai una ordre de moviment que semblés tan imperiosa com aquesta. Per això ningú no parla gaire, tothom està atent a la possibilitat de sentir, tot d'una, ràfegues de metralladora, o granades explotar contra el cotxe que ens precedeix. Sabem també que potser anem de dret a un parany al mig del silenci més banal, en cas que els franquistes deixin passar el cotxe per massacrar-nos amb més comoditat, plagiant la tàctica que ens havia donat prou bons resultats al Vallespir.

Hi són, els franquistes. Veiem les banderes, els senyals de la Falange encara drets, a Bellver entreveiem dos camions de la Guàrdia Civil aparcats curosament l'un al costat de l'altre. Però els guàrdies civils no tenen ganes de morir en combat obert, els han ensenyat a atemorir les poblacions civils, a afusellar, a obrir foc amb desgana en alguna escaramussa, però no senten que faci part del seu deure entrar en batalla. Si s'escau, ja vindran per rematar-nos d'un tret al clatell. Mentrestant, fan veure que no hi són, o que no hi som, i així avancem, pujant cap a la Cerdanya de blat i sol.

Al cap de cinc hores, apareix el cotxe, intacte, a la vora de la carretera. Els homes que el conduïen fumen, recolzats al maleter. Els miro, els somric de lluny, tot i que no em veuen. Els vull recordar, aquí, tal com són, fumant i descansant. Són, aquests tres homes i el seu cotxe, tan inofensius i serens que esdevenen la primera visió que tinc des de fa anys d'un país normal; un país en què aparcar un cotxe i fumar és banal i no té perill previsible.

I així acabem d'arribar a les envistes de Prullans, on ens espera un motorista per guiar-nos, de nou, per camins de terra, muntanya amunt. Avancem durant més de mitja hora fins a un refugi de pastor, massa petit per permetre'ns a tots dormir-hi. Un oficial que ens esperava a la solana saluda l'Esteve, que li respon, com sempre, amb un moviment del braç reticent a dibuixar dins l'aire la corba necessària a una salutació militar ortodoxa. Més que saludar, sembla que s'hagi de treure una pols de l'ull. Es tanquen al refugi mentre nosaltres dubtem entre començar a instal·lar-nos o mantenir-nos a punt per marxar de nou. Anem fent, sense saber com, les dues coses alhora.

Al cap d'uns quaranta minuts, l'oficial surt i, amb un moviment de cap que indica el refugi, en té prou per fernos entendre que ara sabrem de què va. Desapareix, assegut rere la moto. De seguida surt l'Esteve, que demana a en Quirze de reunir tothom. No és difícil, tothom és aquí. Entre tots formem un semicercle d'expectació.

He passat massa anys amb l'Esteve per no endevinar la profunda perplexitat que intenta dissimular. El fet que ni tan sols em miri demostra, a més, que encara no ha decidit com explicar-nos el que ha d'explicar. D'aquí poc, tampoc nosaltres no estarem segurs que ens hagi explicat el que hem entès que ens ha explicat.

—Bé... Aquest oficial m'ha deixat la llibertat de triar quina part del que m'ha dit podia compartir amb vosaltres, i és evident que teniu el dret de saber-la tota... Si més no en la mesura en què jo també la sé. Franco és a Catalunya.

Encara avui em costa destriar les parts exactes d'excitació, de por i de fàstic que es van apoderar de mi al moment en què vaig copsar la significació exacta d'aquesta última frase. De mi i de tots els altres. Aquest grup d'homes disposats a morir per la llibertat i per Catalunya va estremir-se com a resultat de dues tensions contràries: la d'aquells que van quedar-se palplantats, d'una immobilitat mineral, i la d'aquells que lluitaven per no posar-se a bramar, a escopir, a picar les espatlles dels veïns. I tot era ràbia, i tot era alegria, i tot era repugnància.

—És a Catalunya perquè, pel que sembla, podria voler refugiar-se a Andorra. I hem d'impedir que ho faci. Podria no ser fàcil, ha perdut i ho sap, però no es desplaça sol, té algun ministre amb ell, i sobretot ha anat aplegant alguns dels regiments més fanàtics de les falanges i dels requetès. No estem parlant dels soldats desmotivats de l'exèrcit nacional o dels covards dels guàrdies civils, estem parlant de gent que podrien estar disposats a morir tots per salvar la pell del seu Caudillo, i aquest, doncs, encara se'n pot sortir. Pel que sabem, els alemanys l'han abandonat, no sembla que ni el protegeixin ni el vulguin salvar com van fer amb Mussolini, però d'això tampoc no n'estem segurs...

—Tinent?

L'home que ha interromput l'Esteve és en Mallerenga, un antic ferrer d'Osona fins ara més aviat discret.

—Sí, digues.

—Si l'ataquem, no romprem l'alto el foc?

—És clar que sí, però és un cas de força major, ens hi juguem el futur del nostre país. I, a més, fem la feina que ha de fer qualsevol antifeixista, ni més, ni menys.

—Però els anglesos, no ens poden donar un cop de mà?

—Els anglesos... Potser sí que ens donarien un cop de mà, i també els americans, i també l'exèrcit republicà espanyol, però aquest cop de mà no el volem.

Deixa passar un instant de silenci.

—No el volem perquè, a Franco, l'hem d'agafar nosaltres.

Nou estremiment, més accentuat que el primer. M'ha entrat, dins la boca, un gust molt dolç.

—L'hem d'agafar nosaltres, i l'hem de jutjar nosaltres. A Catalunya. Serà la millor manera d'ensenyar als Aliats que no necessitem ningú per decidir en lloc nostre, i sobretot ningú que vingui d'Espanya. Si el trobem, si l'agafem i el jutgem i, és clar, si l'executem, Catalunya serà lliure més ràpidament i més fàcilment.

On és, el meu Esteve anarquista de les primeres setmanes, quan el concepte mateix de frontera i d'estat li era insuportable? Encara el veig, però ja no hi és del tot.

—Franco ens farà un regal, el regal de la independència. Només ens falta trobar-lo.

El fremiment es desborda, esdevindria aclamació si molts de nosaltres no fóssim reticents a les demostracions exuberants d'entusiasme. L'Esteve, però, no ha acabat.

—Esperarem les ordres aquí. No trigaran gaire. I abans que m'ho pregunteu la resposta és no, no ho farem sols. Aquesta ordre que hem rebut aquest matí de venir aquí, l'han rebuda tots els maquis del Pirineu de l'Exèrcit Lliure de Catalunya. Tots. A tots els ha estat assignat un lloc d'espera i aviat haurem d'ocupar tots els passos d'accés a Andorra possibles. Ah, i una altra notícia important: el president Irla ha tornat de Londres. No sé on és, ara per ara és una informació secreta, però si reeixim en aquesta missió se'ns unirà molt aviat. El president Irla, el president de Catalunya, aviat el tindrem aquí, amb nosaltres... Franco potser té molts homes amb ell, i aquests són molt salvatges, però nosaltres serem més nombrosos i, sobretot, tindrem ganes de venjar els nostres, de venjar el president Companys, d'alliberar els nostres. Ells lluitaran... nosaltres els devastarem!

A vegades, un toc d'exuberància en una demostració d'entusiasme tampoc no queda malament. Per què, si no, estaria jo ara picant de mans i cridant amb tot aquest semicercle de soldats sense uniforme que piquen de mans i criden, aquest semicercle on s'apleguen els meus amics, els meus herois?

40

10 de setembre de 1944

Una mena de presó a cel obert

Hem arribat a les onze de la nit i de seguida ha començat la reunió. L'Esteve m'ha demanat d'acompanyar-lo i hem deixat el maquis Trinxeria en mans d'en Quirze. Som en una mena de vil·la, plantada al mig d'un bosc com un mas qualsevol, una vil·la de suburbi ric veïna de porcs senglars, teixons i guineus. No havia estat en un lloc tan confortable des de les visites al senyor Emili, en els meus anys de contes infantils.

Ens deixen entrar i de seguida passem arran de tapissos enteranyinats enganxats a les parets, de mobles que recorden haver estat enllustrats, d'algun vitrall esquerdat del qual, demà al matí, descobriré els matisos de color, i d'una taula llarga amb tovalla de punta blanca. I també de caixes de fusta tancades o entreobertes, d'armes recolzades als armaris, de mapes clavats a les parets, de pilots de papers, fascicles i llibrets per terra i de dues màquines d'escriure en taules rodones. De soroll de fons, ens arriben els clics d'una impremta que feineja en alguna habitació.

L'estat major ha considerat necessari organitzar reunions amb responsables de maquis que fins ara podien no haver-se vist mai. N'hi ha diverses, avui mateix, com la nostra, en diversos punts del Pirineu català. M'hauria agradat que el coronel Masó fos aquí, no conec ningú dels dinou homes ara aplegats al voltant de la taula. I hauria preferit posar-me en un segon terme, seure en una cadira contra la paret, escoltar, recordar, però tots els altres acompanyants seuen amb els seus superiors. Faig el mateix, intentant ser discret tot i que la meva bena de cuir atreu poderosament l'atenció. Quan s'hagi acabat la reunió, un dels oficials em vindrà a dir, amb un somriure que vol ser amable «Ah, sí, havia sentit a parlar d'un pirata vingut del Vallespir...». I jo, en aquest moment, tindré cura de mantenir tancat el meu puny dret, perquè no vegi l'abast real de la meva deformitat.

Aquesta reunió és més política que militar i, per això, també, voldria poder desplaçar-me a un segon terme. El que ens acull es fa dir Lloveres, i quan hàgim marxat l'Esteve em dirà:

—Què, l'has reconegut?

—Qui?

—Home, Ventura Gassol... El ministre, saps? I escriptor, em pensava que l'hauries reconegut de seguida.

—Oh, era en Gassol? Ai no, no tenia ni idea de com és la seva cara... Saps, jo, quan treballava al Comissariat de Propaganda, l'únic important amb qui vaig parlar mai va ser el president Companys...

L'Esteve em mirarà de reüll, somriurà.

Ara per ara, però, encara no hem sortit d'aquesta vil·la i en Lloveres ens explica l'abast real de la nostra missió.

—Capturar Franco, sense els Aliats i sense els espanyols, és cabdal, ho sabeu. Abans d'explicar-vos el que sabem de la seva localització, em sembla necessari insistir sobre la importància de no deixar-lo posar un peu a Andorra... És clar que no sabem quin és el seu propòsit exacte, però hem estudiat totes les opcions que té, per intentar prevenir-les totes. La pitjor, des del nostre punt de vista, seria que anés a la Seu d'Urgell i obligués el bisbe Iglésias a abdicar el coprincipat en favor seu... A priori no tindria cap valor legal, però en el terrabastall planetari en el qual ens trobem immergits tot ha esdevingut possible i coses pitjors hem vist. Si aconseguís el títol de cap d'estat d'Andorra i pogués refugiar-se a la Vella, el podríem haver de suportar allà fins que morís de mort natural. És cert que Andorra, per les seves dimensions, seria una mena de presó a cel obert, però un home de costums rutinaris com ell encara podria trobar-s'hi prou bé...

Un coronel aixeca la mà.

—Però l'altre copríncep, ho deixaria fer? Vull dir, el cap d'estat francès, sigui qui sigui, podria intervenir-hi, no els costaria res enviar tropes i restablir el bisbe de la Seu...

—Sí, i això també seria un desastre, si entenem que Andorra forma part de la nació catalana. Si l'exèrcit francès entra a Andorra, és molt probable que no en vulgui sortir mai més. L'annexió d'un confeti pirinenc en temps de conflicte mundial no aixecaria polseguera enlloc, i en un parell de generacions els francesos acabarien amb la llengua catalana a Andorra com ho estan fent al malaguanyat Rosselló. A més, i sobretot, nosaltres no podem entrar a Andorra sense perdre el poc suport internacional que tenim, però en canvi els francesos i els anglesos hi tindrien via lliure, i això suposaria que se l'endurien per jutjar-lo on els abelleixi, i segur que no seria a Catalunya, ni amb jutges catalans. Per això és cabdal que no entri a Andorra.

Aixeca els ulls, intenta copsar si tots l'aprovem.

—Bé, puc anunciar-vos que hem evitat el perill de l'abdicació del copríncep. Aquesta matinada un comando de l'ELC ha entrat a la Seu i ha raptat el bisbe i el seu secretari, els únics que podien tenir l'autoritat de redactar res que tingués l'aparença d'una abdicació legal en favor de Franco. Els hem dut en un lloc segur. El bisbe ve de pagès, no li costarà gaire adaptar-se a condicions, diguem, abruptes; el seu secretari no ho sé, però vaja, no estaran malament.

—I si Franco s'inventa una signatura?

—És clar, és possible, i no hi podem fer res. Caminem a les palpentes intentant anticipar els seus moviments, però no és gaire fàcil, com podeu suposar. Per exemple, hauria pogut tenir-ho tot enllestit si hagués vingut amb avió, des de qualsevol aeròdrom de Castella fins a Benavarre, però amb tots els il·lustres coneguts seus que han mort en accident aeri, sembla que s'hagi negat a intentar-ho. Si ho hagués fet potser ja el tindríem a la Vella fent les primeres proclames.

Voldria preguntar si pensen que hauria intentat fer aquestes primeres proclames en català, però intueixo que l'ambient d'aquesta reunió podria crispar-se amb una pregunta que podria semblar una broma. La majoria d'homes presents estan astorats pel rapte del bisbe, com si no haguessin estat acostumats, durant la Guerra Civil, a les massacres de religiosos. En realitat, tenen por del Papa de

Roma i de la reacció de les cancelleries dels països catòlics. Però Ventura Gassol no ha acabat, tot i que ara se li nota el cansament.

—Amb un poc de sort, haurem tornat el bisbe a casa seva abans que ningú no s'hagi adonat de res... Excepte Franco, és clar, que suposem que ja deu saber que no trobarà ningú a la Seu. El que ignorem és què deu pensar fer. Estem condicionats per dos factors contraris. D'una banda, hem d'actuar ràpidament si volem capturar-lo nosaltres, i heu de pensar que a hores d'ara els espies d'Azaña ja deuen haver-lo informat del que està passant i ell deu saber gairebé tot el que sabem nosaltres. I d'altra banda, hem de ser molt prudents per no encarar-nos al seguici de Franco en condicions d'enfrontament directe que podrien equivaldre a una ruptura unilateral nostra de l'alto el foc. Això seria catastròfic per a Catalunya. Per això les ordres són d'ocupar tots els passos fronterers possibles. A cadascú li donarem la seva assignació. Haureu d'estar disposats, de forma immediata, tant a combatre com a desplaçar-vos. A mesura que tinguem clar el que pensa fer la mala bèstia, reagruparem les forces. I el farem nostre.

Un home cepat i calb aixeca la mà.

—I això quant de temps pot durar?

—Uns quants dies, no més enllà d'uns quants dies.

41

13 de setembre de 1944

Atacarem a punta de sol

El missatge era tan llarg que hem hagut de rellevar-nos per començar a portar-lo a desxifrar mentre el receptor continuava perbocant els seus reguitzells de *tis* i de *taas*.

I ara avancem, amb dos camions i el cotxe requisat a Molló, cap a l'Alt Urgell. Hem d'encerclar Estamariu. Hem d'encerclar Franco i els seus últims fidels, cent vuitanta falangistes i uns seixanta requetès, ben armats i empesos per la desesperança. Els espies de l'estat major han confirmat que Franco es troba en aquest poblet allargassat d'uns dos-cents habitants, plantat a dalt d'un turó. Mai no sabrem quin va ser l'atzar o la circumstància que va portar-lo allà.

Hem arribat a mitja tarda a la cruïlla que mena al poble. L'organització, a peu de carretera, és digna d'una fira agrícola que atrauria visitants de tota una comarca. Uns maquisards s'encarreguen de fer aparcar els camions de manera que no barrin el pas, d'altres ens distribueixen braçals amb les inicials ELC, per si els feixistes s'haguessin vestit de paisà, d'altres ens reparteixen aigua i aliments. I pugem, a peu, els cinc quilòmetres que ens separen d'Estamariu. El nostre post de reagrupament és a uns cinc-cents metres del poble, des d'on d'altres maquisards ens guien cap al lloc on hem d'esperar les ordres. A nosaltres ens han assignat la part baixa, la que serà més perillosa en cas que intentin una fugida massiva. Ja veurem.

Mai, ningú i enlloc, no havia vist tants resistents catalans aplegats. Aplegats i armats i a frec de guanyar la seva guerra; no vençuts i abatuts com als camps de les platges. No ens veiem tots, però sabem que envoltem el poble en una anella de carn i fusells que no ha deixat, literalment, cap pam lliure. De tant en tant el sol fa relluir la finestra o el retrovisor d'un dels pocs vehicles autoritzats a pujar, o veiem passar siluetes que s'esmunyen sense gaire pressa. No ens veiem però hi som.

Tinc la pistola a la mà i la por de morir no em priva de saber assaborir el fet que, per primera vegada, ningú no m'ha obligat a quedar en segona línia. Quan entrin tots, jo també entraré. Miro d'esquitllentes l'operador de ràdio que cobreix la nostra porció de terreny. Té un aparell diferent del nostre, d'abast més limitat però que transmet la veu humana. Una meravella que transforma en saber obsolet la meva ciència del Morse. Han repartit uns quants ginys d'aquests per tot el cercle que formem al voltant del poble i els operadors esperen, asseguts a terra, amb els cascos posats. Són ells els que transmetran l'ordre d'anar a capturar l'ogre. Mentrestant, els oficials, amb prismàtics, escruten el poble, ara per ara immòbil, com si rere les seves pedres no hi hagués viscut mai ningú.

La primera ordre que ens ha arribat, després que ens hàgim instal·lat a recer de tot allò que podia amagar-nos, és la prohibició de fumar. Alguns han rondinat, però ara gairebé tots, fumadors habituals i no fumadors, mastegueem tiges d'herba. L'exèrcit català desprèn, així, un aire bucòlic que encantaria a qualsevol reporter internacional que ens hagués seguit. Si algun ens ha seguit, però, no l'he vist enlloc ni n'he sentit esmentar la presència.

Gairebé no sabem res del que ha pogut passar fins ara, l'Esteve ens ha informat que Franco és a Estamariu des de fa dos dies. Allà deu haver-se adonat que l'accés a Andorra estava tallat sense remei i no s'ha atrevit a forçar el pas. També ens ha dit que un representant de l'Exèrcit Lliure de Catalunya, amb una bandera blanca, havia aconseguit parlamentar amb un coronel franquista. Li havia donat la seva paraula que en cas de rendició no hi hauria cap represàlia i que els presoners estarien sota la custòdia estricta dels Acords de Ginebra.

—Diuen que el coronel hauria respost «Em cago en els Acords de Ginebra», però no estic segur que sigui veritat.

Esperem. Per moments tan sols sentim el brunzir dels darrers saltamartins de setembre. I espurnes de vent que, molt de tant en tant, sacsegen la cima dels arbres.

El dia s'escola i en tot aquest dia d'immobilitat passaran tres coses dignes de quedar als annals d'aquesta operació. La resta va ser seguir el curs de l'ombra dels arbres i de les herbes menudes.

Primera cosa digna de figurar als annals d'aquesta operació.

Dues dones, amb tres criatures, han saltat per una finestra d'una casa del límit del poble i s'han posat a córrer cap a nosaltres. De seguida un grup de maquisards les ha anat a cercar i les ha fet desaparèixer rere una coma que ens impedeix veure res. Així podrem tenir més informacions del que passa, pensem tots, però cap dels que recullen aquestes informacions no estima necessari fer-les circular fins a nosaltres. Després d'uns segons d'excitació, doncs, en tornem a alimentar de resignada paciència.

Segona cosa digna de figurar als annals d'aquesta operació.

A mitja tarda han començat els missatges, pels altaveus, destinats als homes de Franco. Diuen el que deuen dir tots els missatges destinats a futurs vençuts encara perillosos. Que tot està acabat, que els seus caps els han mentit, que els garantim una rendició amb els honors, que aquells que s'hi acullin seran considerats presoners de guerra, que recordin que han de tractar amb humanitat la població civil sota pena de càstigs severs, que ja hi ha hagut massa sang vessada a tot arreu i que aviat podran tornar amb les seves famílies. Els missatges es repeteixen cada trenta minuts, sempre de manera diferent perquè es noti que la veu és d'una persona real i sincera, que escull les millors paraules que pot per convèncer-los.

I de tant en tant ressona una cançó. Sempre lenta i sepulcral. En recordo una que començava així:

Mi madre me espera, allí en el pueblecito
Mi madre y mis hermanitos...

Espero que sàpiguen estovar el cor dels franquistes tan bé com ens roseguen els nervis.

—Tingueu paciència, cada nota podria ser una bala que no caldrà disparar —diu l'Esteve, i ens demana de fer circular aquesta frase, que li ha sortit prou rodona.

Tercera cosa digna de figurar als annals d'aquesta operació. La més important.

Un tir de pistola ressona al poble. Ens tensem però ningú no es mou. Ens costa tornar a relaxar-nos. Uns trenta minuts més tard esclata una escopetada, també al poble, de sis o set fusells. Talment una execució. L'Esteve, amb un to peremptori, ens diu de no moure'ns i demana a l'operador de ràdio que sol·liciti informacions. Dos minuts més tard ressona una segona ràfega, de més fusells. La resposta vinguda per la ràdio és que ningú no sap res i que les ordres no canvien. Hi ha remucs i improperis. Molts voldrien anar-hi de seguida. Jo, no.

Al capvespre arriba la notícia que ja havíem anticipat. Atacarem a punta de sol. Hem de deixar passar una nit per donar al més gran nombre possible de franquistes l'ocasió de desertar. Ens organitzem per als torns de guàrdia, sopem, intentem dormir, no ho aconseguim gaire.

Ens desperten a l'alba, pocs minuts abans que els altaveus tornin a eixordar-nos. Ara la veu diu:

—Valerosos soldats espanyols, aquesta nit quaranta-set dels vostres s'han rendit. Ho han fet amb honor i els hem tractat amb respecte. Són, ara, els nostres presoners i com a tals estan sota la nostra protecció fins que la guerra sigui acabada. I això serà molt aviat. D'aquí pocs dies ja podran tornar a casa seva. Que no voleu tornar a casa vostra? Voleu morir, ara?, ara que tot s'ha acabat?, ara que falta tan poc perquè pugueu tornar a veure els que estimeu i us esperen? Valerosos soldats espanyols, Franco tan sols vol salvar la pell i li és igual que moriu mentre ell pugui escapar-se. No hi ha honor en el fet de morir per un covard, l'honor és salvar la vida i treballar per construir l'Espanya de demà. Ho podreu fer, aviat, com a homes lliures, si us rendiu.

Quaranta-set? Interrogo l'Esteve, però amb un moviment d'espatlles em fa entendre que no ho sap. Esperem, de nou. I finalment per la ràdio ens arriba el missatge que ens allibera.

—Avancem d'aquí trenta minuts.

42

13 de setembre de 1944

El dimoni somreia amb placidesa

—Dotze minuts.

L'Esteve ja no ens repeteix la consigna principal. Prendre Franco viu. La sabem tots i ens espanta més la perspectiva de capturar-lo que de foradar-li els budells. Si el capturem, què li haurem de dir? Com l'hem d'anomenar? Li hem de lligar les mans? Una ràfega de metralladora a punta de canó seria, des del punt de vista del protocol, molt més fàcil de gestionar.

—Set minuts.

Soroll de la ràdio. Fixem l'operador mentre aquest escolta el que li arriba als cascos. En principi ha d'escriure les ordres i transmetre-les a l'oficial, però aquí es permet fer un gest peremptori amb la mà oberta i el palmell girat cap avall, un gest ample i horitzontal. Hem de fer una pausa en el descompte.

Bufem. Què collons foten?, remuguen alguns. Un segon missatge, aquesta vegada curosament apuntat, ens ho explica.

—Bandera blanca. Volen parlamentar. Hem d'esperar les noves ordres.

Nosaltres, des d'on som, tan avall, no veiem res. Qui vol parlamentar? Franco? Un ministre? Un oficial de la Falange? Dels requetès?

El missatge següent arriba al cap de gairebé una hora d'espera. Hem tornat a seure, tant a l'ombra com era possible. Alguns fumen.

—Quatre minuts i endavant.

L'Esteve afegeix, després d'haver llegit l'últim missatge:

—Un grup de requetès s'acaba de rendir. Trenta-quatre d'un cop, que han negociat la seva sortida: sense armes però en formació i amb l'escut de la seva companyia al davant. Sembla que ja ningú no controla ningú allà dins, o sigui que tot és possible. Nois, hem de capturar Franco i hem d'alliberar Catalunya, però també hem de viure per poder explicar-ho, d'acord? O sigui que cap temeritat! Us vull veure sencers quan això hagi acabat.

—Un minut.

Avancem. Intento comptar, però la ment va i ve al ritme de la sang que s'accelera. Quaranta-set que s'han rendit aquesta nit més trenta-quatre que s'han rendit ara mateix quant fan? No aconsegueixo comptar, ho he de deixar per a més endavant. Aquests, en tot cas, no moriran avui però nosaltres, que hem fet que es rendeixin, potser sí que morirem; no és injust, això?

Gairebé hem arribat i encara no ha disparat ningú, és normal? Els que venen per dalt han anat més de pressa, si per a ells feia baixada; ja deuen haver entrat. Arribem als horts, em fa una mica de pena pensar que els farem malbé però he de concentrar-me per respirar més a poc a poc. No veig ningú enlloc i gairebé hi som. Si puc tocar aquella pedra una mica rosada, allà davant, al cantó de la casa, si la toco amb la mà esquerra abans que ningú no hagi disparat, vol dir que me'n sortiré, que no moriré avui, però és molt lluny, aquella pedra, hauria de trobar una aposta més raonable. L'Esteve potser també hauria de tocar-la, però ara no l'hi puc dir, és davant de tot, i quants feixistes queden aquí dintre, si n'hi ha tants que ja s'han rendit?

Toco la pedra.

Entrem al poble. Sabem que Franco, ahir al vespre, s'allotjava al carrer Major, a la casa anomenada cal Perotes, però com ho farem per trobar-la? I hem de capturarlo, i el seu seguici, però també hem de matar o fer que es rendeixin tots els franquistes armats, i hem de protegir la població. I si és possible, no morir. Podrem fer tot això?

Entrem al poble i trobem Franco.

És allà, al modest replà allargassat que serveix de plaça Major, davant mateix de l'església. Els seus homes s'agombolen com poden rere seu, tenen tan poc espai que molts semblen amagar-se sota el porxo, a mà esquerra de l'església. Franco està envoltat per dos grups, soldats d'un costat, requetès de l'altre, amb l'arma a l'espatlla, separats per un corredor d'un metre d'amplada. Al centre del corredor, el Caudillo caigut, amb dos civils i tres oficials superiors. Al davant de tot, com una punta de fletxa, un oficial amb una bandera blanca seria el primer de morir si disparéssim. Se'ns ha rendit, hem capturat l'ogre.

I ara ve el batibull, però és com una festa de comunió al costat del que hauria pogut ser si només una part dels homes de Franco hagués refusat de rendir-se. Uns centenars de resistents armats i venjatius emplenen els carrers d'Estamariu, que no són gaires, mentre un centenar més escorcolla totes les cases i aplega els civils en una era, a l'est del poble. S'apropen alguns membres de l'estat major de l'Exèrcit Lliure de Catalunya, tots de paisà excepte un home alt i pàl·lid que du un uniforme que no aconsegueixo identificar i rellueix galons considerables. No m'havia adonat que s'havien dissenyat i fabricat uniformes per a un exèrcit català de veritat.

L'oficial franquista amb la bandera blanca avança; parlen, a un metre i mig de distància. És menys del que dicta el protocol, però les dimensions del poble no permeten moviments de més envergadura. L'oficial franquista fa mitja volta, es quadra davant del seu generalíssim. Al cap de pocs segons, Franco també avança, seguit pels oficials. Tothom saluda tothom, de la manera més marcial possible. A poc a poc, Franco desembeina la pistola i, amb la culata endavant, l'allarga al nostre oficial superior. De nou, salutacions. Els altres oficials franquistes també es desprenen de les seves pistoles. I tot seguit tots fan cap a la Casa de la Vila. Som tan nombrosos en aquests carrers tan estrets que ens hem de cenyir contra les parets per deixar-los passar. Jo no el veuré, però més tard molts explicaran com van tenir-lo a frec de dits, a frec d'odi.

Els nostres oficials donen ordres als soldats rendits i aquests comencen a desfilar per abandonar les seves armes en diversos pilots, mentre baixen cap a la sortida del poble. Hauran de caminar amb les mans al cap fins a la carretera de la Seu d'Urgell, on els esperen camions que els portaran en algunes presons improvisades dels encontorns, on ja estan tancats els desertors.

Al cap d'uns minuts no queda cap franquista en aquesta placeta i sento com s'instal·la una indecisió general. Hi ha una desproporció tal entre, d'una banda, els nervis i l'angoixa acumulats, i de l'altra la facilitat de la victòria, que veiem passar davant nostre, durant uns instants, l'espectre de la decepció. Per això tenim tots la mirada una mica perduda. Però tot d'una, gairebé simultàniament, tres fets s'entrellacen, originats en tres punts diferents del poble. Cadascun d'aquests tres fets és introduït per una frase exclamativa. I aquestes són, per ordre cronològic:

—Venen civils!

—Ei, que hi ha sang!

—Tinent Fornells!

Venen civils, doncs, un grup de set o vuit homes, i caminen de pressa, escortats per tres maquisards. Venen cap a l'església i tenen l'aire trist i esverat.

Hi ha sang, doncs, i el soldat que l'ha vista ha donat l'alerta gairebé en veu baixa, però tots ens hem girat cap a ell, deixondits de cop. Hem estat tan fascinats per aquest paisatge de Franco i franquistes rendint-se que gairebé no hem mirat al voltant nostre. Contra la paret d'un estable, al cantó oposat a l'església, tot de taques i de fils de sang no deixen cap dubte sobre el fet que hi ha hagut execucions.

Una veu ha cridat el tinent Fornells, doncs. És a dir l'Esteve. Ha estat després que s'obrís la finestra del primer pis d'una de les cases de la placeta al damunt del porxo, amb un grinyol de fusta massa ajustada que m'ha fet aixecar el cap. És el coronel Masó. No m'estranya que sigui aquí, m'estranya no haver-lo vist fins ara.

L'Esteve, que ja es dirigia cap a l'estable, s'atura i es gira, sense, però, quadrar-se ni saludar.

—Coronel.

—Pugi! Sol.

Aquests tres fets gairebé simultanis, resumibles cadascun per les tres exclamacions ja esmentades, han obert el camí al que passarà tot seguit.

L'Esteve ha entrat en aquella casa. En Quirze i jo, com a sotstinents, l'esperem a fora. No diem res. Quan l'Esteve reapareix té un aire en què la preocupació sembla disputar-se amb el bon humor. És un aire que no recordo haver-li vist mai.

—Quirze, fes venir quatre homes, però que siguin dels que tenen més sang freda.

Mentre en Quirze obeeix, l'Esteve l'observa, sense dir res. Quan tornen, té encara un moment de dubte.

—Vosaltres quatre, i tu també Agustí, m'acompanyeu. Tu, Quirze, et quedes aquí.

En Quirze té un moviment de sorpresa. Ja sap que soc, jo, l'amic del tinent, però en qüestions militars l'Esteve compta sempre, en primer lloc, amb en Quirze. Ell i jo ens partim la confiança de l'Esteve segons un patró prou ben dibuixat que mai no ha donat lloc a tensions serioses entre nosaltres, malgrat que jo voldria furtar-li un polsim de la seva autoritat natural. L'Esteve prem l'espatlla d'en Quirze. No ho fa gaire sovint i per això, aquest gest, en lloc d'inspirar-nos confiança, ens inquieta. Parla, però, amb una veu tranquil·la.

—Et quedes aquí, és una ordre, però no et preocupis, seràs el primer a qui informaré del que passarà ara.

Baixem, rere l'Esteve, al celler d'una casa veïna. I així, enfonsant-nos en una foscor relativa i en una frescor que ens apaivaga els nervis, no veiem com, a la plaça, els maquisards han tret, un per un, sis cadàvers i els han estirat suaument, a l'ombra, l'un al costat de l'altre, al damunt de flassades que d'altres maquisards han portat de les cases veïnes. Una dona, dos homes, un adolescent, dues nenes. Tots han estat afusellats.

No ho veiem. Nosaltres baixem al celler i ens trobem davant una porta massissa. No m'havia adonat que l'Esteve duia una clau a la mà, una clau de pagès, llarga i gruixuda. En veu alta i clara ens diu d'apuntar cap a la porta i d'estar preparats per disparar.

Gira la clau i, a poc a poc, obre la porta. Fa massa fosc perquè puguem veure res. L'Esteve respira fondo.

—General, si us plau.

—¡Por Dios! ¿Y el respeto de hablar en la lengua del Imperio?

Tanmateix, l'home obeeix, i així em trobo de sobte a tres pams del temut i detestat general Queipo de Llano. Alt i prim, amb bigoti aristocràtic i mirada de menyspreu i d'ira, però despentinat. Es nota que es conté per no donar-nos ordres.

Ara entenc per què l'Esteve no ha volgut que en Quirze baixi. Li hauria trencat les dents a cops de culata. En Quirze és un bon militar mentre es tracta d'organitzar i manar, però a vegades quan, tot d'una, li apareix fins a quin punt odia els franquistes, la seva calma s'esmicola. Massa morts, diu, per justificar-se, m'han matat massa gent.

Una vegada passat l'ensurt inicial, i veient com l'Esteve

sembla segur del que fa i del que hem de fer, pugem, tots. No aconsegueixo entendre com un dels generals més fidels de Franco pot haver estat tancat al calabós per Franco.

Tampoc no ho entendré quan vegi els sis cossos alineats a fora. No pensaré en cap moment que pugui haver-hi alguna relació entre aquest general presoner i aquests sis cadàvers de civils.

Ho entendrem quan les famílies de les víctimes tinguin l'autorització d'atansar-se als cossos i el capellà vagi a explicar-ho tot a l'estat major.

Quan els franquistes van entrar a Estamariu, ja era evident que no podrien anar enlloc més, ni tan sols a Bescaran, el poble següent cap al nord. Sabien que l'accés a Andorra estava condemnat i que, en el millor dels casos, només podrien vagarejar per la muntanya fins que s'acabés l'alto el foc entre el nou govern espanyol i els Aliats. Franco va decidir instal·lar-se a la millor casa del poble i esperar. Ningú d'Estamariu no va veure'l, va entrar quan els falangistes havien ordenat a tothom de quedar-se a casa amb els porticons barrats. Els pocs ministres i oficials superiors que el seguien van tancar-se amb ell. Només Queipo de Llano sortia tothora, i tothora cridava ordres directes als soldats, sense passar per l'intermediari de cap subaltern. Caminava d'una banda a l'altra del poble amb passos nerviosos, com si ensumés que estava mesurant la seva tomba. I cada dues hores anava a agenollar-se a l'església, de la qual els oficials s'havien reservat l'ús exclusiu.

Van passar gairebé dos dies, així, amb la gent tancada a casa, i Queipo de Llano que rondava a tot arreu. El primer vespre havia prohibit als seus homes de beure alcohol i de violar les dones, per no molestar el repòs del Caudillo. L'endemà al matí, però, va fer cridar el capellà i li va preguntar quins eren els dos homes casats més importants del poble. El capellà va haver d'escollir entre tres o quatre noms possibles, sense saber que escollia en benefici del dimoni.

—José Quintana y Gaietano Roca.

—¿Ambos casados? ¿Con hijos?

—Sí, sí.

Una hora més tard, Queipo de Llano s'enfilava en el carro que li havien instal·lat davant de l'església, com a tarima improvisada. En un segon carro, a prop del porxo, havien fet pujar els dos homes més importants d'Estamariu segons els criteris del capellà, cadascun amb quatre membres de la seva família més propera. I davant seu, aglutinada, tremolava la totalitat de la població del poble, uns dues-centes vint persones, envoltada pels requetès. Queipo de Llano semblava eufòric.

—Democràcia! Us agrada la democràcia, oi? Vau votar, oi que sí? I heu lluitat contra nosaltres, oi que sí? Heu lluitat perquè voleu la democràcia, però vau perdre perquè la democràcia és feble, ho sentiu bé? La democràcia és feble! Sense els americans i els russos mai hauríeu pogut guanyar!

Va perorar durant una estona, tal com feia als seus programes de ràdio en què incitava a les massacres i exultava parlant de sang vessada, i tots van entendre que el dimoni, aquell dia, s'havia instal·lat a Estamariu.

—Us agrada la democràcia? Doncs votareu, sí, votareu ara mateix! Mireu aquests dos homes, tothom els coneix, oi que sí? Els dos homes més importants d'aquest poble! Doncs ara votareu per un d'ells... Votareu per elegir el vostre representant a prop de Déu Nostre Senyor, votareu aquell dels dos que afusellarem... Us agrada? És clar, no hi ha eleccions sense campanya electoral, no? Doncs tindran, posem, quatre minuts cadascun per exposar per què els heu de votar...

Es va girar cap al carro amb les dues famílies. Cadascuna formava un grup compacte i tendia a allunyar-se de l'altra, com si temessin una infecció.

—Senyors Quintana i Roca, m'han sentit bé, han de convèncer els seus conciutadans que els votin, i qui guanyi serà afusellat. I com ho faran, per convence'ls d'una cosa tan estranya? Doncs ho faran sabent que qui guanyi l'elecció serà afusellat, però la seva família tornarà a casa seva sana i estàlvia. En canvi, aquell que perdi l'elecció no serà afusellat, l'alliberarem de seguida, però per castigar la seva manca de convicció electoral, afusellarem la seva família... Hem fet les coses bé, ho veieu, hem trobat quatre persones per família, així respectem aquesta cosa fastigosa que anomeneu igualtat.

Aclofat al cor de Queipo de Llano, el dimoni somreia amb placidesa.

La població d'Estamariu havia esdevingut una aglomeració d'ànimes de pedra vigilada per requetès dividits entre els que vacil·laven i els que gaudien d'aquest nou espectacle. Un nadó va posar-se a plorar i la seva mare, o qui en aquell moment el portés, provava d'apagar-li els plors mig ofegant-lo amb una flassada. El capellà va atrevir-se a apropar-se un parell de metres per demanar clemència, però amb una mirada el general va reduir en pols menuda la seva premissa de coratge.

—Votarà tothom, és clar! Avui farem gala de democràcia, ningú pot refusar de participar-hi... En fi, quan dic tothom vull dir els homes, suposo que no sou prou degenerats per pensar que les dones també han de poder votar, oi? Tots els homes de vint-i-un anys cap amunt.

Uns segons més tard ressonava el tret que, la nit precedent, havíem sentit, quan un home va intentar sortir del cercle format pels requetès.

—No, no, jo no, feu-me el que vulgueu, jo ja no puc més, me'n vaig, me'n torno a casa.

I van ser les seves últimes paraules, ja que el general, amb un gest del cap, va donar el seu permís a un tinent perquè aquest li disparés a l'esquena.

Els dos homes, de qui deu valdre la pena repetir els noms una vegada més, i fer-ho en la forma real, Josep Quintana i Gaietà Roca, balbucejaven. Els havia costat entendre l'abast del que els exigia Queipo de Llano i, havent-ho entès, els costava encara més entendre com podien adreçar-se a la població sencera del seu poble per demanar que els fessin morir. Mateu-me a mi, si us plau, mateu-me a mi.

Van tenir quatre minuts cadascun, durant els quals podem imaginar-los plorant, o somicant, i intentant amollar frases entenedores, sense aconseguir-ho. Quan van haver acabat, els homes van haver d'escollir. Havien de posar-se d'una banda o d'una altra de la plaça en funció de la seva preferència. I així, aquell que va tenir més vots va ser afusellat, i va ser la primera ràfega que havíem sentit el dia precedent. I tot seguit, a prop del seu cos, van afusellar la família d'aquell que havia tingut menys vots; va ser la segona ràfega, amb més armes, que havíem sentit el dia precedent. Mentre moria el primer, la seva família plorava, xisclava o quedava atònita, i mentre morien els següents, l'home que fins feia uns segons era marit i pare queia de genollons i la seva cara era una pasta de llàgrimes, mocs i bava. I d'ell, esgarriat per sempre al país del dolor, no cal dir-ne res més.

Queipo de Llano, dalt del seu carro, va mirar les execucions sense moure's, i sense moure's va ordenar que tothom tornés a tancar-se a casa seva. Després, lentament, va tornar a cal Perotes. Havia de demanar disculpes a Franco pel soroll dels trets.

No sabia que Franco havia decidit rendir-se. Queipo de Llano era l'únic, entre les personalitats d'alt rang que havien seguit el seu Caudillo, a voler continuar la guerra fins a l'últim dels seus homes. I la seva paròdia d'elecció, per divertida que pogués semblar als ulls d'un dignitari franquista, plantejava, ara, un problema diplomàtic i polític. Com reaccionarien els Aliats o els maquisards quan s'assabentessin del que havia passat?

Queipo de Llano, decebut i enfurismat quan Franco va anunciar-li la seva decisió, va argumentar que la millor manera d'evitar que algú donés testimoni seria d'afusellar i enterrar la població completa del poble, però l'almirall Moreno i Demetrio Carceller, fins feia pocs dies ministre d'Indústria, ja havien convençut Franco de detenir-lo i lliurar-lo als primers que vinguessin a recollir la seva rendició.

—Si volem sobreviure, hem de ser respectats, i el general ha esdevingut incontrolable, no pot continuar amb nosaltres.

Franco va assentir sense dir res.

I ara ens trobem Queipo de Llano emmanillat, amb sis cossos ajaguts a l'ombra de la placeta i una delegació de pobletans que exigeix que es faci justícia.

L'Esteve s'ha quedat a dalt; els altres, que acompanyàvem Queipo de Llano, hem tornat a sortir. He anat a veure en Quirze i ell, quan li explico el que ha passat, em diu «Sí, és clar, era millor que no hi fos». Ho repeteix tres o quatre vegades. «Era millor que no hi fos». Evita, però, de mirar-me.

I la gent del poble s'agrega a voltat de l'església, també sota les finestres de l'estat major. Abans han instal·lat taules, a fora, amb estovalles blanques, sis taules per als sis cossos, i han desfilat al davant, senyant-se els creients, tocant les estovalles amb la punta dels dits els descreguts. Primer no han dit res, però a poc a poc han començat a reclamar justícia, o venjança, o les dues coses a la vegada. I criden, protesten, ensenyen els morts, ensenyen les cases dels morts, parlen de les famílies dels morts. Els soldats que fan guàrdia a baix s'han posat nerviosos, han demanat reforços i ara tota una línia d'homes armats separa la població civil d'aquells que han vingut a defensar la població civil.

I l'estat major, doncs, pren una decisió. Una decisió difícil i no unànime, però dictada per les ganes que tenen, ells també, de no haver de distingir entre justícia i venjança; una decisió que posa mel a la boca del dimoni que estiueja al cor de Queipo de Llano. Algú, que no conec ni identifico, obre la finestra del primer pis i s'aboca cap enfora per ser ben visible. Parla fort. Diu:

—Demà, demà a les set del matí, tindreu el que voleu. Parlo en nom de l'Exèrcit Lliure de Catalunya i del govern provisional de Catalunya. Demà a les set del matí, sens falta. Veniu aquí, aquí mateix, demà.

I així l'endemà, quan tots els homes dels maquis haurem deixat Estamariu per d'altres destinacions, i quan l'estat major haurà desaparegut en espera de noves instruccions del president Irla, un grup de deu resistents, els únics ara a dur armes al poble, a les set en punt faran sortir Queipo de Llano del seu recambró, el portaran a la plaça, fent-se lloc entre tota la població reunida, i li lligaran les mans a una anella per als cavalls de la paret de l'estable on va fer morir sis persones. Una vegada lligat, faran mitja volta, sortiran del poble, sense girar-se ni una sola vegada, i pujaran al cotxe que els haurà estat reservat per anar a ajuntar-se als altres maquisards. I així ningú, mai més, no sabrà res del general Queipo de Llano.

43

14 de setembre de 1944

El meu capità

Què faig aquí, en aquest cotxe, assegut a tocar de Franco?

Després de tants anys de pujar i baixar senders arreu del Vallespir en espera que alguna cosa es desencalli, ara, de sobte, tot va massa de pressa. Ahir al vespre, l'estat major va escollir l'Esteve per portar Franco a la seva presó. Abans de comunicar-li l'ordre van ascendir-lo a capità.

Devia haver-hi, a Estamariu, una vintena d'oficials, i no sé per què, doncs, van decantar-se per l'Esteve. Podria ser que el fet que acompanyés Queipo de Llano des del celler fins al primer pis de la Casa de la Vila sense disparar-li a l'estómac fos una prova de control de si mateix que els altres no haurien superat?

El president Irla ha tornat a Catalunya i, havent tornat, vol poder oferir al món el judici contra Franco, però que sigui un judici fet a Catalunya i amb jutges catalans, per tal que Franco sigui executat al Castell de Montjuïc. O, si la pressió diplomàtica és massa forta, vol ser qui signi l'ordre de lliurament del presoner a un tribunal dels Aliats. En els dos casos, Franco ha de ser dut a la presó provisional que l'Exèrcit Lliure de Catalunya li té preparada a la Floresta.

Aquesta presó, en una mansió, és prou lluny de Barcelona perquè la seva arribada passi desapercebuda, i prou a prop perquè hi pugui ser traslladat de seguida que l'alto el foc esdevingui rendició oficial i l'autoritat franquista s'esvaeixi com un fum pudent. L'Esteve, però, quan m'ho explica, insisteix sobretot en l'aspecte logístic de l'operació.

—La manera més segura de portar-lo seria que hi anéssim tots el que som aquí, vuit-cents homes en comboi i Franco al mig, però això seria una violació flagrant de l'alto el foc. Els franquistes podrien atacar-nos en massa, o els homes d'Azaña ens podrien preparar una emboscada per recuperar Franco i jutjar-lo a Madrid. En els dos casos els Aliats ens abandonarien. Fet i fet, ja els agradaria que passés alguna cosa d'aquestes perquè així ja no haurien de comptar amb cap «qüestió catalana». I vuit-cents homes, en aquest poble de muntanya, és una quantitat impressionant, però per les carreteres de més avall i contra una companyia de vehicles blindats i artilleria pesant, seria més aviat poca cosa. Llavors, hem de fer trampa... Enviarem sis cotxes, més exactament tres grups de dos cotxes, per tres camins diferents, fins al Vallès. Ja veurem si així podem despistar els espies. En total, en cada grup hi haurà deu homes armats, excepte al nostre, que serem nou homes i un presoner.

Nou homes per vigilar un dels homes més odiats del món. Hauria de dir, més aviat, vuit homes i un pianista de Morse amb ull de pirata que no se sent gens al seu lloc.

—Però... de veritat he de venir, jo també? Saps que no soc gaire bo amb les armes...

—I qui vols que faci venir? En Quirze, ja saps que no és possible, oi? N'he parlat amb ell, perquè no es pensi que no li tinc confiança, i ell mateix ha reconegut que, si vingués, ningú podria impedir-li que apagués un parell de cigarrets als collons de Franco. I ho deia de debò. Als collons de Franco. Llavors amb qui hi he d'anar? Quan no ets tu és en Quirze i quan no és en Quirze ets tu. Ho sabeu prou bé tots dos.

I per això m'he assegut al costat de Franco.

L'han vestit de paisà. Si ja engalanat de general semblava poca cosa, ara, així, desproveït d'uniforme i d'autoritat, amb una jaqueta desgastada, amb les mans emmanillades, mal afaitat i els ulls rogencs d'haver dormit poc, sembla un adroguer de barri que acaba de fer fallida. Aquest home té l'encant d'un nap bullit.

Abans d'entaforar-lo al cotxe, li posen un passamuntanyes. Només se li veuen els ulls i alguns pèls del bigoti per damunt de llavis mig tapats. Així no puc endevinar quina és la seva reacció en veure'm la bena negra a l'ull. Espero fer-li prou por perquè no tingui, en cap cas, ganes d'adreçar-me la paraula. Soc a la seva esquerra, l'Esteve a la seva dreta. Els sis cotxes arrenquen i marxem, lentament, com un comboi funerari. Quan arribem a la carretera gran, dos dels cotxes giren a mà dreta, cap a la Seu d'Urgell, els altres quatre pugem per la carretera de Puigcerdà. Més tard, quan arribem a Ripoll, dos cotxes continuen cap a Olot mentre nosaltres girem en direcció a Vic. Ens han assignat els dos conductors que coneixen més bé aquest tros de Catalunya. I així anem sud avall, a cada segon més lluny d'aquest Pirineu que m'ha retingut tants anys entre valls, boscos, pobles i rius. No sé on para, exactament, la Floresta.

Hem previst d'aturar-nos cada dues hores, per beure i orinar. Abans, però, els conductors hauran d'escollir camins de pagès en els quals ens endinsarem durant unes desenes de metres, per poder treure del cotxe aquest presoner encaputxat la silueta grassoneta del qual podria resultar familiar a més d'un testimoni de les seves pixarades. L'Esteve li ha ordenat de no parlar sota cap pretext quan els cotxes s'aturen, però el silenci és permanent. Un silenci de pedra morta. Ningú no parla, ningú no cantusseja, ni fuma, ni rondina.

Quasi tots nosaltres, però, tot i no parlar, ni cantussejar, ni fumar, ni rondinar, estem a punt de morir.

I això és al sud de Ripoll, quan una metralladora esquinça els cossos dels ocupants del primer cotxe, que surt de la carretera i s'atura de sobte en un fossar. La por de la mort, latent fins ara, de sobte em queixala el cos sencer. El nostre conductor ha parat en sec i, immediatament, Franco s'ha encongit, intentant caure de genolls al fons del cotxe. L'Esteve, mentre obre la seva porta, em crida «Queda't amb ell, que no es mogui!», però al voltant meu tot és foc i sang i soroll, i no podria dir si obeeixo per respecte a les ordres o per l'evidència que l'interior del cotxe és, encara que molt relativament, el lloc més segur.

Tots disparen, tots volen matar-se, i ho van aconseguint. La metralladora, que fins ara dominava amb facilitat el paisatge sonor, acaba de ser vençuda per tres explosions de granades. Potser no morirem. Tinc la pistola empunyada amb el canó cap enlaire, però no veig res del que passa. He abaixat el cap al màxim, m'adono que tinc un genoll damunt l'esquena de Franco, com si volgués, així, impedir-li de fugir, quan en realitat el que voldria és enfonsar-me prou en la seva còrpora per prendre-li el lloc. Sento, amb el genoll, com respira de pressa.

Els trets continuen, també els crits i les ordres, en català i en espanyol, però menys nombrosos. Decideixo que no puc quedar en aquesta mena de clova de ferro aferrat a Franco sense ni tan sols disparar una vegada contra un enemic. Aixeco el cap, però no aconsegueixo veure ningú, tan sols impactes de bales cap allà on deuen dissimular-se els nostres atacants.

M'incorporo, agafant-me al cotxe, per tal que la bala que arriba en aquest moment precís m'entri a l'espatlla dreta i m'hi esmicoli els ossos.

Em desplomo a fora del vehicle, per la porta que l'Esteve ha deixat oberta, amb el cap endavant mentre la pistola em cau de la mà esdevinguda inútil. Sento la temptació de deixar-me anar al confort de la inconsciència. El dolor, però, més aviat em reté; deu esqueixar-me una mica per sota de la intensitat necessària al desmai. I com que no em desmaio, penso, encara que siguin pensaments erràtics i esquitxats de pànic. Penso que Franco fugirà.

Per això, al cap d'una estona durant la qual espero vanament que minvi el dolor, recupero la pistola amb la mà esquerra i tot seguit m'arrossego; m'estranya de no morir mentre ho faig. Soc, ara, a descobert, però ningú no sembla voler rematar-me. Amb la pistola a la mà i un braç que penja com si fos una nosa morta, em poso de genolls sobre l'herba i només en aquest moment m'adono que ja ningú no dispara.

Reculo, sempre de genolls, cap al cotxe i veig que Franco no s'ha mogut gens. Tan sols, també, ara aixeca el cap, a poc a poc. El teixit del passamuntanyes, que s'ha bellugat, deu encegar-lo. Esbufega com un gripau malalt.

Tots els que respirem encara esbufeguem, però som molt pocs. M'aixeco una mica més i camino al llarg del cotxe, amb el cos vinclat i la pistola apuntant endavant, fins al para-xocs anterior. Mai, fins ara, no havia aguantat la pistola amb la mà esquerra. Com ho faré, si he de disparar?

Veig homes morts, alguns són franquistes i alguns són maquisards i un d'ells és l'Esteve.

El meu capità ha mort.

Vull creure que és ell qui, abans de morir, ha matat els darrers atacants, però no ho sabré mai. Té els ulls oberts, dos forats al pit, i sang que li regalima també per la boca. Hauria de tancar-li els ulls, però tinc una mà inservible i l'altra no m'obeiria si li demanés de deixar la pistola, encara que sigui per uns pocs segons. Han matat el meu capità, l'Esteve amb qui he compartit gairebé cada dia d'aquests darrers quatre anys. Sovint he pensat que podria morir i abandonar-me abans que s'hagi acabat la guerra, però ara que el veig mort tinc ganes d'increpar-lo. Per què em deixes sol, cony d'anarquista? Per què no t'aixeques d'una vegada, gandul? Què faré, jo, ara? Bé seuria i ploraria i no em mouria fins a adormir-me, però seria com si tantes morts no haguessin servit de res.

44

14 de setembre de 1944

Digues el teu nom, sisplau

Torno cap al cotxe. Franco ha començat a bellugar-se, intenta sortir del vehicle fent força amb les mans emmanillades, però amb la pressió del canó l'obligo a recular i a agenollar-se de nou. Tanco la porta rere seu. D'un en un miro tots els homes, i intento entendre com s'ha pogut cometre l'error de deixar que sigui jo l'únic supervivent. Si Déu no existeix, deu ser una forma molt humorística d'atzar el que ha decidit posar-nos, a Franco i a mi, en situació d'haver de conviure i, potser, d'enfrontar-nos.

Sé que no puc perdre temps i per això passo de llarg de l'Esteve sense acariciar-li els cabells. Un dels nostres no ha mort però té els pulmons perforats, i no puc fer res més per ell que saludar-lo. Ja ni és conscient. Li murmuro «Soc aquí, no et preocupis per la missió». Compto cinc enemics estesos, dos dels quals són encara vius també, però no vull ara gastar bales que poden haver-me de servir per custodiar Franco. Tenen ferides que semblen sense remei, a la panxa i al pit, si bé un dels ferits és conscient i té una ganyota de fàstic en veure'm arribar. M'ajupo prop seu, apuntant-lo, i li pregunto:

—Cinc i prou? Però, què volíeu?

—... El coche, claro... el coche... y... y el dinero...

I només ara m'adono que només porten trossos d'uniforme. Desertors. Podria somriure i explicar-li que ha estat a punt de canviar la història d'aquesta guerra, però des de l'espatlla em ressona un dolor feixuc i agut que m'impedeix pensar amb claredat. El deixo agonitzar. Torno cap al maquisard ferit, de qui no sé el nom, per dir-li que he de marxar, però ell ja vagareja lluny d'aquí.

—Au, surt...

Franco no es mou, potser no m'ha entès.

—Surt, mecagondeu dels collons!

S'arrossega fora del cotxe, s'incorpora amb dificultat. Fa un gest per treure's el passamuntanyes, però l'aturo amb un copet de la pistola a les manilles. Aquest copet, donat amb impunitat a un dictador, tot d'una em regala una mica de sang freda. Prenc el temps de respirar. Empenyo la pistola amb més força.

—Escolta, ara caminarem una estona, eh...? Soc borni i gairebé manc, però pensa que amb un ull i una mà en tinc prou per foradar-te l'esquena a qualsevol moment... Au, endavant...

Avancem per la carretera, ell al davant, jo al darrere, només un centenar de metres, fins a un camí de terra que es bifurca cap a l'oest entre dos camps de blat segats. Hi ha rastres de carros i de camionetes, senyal que deu haver-hi un mas no gaire lluny.

—Per aquí, per aquí.

Avancem però anem massa lentament i, a més, qualsevol que volgués trobar-nos només hauria de seguir les gotes de sang que vaig sembrant. Aviat apareixen les dependències del mas i, tot seguit, el mas mateix. Enlloc no es mou ningú, deuen haver-se tancat en sentir les detonacions. Ni tan sols ens borda cap gos. Els senyals de vida venen del cloqueig de les gallines, a mà esquerra, i dels rastres de passos en el fang assecat que des de la porta del mas duen en totes les direccions. També cap a una camioneta despintada aparcada prop d'un pilot de llenya.

—Avança, avança, no t'aturis ara.

Anem fins a la porta principal. Els cops que dono a la fusta amb la pistola em retrunyen fins a la ferida, que es posa a bategar més de pressa i m'arrenca un gemec. Aquests cops, però, no donaran a ningú ganes de sortir a rebre'ns. Recordo com fèiem, a Solsona, quan entràvem en una casa sense picar a la porta, o quan, sense entrar, ens tombàvem per una finestra oberta. Vull suposar que al Ripollès també fan coses d'aquestes i crido amb una veu que intento que sigui tranquil·la però que deu semblar un esgüell:

—A Maria!

Espero uns segons.

—A Maria! Que hi ha algú? Necessito ajuda...

Afegeixo, després d'un silenci, «Soc de l'Exèrcit Lliure de Catalunya!», fent l'aposta que la gent que escolta es mourà, a partir d'ara, en favor meu.

I així, al cap d'uns trenta segons que són com trenta fiblades de la meva espatlla, la porta s'entreobre. És un pagès, vell, més malfiat que esporuguit. Rere la porta entreoberta té una primera ganyota en veient el meu pedaç de cuir a l'ull, una segona en veient la meva ferida a l'espatlla i un moviment enrere quan s'adona que tinc un presoner encaputxat.

—Si us plau, si us plau, no us faré cap mal... Soc el sotstinent Salvat, de l'Exèrcit Lliure de Catalunya, i necessito ajuda... I no us faré cap mal... Hem estat atacats per desertors franquistes, els altres s'han mort...

L'home surt, tanca la porta rere seu i la barra amb el cos. Deu haver-hi més gent a dintre.

—És que... aquí no tenim ningú per curar-vos, necessiteu un metge...

—Sí, ho sé, però això ho veuré més tard... Ara per ara, si pogués ser, acceptaria un poc d'aigua.

Assenteix amb un moviment del cap. Amb una mà m'ensenya el pou, a prop del galliner, i s'hi acosta. Sembla content d'atreure'ns lluny de la porta d'entrada. Jo, amb la pistola, indico a Franco que el segueixi. Tinc por que es posi a cridar per dir qui és. El pagès potser no voldria creure'l o, si el cregués, potser no voldria ajudar-lo, però segur que em faria fora de les seves terres i jo, amb pistola o sense, l'obeiria.

Ha deixat la galleda plena al marge del pou, amb una llossa a dintre. Per beure deixo, uns segons, la pistola. Des del camp d'Argelers no havia delejat aigua fresca amb tanta passió. Sento com, a mesura que bec, les fiblades de l'espatlla se suavitzen, encara que només una mica i per poc temps. Quan he begut em vesso aigua sobre la ferida, que a la vegada aguditza i alleugereix el dolor. No pensava que fos possible.

El pagès m'ha mirat sense moure's. En senyal de bona voluntat ha esperat que torni a empunyar la pistola per parlar.

—I ell?

—No, ell no. Potser més tard.

Franco, sota el passamuntanyes, no s'immuta. Deuen haver-li explicat coses molt paoroses sobre els pagesos catalans.

Ara que he begut em sembla que puc dir frases més llargues.

—Senyor, em saben greu les molèsties... Érem en missió oficial, però tots els altres s'han mort, només quedo jo... i no sé si podré resistir gaire temps... Em sap greu embolicar-vos-hi, però necessito que m'ajudeu... Aquest home és molt important i molt perillós... molt més perillós que jo, encara que no tingui cap arma...

Panteixo, he parlat massa de pressa. Em repenjo al pou. Em mira, ara, amb més curiositat. He d'acabar de convèncer-lo.

—Heu de confiar en mi, tinc ordres del president Irla...

La seva mirada ha tremolat una mica.

—Bé, d'acord, què necessita?

—Us semblarà estrany, però necessito que confieu prou en mi per dir-me qui més hi ha a casa vostra... Vull dir ara mateix. Ja veieu que no soc gaire perillós, i si no fos perquè he de vigilar-lo us deixaria la pistola. De fet, si teniu alguna escopeta, podeu agafar-la i apuntar-me, no em molestarà gens... Però si us plau, qui més hi ha?

—Qui més?... Però...

—És important, necessito testimonis, testimonis, com més millor. Només majors d'edat.

—Bé... Hi ha el mosso vell.

—Si us plau.

—I dues filles meves. Els fills els tinc escampats a la guerra. No hi ha ningú més.

—D'acord, mercès. Els podeu demanar que surtin? Ara mateix... Veieu que no aguantaré gaire temps... Ara mateix. I porteu una escopeta, si en teniu.

Em mira, mira el presoner, intenta no mirar cap al mas, em mira de nou. Li noto les ganes de creure'm.

—... Té ordres del president Irla?

—Sí, us dono la meva paraula d'honor que dic la veritat.

—Ara vinc.

Torna cap al mas, entra, tanca la porta. Al cap d'un minut, torna a sortir seguit per dues dones d'uns trenta anys i un home tan vell com ell que porta una escopeta. No m'apunta, però es queda enrere.

Els altres s'aturen a uns quatre metres del pou.

—Moltes mercès... de debò, moltes mercès...

Torno a deixar la pistola, per evidenciar de nou que soc inofensiu, i bec altra vegada. Vaig cap a Franco i amb la mà vàlida l'estiro, per les manilles, fins a la tanca del galliner. Em giro cap als pagesos.

—No tingueu por, sobretot no tingueu por.

A poc a poc li trec el passamuntanyes. Els quatre pagesos, primer, no diuen res. Veuen davant seu un home esmaperdut, despentinat, de cara bruta i bigoti caigut i vestit amb roba ordinària, vella i arrugada. Algun criminal. La filla gran sembla la primera a copsar la realitat de la situació. Recula i es posa les mans a la boca. Ara el pare no pot deixar de fitar-lo, atònit. Deu imaginar la venjança dels feixistes quan sàpiguen on és el seu amo i desitja saber-me lluny i mort.

Amb un gest del cap els confirmo que no s'equivoquen.

—La missió principal que teníem, no la podré complir per culpa d'aquesta ferida... Queda la missió segona, la de l'últim recurs... Per això necessito testimonis...

Torno a agafar la pistola. Mai no havia odiat tant la meva mà esquerra de ser incapaç de captenir-se com una mà dreta. Em dirigeixo cap a Franco, que em mira amb desdeny. Sense el passamuntanyes llegir-li el pensament ha esdevingut prou fàcil.

—Digues el teu nom, sisplau.

No es mou.

—El teu nom.

No es mou, deu voler fer veure que només entén la llengua de l'imperi. Li poso la punta de la pistola a la galta i faig una mica de força.

—Digues el teu nom.

Intenta recobrar una mica més d'altivesa.

—Francisco Franco Bahamonde, Caudillo de España...

Quina veu més horripilant.

El faig callar amb la pistola de nou a la galta.

—Amb el nom n'hi ha prou, els títols ja no valen res.

Em giro de nou cap als pagesos.

—Heu sentit? Podeu dir-me què heu sentit?

Tots fan un senyal amb el cap. Em sap greu fer-los tanta por i em sap encara més greu fer-los compartir una part de la meva responsabilitat. Un reflex estrany de bona educació m'empeny a enfundar la pistola abans d'acabar aquesta cerimònia. M'he posat a menys d'un metre d'ell, a la seva esquerra. Intento no balbucejar.

—Francisco Franco Bahamonde... en nom de l'Exèrcit Lliure de Catalunya i del govern provisional de Catalunya... i vistes les circumstàncies excepcionals, us condemno a mort per tots els crims... per tots els crims dels quals aviat s'intentarà fer la llista completa... La sentència... la sentència serà executada immediatament.

Em mira. Intenta que l'odi que sent per mi es transformi en rèptil, m'entri per l'ull que em queda, em deixi cec, s'esmunyi fins al cervell i se'l cruspeixi a queixalades. No ho aconsegueix.

—Teniu alguna cosa a dir abans de l'execució?

Mira els pagesos, em mira de nou, amb les mans s'allisa la camisa i entreobre la boca per parlar. Però sense pensar-m'ho dic, jo:

—Ai, no, no, no! Millor que no diguis res!

Desenfundo i li disparo a la templa.

El seu cos fa una fressa tova mentre cau, mig repenjat al galliner. Fora del cloqueig ara espantat de les gallines, tot és un gran silenci. Tremolo com no havia tremolat mai. Deu ser la febre. Deixo caure la pistola i vaig a beure més aigua. Me'n torno a vessar a la ferida. Tremolo més fort.

—Em sap greu... de debò que em sap greu... però haureu de testimoniar el que heu vist, el que he fet... espero que accepteu fer-ho... En tot cas, jo, ara, en lloc vostre, m'afanyaria a posar una lona, o un parell de sacs de patates, sota seu, perquè no us embruti la terra...

Somric; sota el tel de dolor, em trobo graciós. Esteve, per què no hi ets? Cap d'ells no es mou.

—Ara, ho veieu, estic a la vostra mercè. Si voleu continuar ajudant-me m'aniria prou bé que em portéssiu a veure un metge... I també que aviséssiu la resistència, si sabeu com fer-ho, jo vinc de més amunt, aquí no hi conec ningú...

Lentament, m'assec a terra, d'esquena contra el pou.

—En fi, el que vulgueu fer m'anirà bé.

Abans de desmaiar-me encara aconsegueixo pensar que m'hauran calgut quatre anys de constància i d'una certa abnegació perquè, per fi, pugui matar un franquista.

45

16 de setembre de 1944

Ho he fet

Quina tardor més dolça comença en aquest llit tan suau. Els llençols no són ni nous ni molt blancs, però sí nets i planxats, i fan olor d'alguna cosa bona. De fet, tot jo desprenc l'olor sorprenent de la netedat.

He dormit molt, després d'haver-me desmaiat, després que m'hagin obert l'espatlla per intentar arreglar la sopa d'ossos que hi tenia a dintre. M'han deixat, doncs, amb l'espatlla com un bunyol de tires i esparadrap. I sense bena a l'ull. Durant una estona, mentre em despertava, sentia el vaivé de les infermeres, els gemecs d'alguns altres ferits, les ordres suaus o peremptòries de metges, però, durant aquesta estona, m'he mantingut immòbil, per no haver de recordar que he deixat enrere el cadàver de l'Esteve i que, després, he matat Franco.

Ho he fet o ho he somiat sota els efectes d'algun analgèsic massa potent?

Ho he fet.

Només quan no en tinc cap dubte, em moc una mica i obro l'ull. Tinc, de nou, molta set. Sento com una bandada de gossos salvatges es disputen la carn de la meva espatlla.

Finalment ve una infermera, finalment ve un metge, i així sé que el meu braç dret, aquell amb la mà ja mancada d'anular, mai no em tornarà a funcionar del tot bé. Serà com ser coix però d'un braç, diré, a tall de conclusió, al metge que vindrà a explicar-m'ho. Assentirà sense dir res.

Li pregunto el que sap de la guerra, però em diu que no té temps, que ho pregunti als veïns. Però els veïns tampoc no saben res més que rumors. I les infermeres es neguen també a respondre. Algú, en algun lloc, sap que Franco ha mort? M'imagino aixecant-me del llit i fent-ne l'anunci a l'assemblea de malalts i ferits d'aquest hospital que ni sé on es troba.

No sé on soc i, és clar, això deu ser el millor resum possible de la meva situació actual.

Em mantinc, però, al llit, sense preguntar res més a ningú fins que, al vespre, dos infermers venen i m'installen en un baiard. Et traslladem, noi, em diuen. Penso que deu haver-se alliberat una cambra individual i que em toca a mi, ara, aprofitar-me'n, però em deixen en una sala d'exàmens. M'hi quedo deu minuts, fins que apareix en Lloveres, que aviat tornarà a fer-se dir Ventura Gassol, poeta, antic conseller de Cultura i un dels principals dirigents de la resistència catalana. Porta una cartera sota el braç. Em somriu i m'observa, com si volgués compondre un poema sobre la meva decrepitud física. No sembla incomodat per la visió de la meva òrbita buida. Parla primer.

—Sotstinent Agustí Vilamat, àlies Salvat.

No és un inici de poema gaire brillant. Assenteixo, però, amb el cap. Continua.

—El sidral que heu muntat és un sidral descomunal...

Ah, rimes internes... Però m'he de concentrar en el que diu.

—Sí, descomunal. No cal dir que us envejo molt. Us recordeu de tot?

—Sí... crec que sí. Bé, al final em vaig desmaiar.

—Sí, la gent d'aquell mas us va portar fins aquí...

Obre la cartera, en treu una carpeta, amb pocs papers a dintre, que mira ràpidament.

—Can Cardoner, municipi de Sant Quirze de Besora. Ho sabíeu?

No ho sabia.

—Per cert, sou a l'hospital de Ripoll. Us han fet tornar cap al nord, suposo que no us sabrà greu... Bé, primer de tot, us felicito i us dono les gràcies per la vostra acció i la vostra decisió, en nom del president Irla. Esteu ascendit a tinent.

Deixa la cartera sobre el llit i amb les dues mans em prem la mà esquerra. S'ha commogut. M'ha commogut.

—Ascendit a tinent amb efecte retroactiu a la setmana passada... Serà millor poder dir que l'executor de la sentència de mort era un tinent. Dit això, també us he de dir que, amb l'excepció del vostre grau, s'ha decidit classificar la vostra identitat... Això significa que no revelarem mai el vostre nom real i que, és clar, tampoc no teniu el dret de revelar-lo. També vol dir que no rebreu cap tipus de condecoració oficial per aquesta acció, tot i ser la més espectacular i definitiva d'aquesta llarga guerra.

El meu aire deu ser prou interrogatiu perquè s'adoni que ha de continuar.

—Primer de tot, és per protegir-vos. Qualsevol feixista podria voler venjar-se, hem de tenir cura de la vostra seguretat. Però és també per garantir que el govern català sigui sempre i a tots els efectes l'únic interlocutor en aquest afer... No és desconfiança, és, si voleu, diplomàcia aplicada... Ara per ara, fora d'un petit nucli, ningú no sap qui ha estat l'executor, oficialment és un tal tinent Francesc, que seria com l'àlies del vostre àlies. Ho hem fet, això també, per la vostra protecció. Espero, però, que no us farà res contrasignar amb aquest nou àlies l'informe tal com l'hem redactat. Encara que els detalls siguin secrets, els controls legislatius i les relacions internacionals exigeixen signatures...

Assenteixo sense gaire convicció. Murmuro «Primer he d'aprendre a signar amb la mà esquerra». Em somriu de nou.

—És clar, és clar... En fi, algú us ha posat al cas de la situació política i militar?

Només moc una mica el cap.

—Demà o demà passat el govern feixista signarà la rendició definitiva i sense condicions. La guerra, aquí, s'haurà acabat. El president Azaña està esperant en un hotel dels afores de Madrid poder ocupar de nou el palau de Villamejor. Evidentment, la seva preocupació principal no serà aixecar de nou Espanya, sinó impedir que Catalunya se'n vagi. Us recordeu que havia dit que preferia una victòria de Franco abans que la independència de Catalunya? Doncs ara anirà a cercar aliats on sigui per garantir la unitat d'Espanya, i si ha de perdonar els feixistes, ho farà. Jo diria que Catalunya ja se n'ha anat, però no se sap mai, em temo molt que Churchill i Truman tinguin més capacitat de decisió pel que fa a la llibertat de Catalunya que el mateix poble de Catalunya...

El miro amb atenció mentre intenta dissimular una mena de ganyota de por. Evidentment, no ha acabat.

—Nosaltres ja hem enviat les fotos del cadàver de Franco als Aliats. Pel que fa al cos, ha estat cremat i les seves cendres dispersades al mar. I hem arreglat una mica l'atac dels desertors, abans de fotografiar-los els vam posar uniformes franquistes més presentables per poder dir que eren soldats regulars que volien alliberar-lo. Això dona més legitimitat a la vostra decisió final. Per cert, voleu veure una foto?

Sense esperar que jo respongui, m'ensenya el que ja he vist, ja que en soc l'autor. Franco mort, Caudillo dels cadàvers. Estirat al peu del galliner, al damunt d'una lona tacada de sang. No fa ni goig ni pena.

—Aquella gent del mas haurà estat molt útil, a part del fet que potser us han salvat la vida. Vau tenir temps de demanar-los els noms?

—A penes vaig tenir temps de dir-los el meu.

—Oh, sempre cal conèixer el nom de qui us ha salvat la vida, no creieu? Mireu... es diuen, ho tinc aquí... Josep Antoni Salgàs i Ramos, Montserrat Salgàs i Freixa, Concepció Salgàs i Freixa, i Víctor Suñé i Domènech. Hem interrogat el pare només, i ha parlat molt bé de vós, sabeu? Ens ha explicat tot el que ha vist, haureu de llegir la seva declaració, caldrà que la vostra coincideixi amb la seva, és clar... Fins i tot ha precisat que Franco va refusar la possibilitat que li vau oferir de dir unes últimes paraules.

Josep Antoni com? No he sentit prou bé el nom d'aquell home que sap mentir tan bé. Una pregunta evident em puja als llavis.

—Però... si ho van veure tot, ells també poden parlar. Qualsevol periodista els pot trobar.

—Sí, bé... teniu raó, evidentment. En realitat també hem canviat la localització oficial de l'execució. Hem notificat que va tenir lloc a la Selva, prop d'Arbúcies. I pel que fa als pagesos, hem conclòs una mena de pacte a base de compensacions econòmiques... No us amagaré que l'estat major va debatre la possibilitat d'aplicar-los la raó d'estat, tot i que Catalunya encara no disposa del seu estat. Veieu el que vull dir, oi?... Però volem intentar construir un país en què els catalans no matin d'altres catalans... Un coronel s'ha reunit amb el senyor Salgàs i li ha deixat bastant clara l'alternativa, és a dir, silenci i prosperitat d'un costat o... tot el contrari de l'altre.

Haurien matat els que van salvar-me. Intento incorporar-me per fer evident la meva indignació, però en la mirada de Ventura Gassol veig que ell mateix ja havia sentit el mateix fàstic. Se m'atansa i, en un gest que en una altra ocasió m'hauria pogut fer sobresaltar però que, curiosament, em tranquil·litza, m'acaricia la mà vàlida.

—No els passarà res. Són gent assenyada i són patriotes... A més, vós ens heu fet un favor i ells, doncs també.

—Un favor?

—Sí, a partir del moment en què podíem capturar-lo viu, ens donava un avantatge enorme jutjar-lo nosaltres al més de pressa possible, però sabíem que, més enllà del cop d'efecte inicial, ens podia perjudicar no haver acceptat que fos dut a davant d'una cort internacional. Al capdavall, un judici just per a un personatge com ell hauria hagut de durar unes quantes setmanes, potser uns quants mesos, i això volia dir deixar temps a la diplomàcia espanyola per maniobrar en contra nostre. Si volíem que fos jutjat i executat a Catalunya, havíem de cuitar, però amb el risc de ser acusats de no respectar el dret. La vostra decisió, en canvi, era d'allò més raonable, qualsevol oficial de qualsevol exèrcit hauria fet igual.

Soc un heroi, però un heroi banal. No em sembla malament.

—Però, i ara, què passarà? Vull dir, amb Catalunya.

—Ara? Ara veurem si Churchill respecta la seva paraula. Durant gairebé tota la guerra Catalunya i Espanya han estat representades separadament a Londres, i hem actuat, nosaltres, com a govern d'un país independent tant com hem pogut. Encara que no s'hagi pronunciat mai sobre aquesta qüestió, Churchill va prometre oficiosament a Irla que defensaria que la independència de fet havia d'esdevenir independència legal. Que sigui l'ELC qui hagi capturat Franco ens dona més punts de cara als Aliats, però, és clar, no oblideu que la majoria dels polítics que tornaran o prendran el poder a Madrid són espanyols abans de ser republicans. Ells també tenen xarxes i influències, i no ens perdonen que els hàgim furtat l'oportunitat de jutjar i executar Franco. Azaña, si pogués, ens envairia l'endemà mateix del seu retorn al poder. En fi, les coses habituals.

Ja no l'escolto gaire i se n'adona. S'estranya de veure'm, de sobte, somriure tot mirant el buit.

—Us estic cansant, tinent, perdoneu-me... Però, us puc demanar la raó d'aquest somriure? He dit res divertit?

—No, no... És que acabo d'adonar-me que les últimes paraules que va sentir Franco en aquesta vida van ser en català.

46

3 de gener de 1945

Una fortalesa medieval

És clar, com bé se sap, Churchill no va respectar ni la meitat de la seva paraula. Ell, i Truman, i De Gaulle, que va ser el més implacable de tots, van obligar Catalunya a quedar-se a Espanya, a canvi d'una evolució institucional que la dotés d'una autonomia ampliada. Una mena de confederació de fet, jurídicament disfressada d'unitat de nou i per sempre inalterable. Així, la nova constitució, per republicana que sigui, és una fortalesa medieval disfressada de palau de les flors.

Una de les concessions que va haver de fer la Tercera República espanyola va ser d'integrar els membres de l'Exèrcit Lliure de Catalunya al seu pla d'indemnització de ferits de guerra, i és així com el meu dit anular dret desaparegut, el meu braç dret mig paralitzat i el meu ull dret esfumat em valen per rebre una pensió vitalícia que correspon a un mig salari de treballador honrat. No vaig dubtar a mentir al metge militar que em va examinar i afirmar-li que havia perdut l'ull a la guerra, em va semblar que devia a la memòria de l'Esteve d'obtenir de l'exèrcit una mica més del que l'exèrcit em devia. Així, cada mes cobro unes desenes de pessetes suplementàries que gasto sense envermellir. Així duc de nou un ull de vidre, així he deixat enrere els rastres del pirata que vaig ser per les terres altes.

I va ser perquè tot semblava haver tornat a ser tan impossible per a Catalunya com abans de la guerra que vaig decidir-me a escriure aquestes penoses memòries. L'ara dissolt Exèrcit Lliure de Catalunya no ha revelat que el tinent Francesc era en realitat el tinent Salvat, el qual era l'Agustí Vilamat, corrector de català. Agraïa que volguessin protegir-me de represàlies, però vaig entendre que m'era igual que provessin de matar-me els franquistes vençuts si tota la protecció que podia oferir-me l'Espanya de nou republicana era ser espanyol per força i per sempre. I per això escric i, si puc, publicaré el que escric.

Abans de posar-me a escriure, però, vaig acceptar la proposta de Ventura Gassol, quan aquest va convidar-me a visitar la seu de la Conselleria de Cultura. Em va explicar que Josep Irla havia decidit ampliar la biblioteca presidencial, per a l'ús dels treballadors del Palau de la Generalitat.

—He pensat en vós com a bibliotecari, seria una compensació pel que heu patit físicament i per premiar la vostra acció, és clar. Em sembla que és una feina que us podria escaure. Què me'n dieu? Una feina lenta i quieta, i no gaire absorbent, de fet tindríeu un sou corresponent a vint-i-cinc hores de feina setmanal... Amb el que rebeu per les vostres ferides en podríeu tenir prou per anar tirant, i així us quedarien uns quants dies lliures cada setmana per si teniu projectes personals...

Vaig acceptar, però sé que perdré aquesta feina i aquests ingressos quan hagi fet públiques les meves memòries. No podran guardar-me, ni que sigui perquè representaré un risc per a la seguretat del president. Em pregunto si, en cas que un editor s'hi interessi, el meu escrit podrà rescabalar amb prou drets d'autor la pèrdua del salari.

No només, però, aprofito les hores lliures per redactar aquest text ara aviat acabat. També escric el diccionari de sinònims que dec al record de l'Eugènia. Aquella dona de la platja i dels filferros de la qual només sabria dir que, sense la seva mort sota les bombes, el destí d'en Franco, potser, hauria estat diferent.

El mes passat vaig esperar, a la porta de l'Institut d'Estudis Catalans, que sortís Pompeu Fabra. Vaig apropar-m'hi a poc a poc, temorós que si l'espantava, s'entrebanqués. Aquest home té més anys que certes muntanyes d'aquest país. Vaig saludar-lo en veu baixa i vaig dir-li que després d'un quant temps sense poder dedicar-m'hi havia decidit reprendre la meva idea d'escriure un diccionari de sinònims. Em va somriure.

—Sap, jove, que alguns escriptors afirmen que els sinònims no existeixen? Que cada paraula porta dintre seu un matís únic i intransferible?

Vaig veure com, al voltant nostre, les cases tremolaven abans d'esfondrar-se, el carrer s'obria en esvorancs per on queien llambordes, vianants i ciclistes, i jo m'hi precipitava per no tornar a aparèixer mai més. Un cataclisme definitiu però silenciós. Pompeu Fabra va tornar a somriure.

—Au, no el volia desanimar. Aquesta opinió no necessàriament és la meva i, sobretot, la realitat de la llengua fa que sigui ben sovint indispensable recórrer a sinònims, siguin aquests autèntics o de conveniència... Espero que enllestirà aviat aquest diccionari, que ens serà molt útil a tots, i que me'n farà arribar un exemplar. Soc molt vell, com pot veure, aquesta seria una de les últimes alegries de la meva vida.

Va saludar-me i va allunyar-se, cap a la Rambla. Jo vaig apressar el pas per tornar al meu pis de la plaça de Santa Caterina i continuar endreçant paraules.

I una vegada al mes, quan he de descansar de tanta endreça, vaig a Solsona. Cada vegada m'arribo fins al cementiri per deixar alguna flor a la tomba del senyor Emili.

Tot i que era prou sabut que durant la Guerra Civil havia salvat monjos i capellans, els franquistes van detenir-lo el 1942 sota l'acusació d'escriure articles en català en una revista d'oposició clandestina. Va morir l'any següent, de pneumònia, a la presó Model, i mai més, ningú, no va poder llegir cap de les tribulacions humorístiques narrades per l'Oncle Liró.

Hi penso amb un dolor suau que no m'impedeix dormir però que mai no m'abandona del tot. I m'adono que torno a Solsona amb més ganes de saludar la pedra sota la qual han ajagut el senyor Emili que de sopar amb els meus pares. Ells em veuen, encara, com aquell ésser tremolenc la realitat de l'existència del qual era en si mateixa una font de dubtes raonables. I en veure'm el dit tallat i el braç torçat tan sols són capaços d'imaginar-me encara més indefens, encara més Agustí de porcellana.

47

8 de gener de 1945

L'Esteve prop meu, arran d'ombra

Els meus pares em van donar, fa anys, l'oportunitat d'anar a estudiar a Barcelona i per això bé els he de tenir gratitud, però si deixo de pensar i, simplement, visc, llavors sé que la meva família de veritat la formen dos vells i un mort.

Per això vaig anar a passar uns dies amb en Mateu i la Caterina. Per primera vegada vaig haver d'ensenyar un passaport per passar la frontera, i tant els guàrdies civils republicans com els gendarmes també republicans van inspeccionar-lo amb una curiosa barreja d'atenció i d'indiferència. Moltes repúbliques per a tothom però poca llibertat per a Catalunya.

Així, de nou al Vallespir, de nou en aquest planell prop del Gargamós, jo vaig saber que el fill gran del mas Xargall no havia tornat mai d'Alemanya, i ells van saber que havien acollit a casa seva el futur botxí d'un dictador. Vam beure Byrrh, vam parlar del final de la guerra, dels espanyols expulsats, dels col·laboracionistes empresonats, jutjats i a vegades executats, de les dones despullades i caprapades per haver tingut un amant espanyol, dels resistents que ara gestionen una bona part dels afers públics i que sovint eren més bons resistents que gestors. No vam parlar de res que tingués a veure amb fidelitats a pàtries, a règims o a fronteres. Així, també, vam disposar de més temps per parlar de l'Esteve.

—Tenim quelcom per a tu! —va dir en Mateu, mentre la Caterina s'aixecava, de sobte impacient, per anar a obrir un calaix de l'armari del menjador. Era un sobre marró, amb el meu nom mal ortografiat escrit amb lletra lenta d'alumne aplicat. *Agousti.* Me'l va allargar amb un somriure.

Dins el sobre hi érem nosaltres, el maquis.

—La varen posar al diari fa uns mesos, i diu que és del camp del maquis Trinxeria. —La Caterina em va tocar el braç malalt.

Era una foto de propaganda encarregada pel nostre estat major, però no sé si va servir mai, més enllà d'aquesta publicació tardana. La vida de cada dia d'uns antifranquistes del Vallespir. No recordo el nom del mas abandonat on vivíem en aquell moment. Devia ser cap a Serrallonga, o la Menera. Un mas petit i baix, com una reducció de mas, amb una granja de sostre mig caigut que havíem reparat. Som allà, uns vint-i-cinc, a fora, menjant en taules disposades per donar una bona impressió, parlant i rient, amb armes a la vista. Jo m'havia posat al fons, de perfil, l'ombra de la granja em dibuixava una taca fosca a la cara i a l'espatlla. I l'Esteve, prop meu, arran d'ombra però tocat de sol, somreia tot mirant el fotògraf. Vaig recordar el seu somriure sense gairebé distingir-lo en aquesta foto, massa llum li havia esborrat el rostre, tan sols quedaven puntets minúsculs per deixar intuir els detalls de la cara.

Només tinc, doncs, aquella foto i la meva memòria, i a vegades ni l'una ni l'altra no em permeten veure-li, de nou, la cara. L'Esteve que se me'n va.

He callat moltes coses d'ell al llarg d'aquest relat. He dit, sovint, només allò que es referia a les nostres missions i he deixat de banda les confidències que podia fer-me, o les que jo podia fer-li. He callat disputes, problemes, dubtes, futilitats, bromes. He callat els seus anys sense dones, i els meus, els somnis i les frustracions, les disbauxes mentals i els deserts inacabables. Sense l'Esteve, molt probablement, m'hauria mort fa uns quants anys, i sense ell no hauria sabut com trobar dintre meu la tossuderia de resistir tants feixistes que delejaven matar-me. Era el meu germà de boscúries.

48

12 de març de 1945

No us demanarem cap temeritat

—Agustí Vilamat? El president desitja veure'l. Pot venir ara mateix?

El president, des de fa pocs dies, és Josep Tarradellas.

M'aixeco i ja començo a enyorar Josep Irla, que mentre jo hi era només havia entrat a la biblioteca una vegada, al final del seu mandat. Havia irromput sense avís previ i s'havia dirigit lentament cap a mi, somrient i gairebé commogut. M'havia agafat la mà esquerra entre les seves dues mans, per fer-me entendre que sabia quin prodigi havia acomplert aquesta mà, i havia tornat a sortir, sense haver mirat en cap moment les prestatgeries.

Tarradellas, el dia de la seva presa de funcions, havia visitat el palau sencer i, així, havia travessat la biblioteca mentre jo, esperant-lo, m'estava dret prop de la meva taula, nerviós com si hagués d'amagar alguna malifeta. Al contrari del president Irla, però, no s'havia fixat en la meva mà de botxí. Tan sols havia dit, en veu molt alta, «Ah, m'han dit que heu estat un bon element». En boca seva era, sembla, un compliment de somni i d'or.

I ara segueixo el bidell, que camina massa de pressa

davant meu. Pugem escales de pedra, resseguim passadissos entapissats, entrem a l'antesala del despatx del president. M'ensenya una butaca i, després d'una salutació muda, desapareix. No m'assec, miro la pluja que mormola a l'exterior. M'agradaria ser en un altre lloc, sense presidents, ni pintures solemnes a les parets, ni parets tan medievals. Ignoro què deu voler de mi el president, però intueixo que no deu voler parlar de llibres.

M'equivoco.

Em fan entrar i allà, distesos, quatre homes em fiten. El president, rere el seu despatx, s'ha tirat enrere com si així em veiés millor. Reconec, a la seva esquerra, Marcel·lí Perelló, conseller d'Interior, però sobretot cap i ànima llegendària d'un grup que, ja fa bastants anys, havia volgut assassinar el rei d'Espanya. No sé qui són els altres dos, tan sols sé que em fiten, tots. Em recordarien el temps de la bena a l'ull, o quan tan sols duia una esfera blanca dins l'òrbita que atreia tant l'atenció, però el meu ull actual no té més de sis mesos, i és d'un dibuix pulcre i discret. I no miren cap a l'ull mort, em miren a mi, tot. M'examinen. Em forfollen de lluny. Exagero, és clar, ja que aquesta inspecció, que precedeix el «Bon dia, senyor Vilamat» presidencial, no deu haver durat més de dos o tres segons. El president s'ha aixecat i ve cap a mi, amb un somriure ample, lleument carnívor. No m'havia adonat que fos tan alt i forçut el dia que havia entrat a la biblioteca; la foscor devia fer-li més modesta la silueta. M'adono, en aquest moment, mentre em presenta els altres homes de qui no escolto el nom, que té una cara de gàngster de cinema. No deu dur, suposo, cap pistola a la butxaca, però la seva superioritat física, tan evident, m'incitaria a recular. Em fa seure, prop seu, en un sofà de tres places, i aviat, doncs, em parla de llibres, d'aquest llibre que ara mateix estic escrivint i algun lector, potser, està llegint.

—Sabeu, senyor Vilamat, que dúiem al nostre programa electoral la promesa que abans del final de la dècada faríem de Catalunya una nació lliure entre les altres nacions. I sabeu que volem complir aquest programa amb escrupolositat.

Faig que sí amb el cap i intento somriure. Em pregunto si li hauria de dir que vaig votar-lo, però no tinc prou temps per decidir-ho, Tarradellas continua parlant i no he estat prou atent. M'he de concentrar.

—Sí, pensem que ens podeu ajudar a aconseguir aquest objectiu.

L'ombra de la pluja es fa més densa, les parets es vinclen, el sostre ha baixat uns quants pams. No suporto aquestes mirades d'homes superiors que semblen voler decidir com se'm cruspiran. I sobretot no vull que em facin tornar en cap bosc de cap muntanya, no vull pujar i baixar camins d'arbres i vent, no vull tornar a dur cap revòlver, no vull sentir mai més un missatge en Morse. Si pogués, marxaria.

Marcel·lí Perelló sembla adonar-se del meu astorament abans que els altres. S'apropa i em pregunta si vull cafè, te, xocolata, aigua. Vull aixecar-me i tornar a casa meva. En lloc d'això, dic que una mica d'aigua m'aniria bé. Em serveix ell mateix i, mentre ho fa, tinc el temps d'imaginar què devia pensar mentre preparava bombes per matar la família reial espanyola i el seu seguici i què podria fer ara mateix, si s'ho proposés, de la meva persona.

Tarradellas, tot esperant que hagi acabat de beure, parla de la pluja i de les goteres que espera no trobar al palau, i del clima de Londres, on es va estar massa anys, diu, en representació del president Irla. Fa veure que riu. Deu haver vist que respiro de pressa i per això, de seguida que he begut, somriu, sense semblar, aquesta vegada, carnívor.

—No us preocupeu, no us demanarem cap temeritat, ja sabem que poquíssima gent ha fet tant com vós per Catalunya i no us volem crear problemes. Veureu... El catorze de setembre celebrarem el primer aniversari de la mort del dictador. Hem pensat que havíem d'aprofitar aquesta avinentesa per organitzar actes de propaganda en favor de la democràcia i de la llibertat, i hem arribat a la conclusió que caldria explicar les circumstàncies de la seva mort, vull dir les circumstàncies reals. Les vostres circumstàncies.

Soc, de sobte, translúcid. Estic segur que a través meu es veu com cau la pluja.

—Però... Ventura Gassol m'havia dit...

—Sí, ja ho sabem, secret absolut, àlies damunt d'àlies, tot per la seguretat del país i la vostra. És clar. Ho entenem. Fa pocs mesos no es podia fer res més, però les circumstàncies han evolucionat i no ens podem quedar parats. En Gassol ja no forma part d'aquest govern i nosaltres veiem les coses d'una altra manera, si més no ara. Nosaltres, el govern, el partit i jo mateix, pensem que hem de posar la gent d'aquest país a favor nostre, i que per aconseguir-ho els hem de saber convèncer i commoure. M'enteneu? Per convèncer-los no ens falten arguments racionals... Per commoure'ls tenim idees, i vós sou part d'una d'aquestes idees. Ens agradi o no, hem d'ablanir el cor dels catalans perquè tinguin ganes que aquest país tiri endavant... I per això hem de ser imaginatius... I per això necessitem poder fer gala de la mort de Franco, a tots els efectes. Pensem que la manera més eficaç de fer servir aquesta mort és que l'autor de l'execució escrigui les seves memòries. Sou un heroi, senyor Vilamat, i volem que tot Catalunya ho sàpiga.

El senyor Vilamat atura un instant el curs d'aquesta narració.

Suposo que la reacció normal d'algú que està escrivint les seves memòries al fet que el president del seu país l'inciti a escriure les seves memòries, seria d'exclamar-se «Justament ho estic fent!». Ignoro per què no aconsegueixo tenir una reacció normal. Em torno encara més translúcid i aquests quatre homes que m'observen, i que s'adonen del meu astorament, pensen veure algú que s'està dissolent per la por d'un risc físic, mentre que en realitat és per la por que descobreixin que he desobeït.

Si hagués acabat aquestes memòries en secret i les hagués fet conèixer, algun dia tothom hauria descobert qui era jo i tothom hauria sabut que no vaig seguir les consignes de confidencialitat de Ventura Gassol, però hauria estat perquè jo hauria decidit llançar-me tot sol dins el pou. Avui és molt diferent. Avui soc un alumne enxampat mentre fa trampa i no goso confessar que ja fa temps que, cada vespre, escric allò que ara volen que escrigui.

I l'alumne ha de parlar, però l'alumne no sap què dir. I com que no sap què dir, es queda prou temps en silenci per incitar el president a reblar l'oferta. No l'escolto gaire mentre em parla de drets d'autor i m'explica que, si acceptés de fer pública la meva identitat de botxí de tirà, el govern català em proporcionaria un servei de seguretat personal durant un temps raonable, que em sembla entendre que podria ser de tres o quatre anys. Si tingués una ment més lúcida pensaria: i després? Quants franquistes se sortejaran el dret de disparar-me una bala al clatell? Però no el sento prou bé per pensar-ho. Tan sols torno a entendre el que em diu quan afirma comprendre que, des d'una perspectiva literària, la decisió és complicada.

—Escriure un llibre és un exercici difícil, encara que sigui un text breu, com hauria de ser el vostre. No tothom té el do de l'escriptura i és normal que expresseu els vostres dubtes, sobretot que el temps escasseja. Per això us podríem alliberar de la vostra feina a la biblioteca, sense rebaixar-vos el sou, i també us podríem atorgar l'ajuda d'un escriptor. El podríeu escollir: en Trabal, en Carrion, la Rodoreda, en Puig i Ferreter... Estic segur que qualsevol d'aquests acceptaria de col·laborar si li remunerem la feina. O qui més volguéssiu...

Hauria de respondre que conec escriptors, uns d'aquests i d'altres, amb qui havia compartit l'ofici de corrector durant la guerra, però no dic res. Tan sols m'indigno. Ningú més que jo no escriurà mai la meva vida. Mai, ningú. La indignació arriba al moment just per tornar-me una certa consistència física, i se n'adonen. M'he d'indignar encara més, doncs, si vull deixar de ser aquest ésser fantasmal que fa veure que és noi de carn i d'ossos trencats. M'indigno més, també m'irrito i m'enutjo, i més coses faria si pogués consultar el meu esbós de diccionari de sinònims. La indignació m'injecta coratge. Que potser la

Rodoreda o en Trabal sabrien descriure més bé que jo, amb més precisió, amb més capacitat d'imantació i més sensibilitat el destret que passa un noi borni mentre fuig nit endins per escapar de les bales franquistes, i que una d'aquestes li arrenca un dit? És clar que sí. No en tinc cap dubte. Escriurien coses de mi en les quals no he pensat mai i, en llegir-les, hauria de reconèixer que semblen venir de mi. Les escriurien, a més, d'una manera suau i intrèpida, com escau al personatge, jo, que farien néixer, viure i patir.

La vida que el president Tarradellas vol que sigui explicada, amb les seves peripècies, és meva, i per tant els mots han de ser meus, o no seran mots de la meva carn, només mots de paper. Però mai no sabré explicar-me tan bé, ni amb tanta eficàcia per commoure els lectors i, doncs, els electors, com aquells que tantes novel·les han publicat. Per això miro Tarradellas i, sense saber encara què respondre, sé que ara, de debò, he de parlar. Abans d'obrir la boca penso que al moment en què hagi de proferir un so sentiré, jo com els altres, què diu aquest so, sentiré la meva resposta quan la digui. Obro la boca.

—Ho faré. D'acord, ho faré. Però sol, ho faré sol.

49

3 de maig de 1945

Quan la veig penso «Ah»

No vull ni podria acabar aquest relat sense haver-hi fet aparèixer la silueta de la Carolina. L'entreveig per primera vegada un migdia d'aquest mes de maig, quan entra, gairebé de puntetes, a la biblioteca on dic que treballo cada dia però on, en realitat i per imperatiu presidencial, escric. M'he adonat que escric millor a la biblioteca que al meu pis.

Encara no he dit que custodio tres mil llibres i escaig, els quals he acabat de catalogar, i que gestiono un pressupost que em permet comprar-ne una quinzena cada mes. La resta és veure entrar, dos o tres cops al dia, un xofer, una secretària, un parell d'administratius que venen a llegir durant un temps de descans, a manllevar o tornar un llibre o a seure per descansar tot llucant per la finestra el pati dels Tarongers. Apunto els seus noms a les fitxes amb la mà dreta, que s'ha fet prou amatent a còpia d'esforços malgrat el dit absent i l'espatlla enrampada. I quan no hi ha ningú, és a dir molt sovint, redacto aquestes memòries que he de fer veure que he començat sota l'impuls de Tarradellas.

Avui, dins la mitja foscor i el ple silenci, escric això:

—Tenim una missió, nois, i no m'agrada gens.

Des de quan, penso, l'Esteve explica davant de tothom el que li desagrada? Desvio la mirada per no veure'l directament, em fa por el que ha de dir-nos.

—Hem de... hem d'arrestar algú.

Alguns han reaccionat amb renecs mig murmurats o amb roncs de sorpresa, d'altres, jo, s'han mantingut silenciosos i immòbils. A nosaltres tampoc no ens agrada.

Però avui entra la Carolina, que no havia vist mai fins ara.

Quan la veig penso «Ah».

Ho recordo molt bé. Ah. Una interjecció una mica ridícula. Un «Ah» com una crossa curta i coixa per la meva ineptitud descriptiva. No penso, quan la veig, «És ella, és la que vull i la que voldré, és ella». No soc tan pretensiós, ni em faig tantes il·lusions. Penso «Podria ser la que volgués, si mai fos cega o molt i molt miop i no em veiés les ferides i no veiés que soc, del costat dret, una pelleringa». Però si fos cega o molt miop no hauria entrat en una biblioteca. Ve, doncs, i s'acosta, anant amb compte de no fer cruixir el parquet, com si els seus passos poguessin destorbar algú en aquesta sala on som, tan sols, ella i jo. Sense gaire traça, cobreixo amb un diari la llibreta on escrivia.

S'acosta i, amb una veu tan baixa que sembla que vulgui no ser sentida, em demana si la biblioteca té una secció d'arqueologia. No en té. Mentalment calculo quantes setmanes trigaria abans de crear-la i així poder fer-li saber que pot tornar.

Llavors, després d'un moviment de les espatlles que palesa la seva decepció, es posa a parlar i, des de llavors, l'Agustí Vilamat sap descriure amb veu pròpia el que és la benaurança.

Em diu, entre d'altres coses:

Que hauria volgut ser arqueòloga per excavar les ruïnes d'Empúries, però que dubta que deixin que una dona arribi a ser, com hauria volgut, cap de recerca. Que ara per ara treballa de telefonista, a l'altre costat del pati, juntament amb quatre noies més, i que és una feina avorrida de la qual somia alliberar-se. Que va néixer a Santa Coloma de Gramenet però que fa quatre anys que viu, amb la mare i la germana, a l'ombra de l'estació de França. Que li agrada la flaire que desprenen les locomotores. Que el seu pare era electricista i que no va tornar mai de la batalla de l'Ebre. Que es diu Carolina Costa. Que té vint-i-dos anys acabats d'estrenar.

M'ho diu després d'haver-me demanat l'autorització de seure, a l'altre costat del meu escriptori, per esperar el final de la seva pausa, i d'haver-se disculpat, en veu que continua baixa, baixa, per haver interromput la meva feina. Jo li somric tan bé com puc i l'escolto tot pensant en el moment en què, malgrat la penombra, veurà que està parlant amb un noi contrafet per la vida, el moment en què, doncs, s'aixecarà i s'adonarà de sobte que algun afer important la crida a qualsevol altre lloc del palau o de Barcelona.

I és en aquest moment que, després d'un breu silenci, em pregunta, amb un to tranquil que només hauria pogut esperar d'un metge o d'un militar, i tot assenyalant amb un gest discret la meva cara i la meva mà:

—Són ferides de guerra?

Assenteixo, mentre intento imaginar algun motiu de

fugida que sembli creïble. No ha acabat, però, de preguntar.

—Deveu haver patit molt, sobretot a l'ull, és clar. És indiscret demanar-vos com vau ser ferit?

I davant del meu astorament, pensa necessari afegir:

—Sobretot, si us plau, no penseu que soc una persona mòrbida, només crec que algú que ha patit pel seu país com deveu haver patit té tot el dret d'explicar-ne les circumstàncies. Per a qualsevol hauria de ser un honor poder sentir-ho.

Llavors el deure d'atenuar la imatge d'heroi que sembla tenir de mi em permet balbucejar.

—En... en realitat, només tinc la mà i l'espatlla ferides... vull dir de ferides de guerra... L'ull, l'ull és una altra cosa, era abans, quan era petit...

—Oh, vau fer la guerra tot i que us faltava un ull?

Aquesta mateixa tarda prenem una llimonada en un cafè discret del carrer del Pintor Fortuny. I mentre l'escolto parlar de les belles pedres velles d'Empúries, penso que si mai escric un segon volum a les meves memòries serà per parlar, només, d'ella.

Sumari

Preàmbul.
12 de juny de 1940: A partir d'avui seré un altre 11

Primera part. *Relació breu però indispensable dels vint-i-tres primers anys de vida d'Agustí Vilamat, narrador*
1. Quedar-se quiet era la cosa més fàcil del món 17
2. El tresor era veure escrita la meva llengua 22
3. En general m'obria la criada 31
4. I així vaig iniciar la meva conquesta de Barcelona 35
5. L'heroisme del corrector davant l'enemic 43
6. Has de venir amb nosaltres, o els franquistes et pelaran ... 45
7. Aquella cosa humana 48
8. Una terra sense filferro ni pobles vençuts 51
9. Episodi u de narració obligada: la primera paraula del diccionari 55
10. Episodi dos de narració obligada: afany d'amor i de sinònims 61
11. *12 de juny de 1940*: Tot barrejat de foc i fum 68

Segona part. *Agustí Vilamat a l'aguait*
12. *13 de juny de 1940*: Podes pujar al marxapeu 73
13. *13 de juny de 1940*: Ho diu l'Esteve 82
14. *14 de juny de 1940*: I què en saps, tu, del Vallespir? 89
15. *29 de juny de 1940*: La casa d'en Mateu, i de la Caterina 96
16. *28 de juliol de 1940*: Així podem veure cada dia com el Caudillo somriu 102
17. *2 d'octubre de 1940*: Cadàvers de resistents a primera plana 106
18. *16 d'octubre de 1940*: Riuen d'haver matat el president 108
19. *18 d'octubre de 1940*: Un mar que avança 114

20. *24 d'octubre de 1940*: *Nostra culpa, nostra maxima culpa* . . 118
21. *2 de novembre de 1940*: Arribaran aviat autocars de mestres espanyols. 123
22. *1 de desembre de 1940*: Quatre guàrdies civils, a la cuina, beuen llet a glops 126
23. *12 de desembre de 1940*: Terriblement vius 130
24. *27 de desembre de 1940*: Respiro massa de pressa 134

Tercera part. *Agustí Vilamat, maquisard*
25. *5 d'agost de 1942*: Una vida de soldat d'imitació 141
26. Fins llavors la presència catalana a Londres era més aviat migrada. 145
27. *6 d'agost de 1942*: Tan sols dos són d'aquestes terres 149
28. *30 d'octubre de 1942*: I així, a vegades, ens desesperem 157
29. *20 de desembre de 1942*: Ell és un maquisard de veritat 165
30. *5 d'abril de 1943*: Mireu, nois... han estat jutjats 172
31. *28 d'abril de 1943*: Ara, per fi, maten falangistes a Barcelona. 181
32. *30 de maig de 1943*: Immòbil, afamat, assedegat, esglaiat . . 184
33. *1 de juny de 1943*: Quatre ximples aturats de sobte. 203

Quarta part. *Agustí Vilamat, botxí*
34. *30 de juliol de 1944*: Els pastorets mengen mel i mató 209
35. *18 d'agost de 1944*: Fogueres de Sant Joan d'agost. 214
36. *20 d'agost de 1944*: Parlarà de deure complert i de pàtria aviat salvada 216
37. *28 d'agost de 1944*: Soc en Maurici de can Pletis 220
38. *29 d'agost de 1944*: I el viatge, vist d'aquí, és tot baixada . . . 225
39. *9 de setembre de 1944*: Encara podem morir abans d'haver guanyat 227
40. *10 de setembre de 1944*: Una mena de presó a cel obert 234
41. *13 de setembre de 1944*: Atacarem a punta de sol 239
42. *13 de setembre de 1944*: El dimoni somreia amb placidesa . 245
43. *14 de setembre de 1944*: El meu capità. 259
44. *14 de setembre de 1944*: Digues el teu nom, sisplau. 265
45. *16 de setembre de 1944*: Ho he fet 274
46. *3 de gener de 1945*: Una fortalesa medieval 282
47. *8 de gener de 1945*: L'Esteve prop meu, arran d'ombra. 286
48. *12 de març de 1945*: No us demanarem cap temeritat 289
49. *3 de maig de 1945*: Quan la veig penso «Ah» 296

Jo soc aquell que va matar Franco

Una novel·la de
Joan-Lluís Lluís

Premi Sant Jordi 2017

atorgat per Òmnium Cultural
essent-ne president Jordi Cuixart
dotat per Edicions Proa i Enciclopèdia Catalana
i com a jurats Àlex Broch, Marta Nadal,
Isona Passola, Ramon Pla
i Màrius Serra

Editor: Josep Lluch
Coordinació editorial: Adriana Plujà i Toni Vallès
Correcció lingüística: Rudolf Ortega
Correcció de proves: Toni Vallès
Disseny de la coberta: Sabrina Rinaldi
Il·lustració de la coberta: Carlos Cubeiro
Cap de Premsa: Xavier Gafarot
Màrqueting: Marta Oliva i Yolanda Bolsa
Coordinació de Producció: Albert Gumà
Compost amb la font Minion al taller de Gama
Imprès i enquadernat a Egedsa
amb paper offset neutre de 90 grams

Agència literària: Asterisc Agents